이토록 지독한 떨림

이토록 지독한 떨림

베느와트 그루 지음 • 양진성 옮김

문이당

누구에게도 가장 소중한 존재가 될 수 없는 사람은 고독하다.

— 엘렌 다우치

그의 아내는 알아채지 못하게 그를 뭐라고 부르면 좋을까? 본명처럼 브르타뉴식으로 부를까? 아니 그보다는 어느 음유 시인의 이름이나 전쟁에서 대패하고도 영혼만은 잃지 않았던 용감한 아일랜드 영웅의 이름을 붙이고 싶다.

바이킹족의 이름은 어떨까? 아니다, 바이킹은 금발이었지. 그보다는 갈색 머리에 밝은 눈동자, 붉은 수염을 기른 켈트족이 더 비슷한 것 같다. 그는 딱히 정해 놓은 거처 없이 떠돌며, 말 많은 사건들을 만드는 비현실적이고 시적인 삶을 살았던 이민족에 가까웠다.

그의 육중한 몸과 이마 아래까지 내려오면서도 넓은 목덜미를 빽빽하게 덮는 갈색 곱슬머리와 무성한 눈썹 아래 바다처럼 강렬한 푸른색 눈동자, 타타르인처럼 불룩 나온 광대뼈, 바다에 나갈 때면 길게 자라도록 내버려 두는 구릿빛 수염에 어울리는 야성적이고 거친 이름을 지어 주고 싶었다.

이름을 여러 가지로 만들어 보았지만, 그 이름들은 내 마음속 거울에 반사되었다……. 아니야, 이 이름은 둔한 데다 난폭해 보여 싫어. 저 이름은 그의 탄탄한 몸매에 안 어울려.

「케빈?」

그래, 하지만 영국식 발음이면 몰라도 프랑스식으로 '케뱅'이라고 발음하면 이상하다.

「이브.」

이건 아일랜드 어부 같고.

「장 이브.」

이것도 아니야. 브르타뉴에서 휴가를 보낼 때마다 주근깨투성이에 작고 야윈 장 이브란 사람을 너무 많이 봤다.

「로익?」

글쎄⋯⋯. 하지만 그보다는 흔치 않은 이름, 가마우지 같은 이름이면 좋겠다.

그럼 '뒥뒤알' 아니면 원탁의 열두 기사 중 한 명인 '고뱅' 아니면 아일랜드의 샤를마뉴인 '브라이언 보루'(바이킹의 침략에 맞서 아일랜드 국민들을 통합시킨 위대한 왕 — 옮긴이). 하지만 프랑스인들은 '브리앙 보뤼'라고 발음할 거다.

그에게 필요한 건 기사의 이름이다. 노르웨이 왕, 로스와 아서 왕의 여동생 안느의 아들인 모르드레드가 아서 왕을 배신했을 때 목숨 걸고 싸웠던 고뱅만큼 충성스러운 기사가 또 있을까? 절제할 줄 알고 현명하며, 관대하면서도 강인한 고뱅은 항상 군주에게 절대적인 충성을 바치는 인물로 아서 왕 이야기에 등장했다. 그는 시인은 아니었지만 늘 강한 의무감을 지니고 모험을 떠났던 준비된 영웅이었다. 이제 이 이름은 브르타뉴와 한 남자에 관한 이야기의 주인공으로 등장할 것이다.

그는 내가 우습다고 생각하는 이름으로 평생을 살았다. 그가 내 안으로 들어온 순간부터, 나는 그에게 우스꽝스러운 별명을 붙였다. 하지만 이제 그에게 쓰고 읽기에 아름다운 새 이름을 선사하려 한다. 더 이상 그를 종이 위에 눕혀 놓을 수만은 없게 되었기 때문이다.

관능적이라고 부르는 쾌감을 흰 종이 위에 가둬 두려고 하니 독자들을 갑갑하게 해왔던 작가 무리에 섞여 버리는 것이 아닐까 때때로 두렵기도 하다. 그 작가들 중 대부분은, 수명을 단축시킬 만큼 극한의 쾌감을 표현하는, 우리 안의 또 다른 육체를 구체적으로 드러내는 격정적인 사랑의 언어를 찾지 못하고 결국 포기하기도 했을 것이다. 또 어떤 이들은 나를 비웃고, 내가 어쩌다 한 번씩 드물게 느꼈던 감정을 내 일상인 양 매도할 수도 있고, 내가 쓴 단어 하나하나를 내 의도와 달리 난처하다거나 저속하다거나 역겹다거나 기괴하다고 느낄 수 있다는 사실도 안다.

욕구를 해결하고 생기를 주는 두 성기의 만남을 뭐라고 부를 수 있을까? '성교'라고 한다면 감동을 줄 수 있을까? 물론 거기에는 함께한다는 의미가 있다. 하지만 그것만으로 두 육체가 함께하는 기쁨까지 표현할 수 있을까?

'삽입'은? 왠지 법률적인 느낌이 강하다. '삽입이 있었습니까?' '간음'이란 말에는 종교적인 죄악의 냄새가 묻어난다. '성교'는 너무 노동 같은 느낌이고, '짝짓기'는 동물적이고, '잠자리'란 말은 지루하기 짝이 없고, '성 관계'는 너무 재빨리 처리하는 느낌이 고…….

말이 점점 더 빠르게 달라지는 언어 홍수의 시대지만 우리에게 남은 건 음탕한 용어와 지나치게 많이 써서 바랜 낡은 단어들뿐이다. 우리는 늘 '섹스를 한다'고 과감하게 말하지만 그 속에는 어떤 감정이나, 관능적인 느낌도 담겨져 있지 않다. 그러므로 문학 작품에 쓰기에는 부적합하다.

쾌감을 느끼게 하는 성기를 말할 때도, 작가들, 특히 여성 작가들은 새로운 암초에 부딪치게 된다. '장 필의 음경이 팽창하며 딱딱해졌다……. 멜로르의 남근이 불끈 솟아올랐다……. 불알이……. 당신의 음낭은……. 그의 페니스, 그의 발기한 음경, 내

10

음부……. 나의 질……. 당신의 클리토리스…….' 어떻게 하면 우습지 않게 묘사할 수 있을까? 있더라도 라틴어나 은어에서 나온 경우가 대부분이다. (심지어 성기에 관한 해부학 용어는 이미 특정한 이미지로 고정돼서 순수한 의미로 표현할 수 없게 되어 버렸다.) 특히 여성의 오르가슴을 묘사하는 부분은 아무리 훌륭한 작가들이 쓴 것이라고 해도 어휘가 빈약하기 짝이 없어 너무나 한심하게 느껴질 정도다.

하지만 지금부터 내가 하는 이야기는 '성행위'에 대한 묘사 없이는 있을 수 없다. 이 글의 주인공들이 서로에게 매력을 느끼게 된 것은 섹스 때문이고, 그들이 전 세계를 돌아다닌 것도 섹스 때문이며, 각자의 삶을 유지하며 떨어져 사는 그 두 사람이 결코 서로에게서 벗어날 수 없었던 것 역시 섹스 때문이었다.

어떤 생각이나 문화, 어린 시절의 우정, 두 사람의 재능, 인간의 나약함 등을 언급하며 이들의 사랑을 설명하는 편이 훨씬 더 쉽고 아름다울지도 모른다. 하지만 벌거벗은 두 육체의 진실을 알아야 한다. 그 두 사람은 서로를 무시하고, 경멸했기에, 그들은 명확하지 않은 사랑의 언어와 섹스의 마법으로만 소통할 수 있을 뿐이었다. 이런 이야기는 운명이나 신기한 굴성 반응, 호르몬의 작용으로밖에는 설명할 수 없지 않을까? 그 둘 사이의 모든 장벽을 허물고 그들을 깊이 이어 줄 수 있었던 건 마법밖에 없었다.

이제 나는 이 땅에서 빈번히 이루어지는 이 놀라운 행위를 아름답게 포장하려 한다. 그런 치장을 하지 않는다면 뭣 때문에 글을 쓰겠는가? 남녀의 다리 사이에서 반짝이는 절정의 순간을 어떻게 포착할 수 있을까? 비슷하거나 다르거나, 보잘것없거나 엄청나거나 간에 어쨌든 두 성기가 만날 때마다 도처에서 일어나는 이 기적을 뭐라고 표현할 수 있을까?

그렇다고 내가 다른 사람들이 모르는 사실을 안다거나 다른 사람들이 한 번도 사용한 적이 없는 단어를 쓰겠다는 말은 아니다. 이 작업이 미지의 세계를 탐험하는 일은 아니다. 사랑에는 신대륙이 없기 때문이다. 사실, 두 남녀의 만남, 섹스만큼 평범한 이야기도 없다.

그러므로 나는 신중하게 접근할 생각은 없다. 이 작품은, 모든 위험을 무릅쓰고 대담하게 도전한 문학 작품 중에서도 걸작이라 할 만한 작품들과 포르노그래피의 중간쯤에 놓일 것이기 때문이다. 물론 그 대담한 시도가 실패할 것 같으면 신중하게 접근하는 것이 더 나을 수도 있다. 하지만 모든 문학에는 어느 정도 무모한

면이 있지 않을까?

어쨌든 이 글을 완성하기까지는 많은 위험이 있었다. 있을 법하지 않은 이야기의 그 첫 줄은 비록 이렇게 시작되지만……

고뱅이 내 심장을 파고들어 왔을 때, 내 나이 열여덟이었다. 그와 평생을 함께하게 될 줄은 나도, 그도 몰랐다. 그렇다. 그때 우린 심장에서 시작되었다고 믿었지만 사실 그것은 살갗에 불과했다.

차례 이토록 지독한 떨림

고뱅

고뱅이 내 심장을 파고들어 왔을 때, 내 나이 열여덟이었다. 그와 평생을 함께하게 될 줄은 나도, 그도 몰랐다. 그렇다. 그때 우린 심장에서 시작되었다고 믿었지만 사실 그것은 살갗에 불과했다.

그는 나보다 예닐곱 살쯤 더 많았다. 뱃사람으로 일해서 돈을 벌고 있던 그와 아직 독립하지 못했지만 대학생이었던 나의 자존심은 서로 팽팽하게 맞섰다. 고뱅에 비하면 내 멋쟁이 파리 친구들은 애송이에 불과했다. 뱃일을 한 지 몇 년 만에 그의 몸은 자연스럽게 근육질로 변했고 실제보다 훨씬 나이 들어 보였다. 누가 쳐다보면 그는 여전히 소년 같은 시선을 다른 쪽으로 돌려 버리곤 했다. 양쪽 끝이 올라간 오만한 입술에는 젊은 기운이 넘쳤고, 짠 바닷물 때문에 굳은살이 박인 묵직한 손에서는 남성의 강인함이 느껴졌다. 발을 내디딜 때마다 무겁게 짓누르는 듯한 걸음걸이를 보고 있으면 배의 갑판 위를 걷는 것처럼 느껴졌다.

어른이 되기 전까지 우리는 서로 절대 가까워질 수 없는 다른 종족의 대표라도 되는 양 서로를 위아래로 훑어보았다. 그러니까 그는 브르타뉴 소년 대표, 나는 파리 소녀의 대표였다고나 할까. 그 때문에 우리는 절대 서로 엮이는 일 따윈 없을 거라 안심했다. 게다가 고뱅은 가난한 농부의 아들이었고, 나는 관광객의 딸이었다. 그는 우리가 관광이나 하면서 가치 없는 삶을 산다고 생각했을지 모른다. 고뱅은 아주 가끔 여가 시간이 생기면 동생들과 함께 열심히 축구를 했는데, 나는 그런 일에는 전혀 관심이 없었다. 또 그가 새장에서 새를 꺼내거나 새총을 쏘아 대면 역겹다는 생각까지 했다. 그는 친구들과도 자주 싸웠고 동생과 날 마주치면 욕을 퍼부어 댔다. 그러니 그는 내게 단순한 사내 녀석이요, 정말 지긋지긋하게 싫은 놈일 뿐이었다.

내가 맨 처음 갖게 된 두 발 자전거 타이어에 구멍을 낸 것도 바로 고뱅이었다. 고장 난 자전거를 동생들과 요란한 굉음을 내며 타던 고뱅에게는 새 자전거를 탄 부잣집 여자 아이와 마을에 단 하나밖에 없는 길을 함께 달려야 한다는 건 몹시 자존심 상하는 일이었을 것이다. 고뱅은 키가 좀더 자라자 아버지의 커다란 자전거를 타고 다녔다. 필요한 부분만 겨우 갖춘 자전거에 엉덩이도 걸치지 않은 채 말이다. 그것도 로즈렉 씨가 술을 잔뜩 마시고 외박하는 토요일에나 몰래 탈 수 있었다. 반면 우리 자전거는 크롬강 재질에 벨과 짐 바구니까지 달려 있었다. 우리는 모터 소리가 더 크게 나도록 빨래집게로 자전거 바퀴살에다 엽서를 매달았다. 우리를 깔보는 로즈렉 형제들의 코를 납작하게 해주려는 속셈이었다.

동생과 나는 일종의 무언의 합의에 따라 로즈렉 씨네 외동딸하고만 놀기로 했다. 우리 아버지의 경멸 조의 표현을 빌자면 '토끼 집안'의 막내딸인 그녀는, 금발이었지만 가엾게도 '이본'이라는 이상한 이름을 갖고 있었다. 그 외에 고뱅과 내가 엮이는 일은 없었다.

열네다섯 살 정도가 되었을 즈음, 고뱅은 내 시야에서 사라졌다. 그는 이미 여름부터 그의 큰형이 모는 '용감한 재단사'라는 이름의 트롤선에서 소년 선원으로 일하기 시작했다. 나는 어느 용감한 재단사가 바다에서 누군가를 구출해서 배에다 그런 이름을 붙였으리라고 오랫동안 생각해 왔다. 고뱅의 어머니는 그가 제대로 자기 몫을 할 줄 안다며 정식 선원이 될 날이 머지않았다고 자랑을 늘어놓았다. 하지만 당시 그는 배에서 잔심부름이나 하는 소년에 불과했다. 선장이 형이라고 해서 남보다 더 잘 봐주는 일은 전혀 없었다.

어쨌든 그 덕분에 마을에서는 우리의 적이 한 명 줄어든 셈이었다. 고작 어린아이 다섯 명 사이의 일이긴 했지만, 로즈렉 집안 아이들은 동생과 나를 그저 잘난 체나 하는 파리 여자 아이쯤으로 여겼다. 거기에는 내 이름이 조르주(George)라는 점도 한몫했다. 젊은 시절 조르주 상드의 《앵디아나(Indiana)》에 대한 열정 때문에 날 희생양으로 삼은 어머니는 늘 's 없는 조르주(George sans s)'임을 강조하셨다. 프레데리크란 무난한 이름의 내 여동생은 내가 이름을 부끄러워한다며 나무라곤 했다. 그래서 나는 앙갚음을 하려고 동생을 'q가 붙은 프레데리크'라고 부르고 다녔다.* 학기가 시작될 때마다 나는 항상 적응할 때까지 새 친구들에게 수많은 놀림과 질문의 대상이 되어야만 했다. 아이들은 누구나 혹독한 시련을 겪고 나서야 철이 든다. 나 역시 어른이 되어서야 그런 이름을 지어 준 어머니를 용서할 수 있었다.

시골보다는 생트마리에서 지내는 게 훨씬 편했다. 그다지 높은 평가를 받지는 못했지만 조르주 상드에 관한 우호적 이야기를 들을 수 있었기 때문이다. 결국 그녀는 《마의 늪(Mare au Diable)》

---

* 남성형 이름 조르주(Georges)에는 끝에 s가 있으며, 's 없는 조르주'는 덤벙대는 여자 아이를 놀리는 표현으로 쓰인다. 또한 남성형 이름 프레데리크(Frederic)에 엉덩이에 뿔났다는 의미의 q가 붙어 있다고 놀린 것이다. — 옮긴이

과 《사랑의 요정(Petite Fadette)》으로 명예를 회복했고, 노앙에서 파리 문인들을 불러들여 사교계의 중심이 되었다. 하지만 내 이름은 라그네스에서도 놀림감이 되었다. 친구들은 내 이름에 적응이 되든 안 되든 간에 놀림거리가 되는 주제를 쉽게 포기하려 하지 않았다. 친구들은 아예 날 조르주 산체스(George Sanzès)라고만 불렀다.

우리 가족은 별장촌 바깥의 농부나 어부들이 사는 마을 한가운데까지 돌아다니곤 했다. 오로지 우리 가족만이 마을의 조화를 깨뜨렸다. 어머니의 해변용 파자마와 아버지의 큰 베레모, 트위드 천으로 만든 골프용 반바지를 보고 사람들은 종종 웃음을 터뜨렸다. 마을 악동들 역시 우리 부모님 앞에서 대놓고는 못했지만, 모이기만 하면 노래를 불러 댔다. 로즈렉을 비롯한 사내아이들은 떼로 몰려다니며 고추 달린 녀석들의 우월감을 이런 식으로 표현했다. 쓸데없는 장난이라며 웃고 넘길 수도 있었지만 나는 지나친 노랫말에 화가 났다.

파리 놈은
개대가리!
파리 년은
소대가리!

어린아이들은 말도 안 되는 바보 같은 농담을 더 재미있어 한다. 우리는 녀석들이 한두 명씩 떨어져 있는 것이 눈에 띌 때 복수를 했다. 그놈들이 그런 용기를 내는 것은 여럿이 있을 때뿐이었다. 혼자서 나와 마주친 놈들은 어린아이일 뿐이었다. 우리는 그저 도시 소녀 대 농촌 소년에 지나지 않았다.

고뱅은 우리 집에 한 번도 온 적이 없었다. 그가 보기에는 집이라기보다 우스꽝스럽게 초가를 얹은 저택이었을 것이다. 마을 사람들은 그저 평범한 슬레이트 지붕을 얹길 바랐지만 우리는 진짜 손으로 힘들게 짠 호밀짚을 얹었다. 그것도 그 지방의 마지막 초가 전문가에게 비싼 돈을 주고 맡긴 것이어서 마을 사람들에게는 그것이 모욕적으로 느껴졌을 것이다.

마을 사람들과 우리 식구는 "우리 집에 놀러 오세요"라든가 "우리 집에서 차 한잔 하자" 같은 말은 생각조차 할 수 없는 사이였다. 대신 나는 나와 동갑이었던 이본을 우리 집에 자주 초대해서 함께 놀았다. 그러면서 농장을 운영하는 이본네 집에도 드나들게 되었다. 거기는 여덟 아이들이 벗어 놓은 옷과 진흙투성이 장화가 여기저기 흩어져 있고, 안뜰에는 토끼, 개, 고양이, 암탉이 정신없이 돌아다니는 데다, 쓸 수 있을 것 같지는 않지만 일 년에 한 번쯤은 쓸 일이 있을 것 같아 버려지는 못한 각종 농기구들까지 어지럽게 널려 있었다. 그 모습은 깔끔한 집에 살면서 매일 저

녁 장난감을 정리하고 스페인산 흰 샌들을 닦아야 했던 우리의
자유에 대한 욕구를 채워 주었다.

이들과의 교류는 항상 나의 애독서 '로즈 총서'에 나오는 방식
으로 이루어졌다. 그 책에서 플뢰르빌 부인이나 로스부르그 부인
은 가난하고 병든 과부나 미혼모, 버림받은 여자들같이 살롱 같
은 데는 단 한 발짝도 들여놓을 수 없을 것 같은 이들을 찾아갔던
것이다.

나는 때때로 이본과 함께 감자를 캐다가 로즈렉 씨 집에 남아
식사를 했다. 감자 캐는 일이 그리 재미났던 건 아니지만 아무것
도 할 줄 모르는 관광객네 아이로 보이기 싫었다. 우리 집에서라
면 절대 입에도 대지 않았을 돼지고기 수프도 맛보았다. 방에 걸
어 둔 지도에서나 보던 프랑스 시골 마을에서 소젖을 짜보는 것
만으로도 뿌듯했다. 농부의 아내가 되어도 잘해 낼 거란 생각을
하면서 즐거워했다.

타작하는 시기, 고뱅과 나는 처음으로 정반대 계층의 대표로서
가 아닌 그저 인간으로 서로를 바라보기 시작했다. 타작하기에
앞서 집집마다 일손을 최대로 확보하는 것부터 일을 시작했고,
이웃 모두 일을 돕기 위해 모였다. 극히 드문 일이었지만 고뱅을
포함해서 로즈렉의 세 아들도 집안의 큰일을 앞두면 한데 모였
다. 프레데릭과 나도 가장 가까운 이웃이었던 로즈렉 집안의 타

작 일에 해마다 참석했고 그 일을 자랑스럽게 여겼다. 저녁이면 지쳐 나가떨어졌지만 한 해 중 가장 중요한 행사에 함께한다는 데 흥분을 느꼈다. 타작기는 온 가족이 모여 한 해를 결산하는 자리이기도 했다.

타작 마지막 날은 숨이 턱턱 막혔다. 귀리와 보리는 벌써 마쳤고, 이틀 전부터 밀을 타작하고 있었다. 이글거리는 열기와 빽빽한 먼지 때문에 눈과 목이 따가웠다. 끊임없이 돌아가는 기계 소리도 참기 힘들었다. 여자들의 짙은 색 치마와 모자는 조금씩 뿌옇게 변해 갔고, 남자들의 얼굴과 목에서는 거무스름한 땀이 줄기차게 흘러내렸다. 그중에 웃통을 벗고 일하는 사람은 고뱅뿐이었다. 그는 손수레 위에 올라서서 낫을 휘두르며 밑동을 베다가 중심을 잃을 것 같으면 수레에 걸터앉았다. 그 모습은 마법 융단에서 재주를 부리는 어릿광대 같았다. 주위를 날아다니는 금빛 밀 사이에서 그의 젊고 아름다운 땀방울은 햇빛을 받아 빛났고 피부 아래 드러난 근육은 양쪽에서 짚을 나르던 말의 탄탄한 엉덩이처럼 실룩거렸다.

나는 미국 영화에서 본 것 말고는 그렇게 사내다운 사내를 본 적이 없었다. 타작에 참여한 것은 물론, 그의 세계와 유대감을 느껴 본 것이 잘한 일이란 생각이 들었다. 그날 본 열정적인 모든 것이 마음에 들었다. 풍요의 상징인 밀 자루에서 풍겨 나오는 자

24

극적인 냄새, 타작기 발치에 서서 보물 같은 밀알이 행여 한 알이라도 바닥에 떨어질세라 포장 작업을 지켜보던 고뱅의 아버지, 파리 여성들이 오후 네 시에 먹는 간식에 비하면 거의 만찬에 가까운 돼지비계, 파테(고기를 양념하여 끓인 다음 식혀서 먹는 음식—옮긴이), 타르트 위에 얹은 짙은 노랑 버터 조각 등 오후 세 시의 간식, 타작기 벨트를 새것으로 바꿀 때마다 남자들이 내뱉는 욕설, 기계가 멈춘 틈에 능금주 한 잔으로 마른 목을 축이는 사람들, 마지막으로 방앗간에 넘길 밀 자루를 창고에 전부 쌓아 놓고 돼지를 잡아 벌인 파티까지……

그날 저녁은 모두들 극도의 피로감에 젖어 잔뜩 취했다. 그러고는 일을 끝낸 것에 만족하며 칠월 말의 석양에 젖어 집으로 돌아갔다. 그 무렵 브르타뉴의 밤은 빛의 끝자락을 붙들고 완전히 어두워지지 못했다. 낮은 발걸음을 늦추며 저항하고 밤을 눌러 이길 수 있다는 희망을 놓지 않았다.

나는 그 축복받은 순간을 고뱅과 함께하면서도 그런 표현을 할 길이 막막해 그의 옆에 마냥 앉아 있었다. 이따금 농부들이 자연 풍경에 대해 이야기를 주고받았지만 우리는 어른이 된다는 것에 대해 거북해하며 꿔다 놓은 보릿자루처럼 아무 말 없이 앉아 있었다. 퍼레이드나 어린아이들의 장난도 이제 끝나 가고, 어느 것으로도 대신할 수 없는 추억이 되어 버릴 것이다. 로즈렉의 소년들과 갈루아의 소녀들은 어린 시절의 인위적인 단절 이후 각자가 속한 사회에 자리잡으며 이제 같은 마을에서 마주치면 평범한 미소나 가벼운 목례만 건넬 뿐, 함께 나눌 이야기도 심지어는 욕조차 하지 않는 관계가 되어 갈 것이다. 고뱅과 나는 그래도 아직은 서로에게 반말을 하면서도, 공부나 바다 일에 관해 정중하게 물었다. "그래, 잘 지내?" "응, 시험은 잘 봤어?" 하지만 질문만 던져 놓고는 답변은 그냥 건성으로 들어 넘겼다. 겨울 해변의 줍지 않는 조가비처럼.

그리고 낮과 밤, 꿈과 현실이 뒤엉켜 있던 그날 저녁, 자리를 뜨려는 순간, 고뱅은 무척 피곤해 보이는데도 갑자기 콩카르노에 춤추러 가자고 했다. 모두들 어서 들어가서 자고 싶은 생각밖에 없었기 때문에 별로 관심을 보이지 않았지만 그의 형제 한 명이 합류했다. 나는 "레이스 달린 브래지어 줄게, 다나 향수도 줄게"라며 온갖 방법으로 꾀어 이본을 반 강제적으로 데려갔다. 내 동생은 가지 않았다. 열다섯 살에는 콩카르노에 춤추러 가고 싶어 하지 않는다. 마을에는 자동차가 흔치 않았는데, 고뱅은 낡은 사륜구동 한 대를 갖고 있었다. 네 사람이 차에 올랐다.

그때까지 파티라면 이공 대학 축제에 몇 번 참석해 본 게 전부인 내게 근로 학생들이 해마다 여는 축제인 '티 슈펜 그웬' 댄스파티는 아파치 인디언 축제만큼이나 이국적으로 느껴졌다. 벌써 얼큰하게 취해 시끄러운 수컷들 사이에서 이본이 나를 비호해 주었다. 하지만 적어도 여기서는 파리의 파티 때 그랬던 것처럼 쑥스러워하며 전축 뒤에 처박혀 멍하니 서 있거나 하지는 않을 작정이었다.

하지만 자리를 잡자마자 누가 다가올 틈도 없이 고뱅이 나를 무대로 끌고 나갔다. 고뱅은 크롤선에서 월척을 낚았을 때 버팀대 잡듯 나를 팔로 꼭 붙잡았다. 옆구리에 그의 손가락 움직임이 생생히 느껴졌다. 그는 놓치지 않으려는 듯 손에 잔뜩 힘을 주고 있었다. 파리에서 만나던 젊은이들의 고상하고 팻기 없는 손이 아닌 진짜 남자의 손으로……

그는 《목로주점 (Assommoir)》의 쿠포 드 제르베즈 같은 노동자들처럼 어깨를 흔들며 춤을 추었는데 부르주아식 춤을 추는 내 앞에서 지나치게 저속해 보이지 않으려고 신경 쓰는 티가 팍팍 났다. 고뱅은 단 한 번도 나와 눈을 마주치지 않았고, 우리는 단한 마디도 나누지 않았다. 그는 무슨 말을 해야 할지 몰랐고, 나는 그가 관심을 보일 만한 주제를 찾지 못했다. "《젊은 시인에게 보내는 편지(Lettres à un jeune poète)》 좋아해?"와 "이번 주에 생선 많이 팔렸어?"라는 두 질문 사이에서, 역사와 문학을 전공하는 학생은 아일랜드 앞바다에서 트롤선을 타는 남자에게 무슨 질문을 할 수 있을까?

원래도 숫기 없었던 나는 로즈렉 집안사람의 품에 안겨 있다는 생각에 야릇한 기분이 들어 더더욱 아무 말도 나오지 않았다. 하지만 그건 중요하지 않았다. 고뱅은 춤이 끝나고 다음 곡이 나오길 기다리면서도 날 꼭 잡고 놓지 않았다. 그의 몸에서는 아직도 햇볕과 밀 냄새가 풍겼다. 나는 고뱅이 낮에 베던 짚단이 된 듯한 느낌이 들었다. 그는 이 어둠 속에서 아직도 일에 열중하는 것 같았다.

우리를 파고드는 이 이상하고 부조리한 감정을 어떤 말로 설명할 수 있을까? 우릴 세상 끝 나락으로 떨어뜨릴지도 모르는 모든 문제들을 잊은 채, 서로를 알아보는 우리의 육체, 하나가 되고 싶어 하는 우리의 영혼……. 그건 분명 뇌에서 흘러나오는 생각이 아니었다. 물론 플라톤을 떠올리기는 했다. 그 시절, 내 모든 견해나 감정은 시와 철학에 기반을 두고 있었으니까. 하지만 고뱅은 아무 주의도 기울이지 않고 내가 느꼈던 것과 똑같은 매력에 사로잡혀 있었다. 그 느낌은 결코 나 혼자만의 것이 아니었다.

우리는 왈츠 한 곡과 파소 도블레 두 곡이 끝나도록 그대로 있었다. 〈포엠 탱고〉는 우리를 더 깊은 소용돌이로 몰아넣었다. 이제는 현실 감각도 사라지는 듯했다. 술기운과 약간의 애무에 풀어진 여자 애들과 키스하고 싶은 욕구를 감추고 농담을 던지는 사내아이들의 말은 마치 다른 별에서 들려오는 소리 같았다. 미리 짠 건 아니지만 고뱅과 나는 잠시 어두워진 틈을 타 밖으로 빠져나왔다. 행복한 사람들의 이기적인 생각으로, 이본과 그의 오빠는 집까지 데려다 줄 친구를 쉽게 찾을 수 있을 거라 믿고, 우리는 사람들의 눈을 피해 사륜 구동 자동차에 올라탔다.

고뱅은 해안가를 향해 차를 몰았다. 이럴 때는 누구나 본능적으로 바다로 향한다. 우리는 바다가 대화의 창을 열어 주고, 엄마같이 넓고 포근한 손길로 우리를 감싸 주리란 걸 알았다. 우리는 카벨루와 쥐몽, 트레비뇽과 케르지당 그리고 라그네스 해변까지 모든 길을 구석구석 누비고 다녔다. 바다로 난 길은 보이지 않고 하나같이 막다른 길이었다. 그날 밤 우리처럼. 우리는 매번 가던 길을 돌아 나와야 했다. 말수가 점점 줄어들수록 우리 심장을 부풀게 하던 침묵을 깰 방법도 점점 줄어들었다. 고뱅은 부들부들 떨며 내 어깨를 꼭 안은 채, 가끔 관자놀이를 내 볼에 문질렀다.

라그네스 해변은 간조 때였다. 해안과 섬을 잇는 모래알이 달빛을 받아 반짝였다. 왼편으론 물과 모래도 잘 구분되지 않았고, 바닷물의 굴곡조차 느껴지지 않았으며 서쪽 연안에서 불어오는 산들바람은 달빛에 빛나는 은빛 모래알에 부딪쳐 바스락거렸다. 모든 게 너무나 순수해 보였고, 마치 우리처럼 느껴져서 우리는 이 고요한 물속을 조금 걸어 보려고 아래로 내려갔다.

「야간 해수욕 어때?」

갑자기 떠오른 생각이었다. 우리가 해변에 함께 간 건 그때가 처음이었다. 그 무렵 몇 해 동안, 브르타뉴에서 파업은 일어난 적이 없었다. 그래서 해수욕은 관광객이나 즐길 수 있는 사치로 여겨지던 때였다. 게다가 오랫동안 계속 물만 보고 지내 온 뱃사람이 바다를 휴가지로 여길 리 없었다. 우리는 서로를 보지 않고 멀리 떨어져 옷을 벗었다. 남자 앞에서 옷을 벗어 본 건 그때가 처음이었다. 하지만 고뱅이 내게 곁눈질 한번 주지 않는 것은 좀 섭섭했다. 방 안 전깃불 아래에서보다 달빛 아래서 벗은 내 몸이 훨씬 더 아름답게 느껴졌기 때문이었다. 나는 내 앞을 가리면서 고뱅의 앞을 보지 않으려 먼저 바다로 뛰어들었다. 그리고 거울처럼 매끄러운 물을 헤치며 동쪽으로 헤엄쳐 갔다. 하지만 곧 멈춰야 했다. 고뱅이 수영을 할 줄 모른다는 사실을 알아차렸기 때문이다.

고뱅이 말했다.

「수영 따위 어디다 써먹게? 얼음처럼 차가운 바다에서 그것도 한밤중에 넘실거리는 파도를 가르며 몇 날 며칠을 달려야 하는데…….」

나는 우리 두 사람이 알고 있는 바다가 서로 완전히 다르다는 사실을 깨달았다. 고뱅과 내가 만난 바다는 존재 자체가 달랐다. 그리고 고뱅이 아는 바다가 진실에 더 가까웠다.

우리는 넘실거리는 물속에서 행복한 고래 두 마리처럼 서로를 애무하고 깔깔거리며 한참을 돌아다녔다. 마른땅에 발을 내딛어 다시 옷을 입으면 각자의 위치로, 각자의 일상으로 돌아가야 하므로 밖으로 나갈 엄두가 나지 않았다.

전혀 현실 같지 않은 밤이었다. 플랑크톤이 표면 위로 떠올라 별빛에 반짝거렸고, 바다는 타닥거리며 타오르는 것 같았다. 그러다 조금씩 밀려드는 파도가 우울하게 느껴지기 시작했다. 조금 전까지 누리던 시간에 비해 감당하기 어려운 큰 파도였다. 냉혹한 전쟁으로 인해 오래 사랑을 나눴던 연인과 이별을 맞이하는 것처럼 우리는 두려워졌다. 그건 바로 새벽이었다. 하늘은 이미 동쪽부터 밝아 오기 시작했고, 조금씩 땅을 토해 내고 있었다.

고뱅은 나를 집 앞에 내려 주었다. 엄마 방에는 아직도 불이 켜져 있었다. 날 기다리는 거였다.

그는 적당히 거리를 두며 말했다.

「자, 그럼 안녕!」

고뱅은 평소의 목소리로 되돌아와 있었다. 그러고는 약간 망설인 끝에 더 낮은 목소리로 덧붙였다.

「다음에 볼 수 있으면 봐.」

그래서 나도 아주 평범하게 팔을 내려뜨린 채 말했다.

「데려다 줘서 고마워.」

어쨌든 우리 집은 공동 주택이라 그 이상 뭘 어떻게 할 수도 없었을 것이다.

이틀 후, 고뱅은 '용감한 재단사'에 올랐고, 우리는 구월 초 파리로 돌아갔으므로 그해 여름에는 다시 그를 만날 수 없었다. 겨울철 안락한 아파트에서 과연 바닷가의 한 어부를 떠올리게 될까? 〈오카생과 니콜레트(Aucassin et Nicollette)〉*를 분석하는 포필레 교수님의 데카르트 강의실과 트롤선 사이에서 우리는 어떤 연애를 시작할 수 있을까?

고뱅은 자기네 농장으로 돌아갔고, 어둠은 그 뒷모습을 재빨리 삼켜 버렸다. 나는 젖은 머리칼을 흔들며 집으로 들어갔다. 내 방에 들어가기 전에 엄마 방부터 들러야 했기 때문에 모든 낭만이 사라지고 말았다. 좀 전에 느낀 감정은 이미 산산조각 나버렸고,

---

* 프랑스 중세의 노래 이야기. 작자는 미상으로 연대는 1200년 전후로 추정된다. 특이하게 운문과 산문이 번갈아 배열되어 있어 운문은 노래, 산문은 줄거리를 이어 간다. 영주의 아들과 노예 소녀(사실은 어느 영주의 딸)의 목가적 연애담이다. 남프랑스 보케르의 성주 아들 오카생은 노예 소녀 니콜레트를 사랑하지만 부친의 반대로 결혼하지 못한다. 그래도 오카생이 니콜레트를 단념하지 않자 영주는 오카생을 지하 감옥에, 니콜레트를 탑 속에 감금한다. 두 사람은 몰래 빠져나와 숲 속으로 도주하여 배를 타고 외국으로 도망치려 하지만 폭풍을 만나 난파되어 헤어지게 된다. 니콜레트는 고국으로 돌아와 아버지를 만난 뒤 떠돌이 악사로 분장하고 오카생을 찾아다니다가 보케르에서 다시 만나 결혼한다. ─ 옮긴이

잠에서 깨고 나면 금세 잊어버리고 마는 꿈처럼 그 느낌은 이미 손가락 사이로 전부 빠져나간 뒤였다. 하지만 그해 여름이 끝날 때까지도 나는 불확실한 걸음을 내딛는 기분이었고, 내 푸른 시선에는 옅은 안개가 낀 것 같았다.

여름의 한 모퉁이를 지날 즈음, 브르타뉴에서 보낸 여느 날보다 훨씬 더 부드러웠던 어느 저녁, 고뱅에게 바치는 시 한 편이 떠올랐다. 나는 그 시를 병 속에 집어넣어 수신인도 없이 무작정 바다에 던질까도 생각해 봤다. 하지만 그때쯤 그는 친구들과 함께 그 파리 소녀의 수줍음을 비웃고 있을지도 몰랐다…….

「마을 끝에……, 초가 없은 집에 사는 애 알아? 걔 좀 괜찮더라. 그리고…….」

「어머! 그래?」

웃음거리가 될까 두려워 고뱅에게 이 시를 보내는 것은 그만두었다. 그래도 이것은 내가 맨 처음 쓴 사랑의 시였다.

저 대양 앞에서 진정으로 순수하게
우리 두 사람은 앉아 있었지
당신은 어린아이처럼 수줍어했어
비록 앙드레 지드는 읽어 본 적 없지만
밤은 밤처럼 부드러웠고

내 몸은 처음으로 여인의 떨림을 느꼈지

우리는 시간의 끝을 잡고
내 안에서 솟아나는 여자의 욕망
남자인 그대와 아직 어린 나는
뻣뻣하게 아무 말 없이
때로는 스무 살 그때처럼

나는 종종 라그네스로 돌아가
앙드레 지드를 읽은 나는
회피하는 당신의 시선을 잡기 위해
부들부들 떨고 있는 당신의 야성적인 입술도
오늘 난 첫 여자처럼 부드러워
하지만 밤은 밤처럼 차가웠지

그날 저녁 당신에게 키스할걸 그랬나
우리 몸에 밴 소금의 맛을 느끼며
아일랜드 바다를 항해하는 당신은
거센 파도를 헤치며
내 이십 대와는 거리가 먼 삶을 살았지

그리고 당신 손에 이끌려 간 그 부드러운 해변에서
올라오지도 않는
운명의 물고기를 잡으며

그런데 당신은
때로 우리가 키스를 나누지 않았음을
후회하고 있을까?

　우리는 얼마 후 겨울을 나기 위해 별장을 잠가 두고 파리로 떠났다. 열여덟의 여름을 떠나야 했다. 나는 그 시를 식물 표본과 함께 버려두었다. 그 편지는 시간이 가면 색이 바랠 그 여름의 추억들과 서랍 속에서 만날 것이다. 속이 빈 분홍색 성게 하나, 노란 종이에 끼워 둔 청동색 브로치, 나머지 한 짝도 찾고 싶은 발목 양말 한 짝 그리고 타작하던 날 저녁, 로즈렉 집 안뜰에서 주워 온 밀 이삭 하나.
　그 시는 그다음 해에도 주인에게 전해지지 않았다. 그러다 나는 그 편지가 언젠가는 주인을 찾아가 맨 처음 느꼈던 그날 밤의 강렬한 욕망을 기억하게 되길 희망했다.

이본의 결혼식

고뱅을 다시 만난 건 이 년이 지나서였다. 그는 결국 바다를 선택했다. 고뱅은 갑판장으로 승진했고, 항해 중간, 거의 이 주에 이틀씩만 라그네스에 머물렀다. 가을에는 콩카르노에 있는 루즈 해군 학교에 들어간다고 했다.

그의 삶은 계획대로 술술 흘러갔다. 얼마 전 약혼한 고뱅은 내게 변명이라도 하듯 "부모님 댁에 계속 있을 수가 없어서······"라고 말했다. 약혼녀 마리 조제는 콩카르노의 어느 공장에서 일했다. 두 사람은 결혼을 서두르지 않았다. 로즈렉이 할머니에게서 물려받은 땅이 라르모르에 있는데 거기에 먼저 집을 짓고 싶어 했다. 그리고 초석을 올리기도 전에 이십 년 만기 대출을 받아야 했다.

어릴 적처럼 서로 욕을 퍼붓거나 무시하는 대신 우리는 서로를 피했다. 아니 적어도 고뱅은 나를 피했다. 그는 마을에서 나와 마주치자 반짝이는 시선을 내리깔았다. 그러고는 내 입장은 좀 다르다는 걸 말하려고 읍내 상점 안으로 들어가자마자 다른 손님들과 브르타뉴 사투리로 이야기를 시작했다.

고뱅은 이본의 결혼식 날이 되어서야 날 똑바로 쳐다보았다. 이본은 내가 꼭 결혼식 증인으로 서주길 바랐다. 고뱅 역시 예비 신랑의 증인을 서주기로 약속했다. 예비 신랑은 선원이자 영국 왕실 소속이었는데 이본에게 왕실 소속이라는 꼬리표는 꼭 필요한 조건이었다. 이본이 결혼하는 이유는 오로지 농사꾼의 삶에서 벗어나기 위해서였다. 그녀는 땅과 가축 기르는 것과 겨울만 되면 손이 트는 것과 일요일에도 똥 묻은 장화를 신어야 하는 농장 생활을 끔찍이 혐오했다. 그렇다고 로베르 오빠처럼 새벽 네 시에 일어나 바다로 나가 저녁에 항상 손에서 낚싯밥 냄새를 풍기며 돌아오는 것도 원치 않았고, 다른 두 오빠들처럼 트롤망으로 고기를 잡는 어부도 싫어했다. 이본은 물고기에 손을 대본 적도 없었다. 다만 멋진 유니폼을 입고 몇 달씩 집을 비우는 직업을 가진 남편을 바랐다. 거기다 운이 좋으면 가끔 지부티나 마르티니크 혹은 타히티로 가서 일이 년쯤 살다 올 수 있다면 더 좋을 것이라 생각했다. 그리고 나머지 시간은 멋진 새집에서 평화롭게 시간을 보내고 싶어 했다. 이본은 어린 시절을 즐길 틈이 없었고, 식사 시간을 빼고는 앉아 있지도 못했다. 이본과 그녀의 어머니는 일곱 사내와 이본의 아버지, 일손 돕는 덜떨어진 사내 녀석까지 뒤치다꺼리하느라 계속 서 있을 수밖에 없었기 때문에 그녀가 원하는 행복은 단 하나뿐이었다. 평화롭게 사는 것! 이본이 이 말을 공식처럼 되뇔 때마다 매번 그녀의 얼굴에서는 황홀한 미소가 피어올랐다. 이본이 말하는 평화란 다른 사람들이 자기 이름을 더 이상 부르지 않는 것이었다.

「이본, 어서, 능금주 좀 가져가! 우리 바빠! …… 이본, 어서 빨래해 와라. 네 오빠가 내일 이 옷 입어야 해! ……이본, 일어나. 나 혼자 암소를 끌어오란 말이냐!」

이본에게 결혼은 축복받은 무인도였다.

조건을 채우는 남자면 무조건 오케이였다. 그렇게 선택한 남자는 키가 병역 기준을 겨우 채울 정도밖에 되지 않았다. 몇 센티미터만 모자랐어도 병역 면제를 받았을 것이다. 모자란 건 그뿐이 아니었다. 머리도 어딘가 모자라는지 말이 영 서툴렀다. 하지만 뭐 그다지 중대한 결함은 아니었다. 이본은 그 정도 약점은 얼마든지 있는 그대로 받아들일 것이다.

결혼식을 준비하고 날짜를 잡는 일이 가장 어려웠다. 배 타는 오빠 셋이 동시에 집에 있는 날을 택해야 했기 때문이었다. 이제는 같은 배를 타지도 않아서 형제들이 함께 쉬는 건 여간 드문 일이 아니었다. 게다가 낭트에서 교사로 일하는 오빠의 방학과 내가 라그네스에서 보내는 휴가 시기까지 맞춰야 했다. 로즈렉 부부는 하나뿐인 딸에게 멋진 결혼식을 치러 주고 싶어 했다. 그래서 연녹색 조가비 모양의 원피스를 입은 들러리 세 명을 세우고, 남부 피니스테르 주민 전체를 하객으로 부르려고 했다.

그 결혼식은 우리 두 사람, 그러니까 고뱅과 내게도 멋진 결혼식이었다. 그 결혼식과 피로연을 시작으로 우리는 돌아올 수 없는 강을 건넜기 때문이다.

나는 오전 아홉 시부터는 포도나무 앞에 있는 그의 옆에서 서성거렸고, 우리는 낮 동안 내내, 그리고 그날 밤 일부와 그다음 날까지 긴 방랑을 마치고 나서야 '결혼식에서 돌아왔다.'

알아볼 수 없을 정도로 호화스러운 옷을 입고, 잠기지 않는 허리띠를 끈으로 겨우 이어 붙이고, 머리엔 포마드를 바른 고뱅은 꼭 곰 같았다. 하지만 그는 고생한 티가 역력한 자신의 모습을 보란 듯이 과시하고 있었다. 나는 명주실로 짠 옷을 입고, 발목 부분에 자수를 박아 고급스러워 보이는 신발을 신었는데, 그 신발은 내 다리를 더욱 돋보이게 해주었다. 내 모습에서 흐르는 여유는 운명이 내려 준 안락한 요람에서 태어난 사람만이 가진 특권이었다.

그날 아침, 나는 그가 싫어하는 것은 전부 갖추고 있었다. 사실 나는 그의 마음이 아주 약하다는 걸 알아차렸고, 그것에 더욱 자극되어 그의 방벽을 내 마음대로 허물어 버리고 싶었다. 그 섬 사건은 밝은 곳을 향해 잠깐 열렸다가 너무 빨리 닫혀 버린 문 뒤에 선 것마냥 내 기억 깊숙이 묻혀 있었다. 나는 그 감정이 여전히 내 심장을 조여 오길 기대한 걸까? 고뱅도 그런 감정을 느꼈을까? 나는 남은 인생 동안 그 질문을 하면서 그날 저녁만을 회상하며 보내고 싶지는 않았다. 오늘 고뱅의 입에서 그 대답을 토해 내게 할 것이다. 그렇지 않으면 영원히 그에 대한 언급을 하지 않을 것이다.

하지만 왜소한 신랑이 태어났다는 작은 마을의 생 필리베르 성당 안뜰에서 미사가 진행될 때도, 계속해서 사진을 찍을 때도, 나는 아무런 시도도 하지 못했다. 이때 소금기 머금은 남서풍이 불어와 양가 어머니들이 머리에 두른 리본을 날려 보내고, 건물 상단을 장식해 놓은 커다란 휘장까지 위로 걷어올려 버렸다. 그러더니 모래알이 바람에 섞여 와 얼굴을 후려쳤고, 자연스럽게 컬이 진 내 머리카락은 사방으로 펄럭거리기 시작했다.

결국 사진사는 카메라와 삼각대를 검은 천에 싸서 치우고 모두들 읍내 술집으로 가라고 신호를 보냈다. 하지만 거기서도 남자들은 바에 몰려 있거나 슬롯머신 주위에만 몰려 있었고, 여자들과는 섞이지 않았다.

피로연장으로 자리를 옮기고 난 후 오후 두 시가 되어서야 고뱅 옆에 앉을 수 있었다. 그는 고맙게도 취해 있었지만, 결혼식 음식에 반드시 나오는 화이트 와인과 보르도 와인, 샴페인, 리큐르 등에 관한 아무 의미 없는 이야기만 하려 들었다. 나는 그의 이야기를 들으며 어떻게 작업을 걸까 방법을 모색했다. 술에 취하면 모든 취약점이 드러나기 마련이니까.

화이트 와인에서 레드 와인으로 넘어가기 전, 아직 마디라산 와인에 절인 소 혓바닥 이야기가 나오기 전에, 나는 내 몸이 고뱅의 몸을 점점 더 원한다는 걸 깨달았다.

그때 우리 아버지가 말했다.

「레드 와인을 마시고 화이트 와인을 마시면 아무렇지도 않지만 화이트를 마시고 나서 레드를 마시면 누구나 한 방에 가버리지!」

고뱅은 나란 존재에 아무 관심도 없는 것 같았다. 그의 약혼녀는 분홍색 원피스를 입고 고뱅의 오른쪽에 조신하게 앉아 있었는데, 그녀의 그다지 금발 같지 않은 금발은 원피스 색 때문에 더 칙칙해 보였고 뽀글뽀글한 파마머리는 푸석푸석한 데다, 베갯잇을 몇 개 포개 놓은 것 같은 가슴은 영국 여왕의 가슴이라도 되는 듯 내밀고 있었다. 고뱅이 저런 축 처진 가슴으로 만족할 수 있을까?

나도 점점 취기가 올라 지금 당장 고뱅이 내 가슴에 손을 얹게 하고 싶어졌다. 하지만 그렇게 할 수 있을까? 그의 손놀림은 아주 거칠 것 같았다. 나는 그에게 내 섬세한 영혼을 보여 주고 싶었다. 하지만 내 인생에서 시도하려 했던 음탕한 행동들과 마찬가지로 고뱅의 관심을 이끌어 내는 것은 쉽지 않았다. 나는 머리보다 몸의 지배를 받는 사람이 분명했다!

시간은 계속 흘러가고 음식은 점점 더 더디게 서빙되었다. 그리고 음식 부스러기와 소스 얼룩, 엎어진 잔 사이에서 끝날 줄 모르는 피로연은 지루해지기 시작했다. 농촌 처녀들은 허리띠를 풀고, 아침부터 불편하기만 했던 시장에서 산 무거운 구두를 식탁 밑에 벗어던졌다. 남자들은 소변을 보려고 화장실 문 앞에 줄을 섰고, 밖으로 나와 바지를 다시 채우며 상쾌한 기분으로 돌아왔다. 아이들은 흥겨운 분위기에 들떠 소리 지르며 의자를 뒤집어엎었고, 새신랑은 자기가 신뢰할 만한 사람이란 걸 보여 주려는 듯 친구들과 함께 큰 소리로 웃고 있었다. 반면에 이본은 코에 약간 홍조를 띠고 있었다. 방울 장미 장식을 얹은 머리 아래 반짝이는 젊은 신부 얼굴에서 왠지 모를 고독이 느껴졌다.

나는 춤추는 시간이 되면 상황을 바꿀 수 있을 거라고 믿었다. 그래도 새로운 음식이 도착할 때마다 활기가 생겼다. 특히 데코레이션 케이크와 샴페인이 나오자 사람들은 마이크를 잡고 노래를 부르기 시작했다. 줄지어 늘어선 고집 센 노인들은 술을 마셔 떨리는 목소리에 브르타뉴 사투리로 끝없이 한탄을 늘어놓았다.

〈르쿠브라낭스〉의 일곱 번째 소절이 흘러나오고 있었다. 마이크를 잡은 여자는 자기가 무슨 리나 케티라도 되는 것처럼 노래를 불렀지만 무대를 완전히 장악하지는 못했다. 다음으로 고뱅이 일어나 〈브로 고즈 바 자두〉(브르타뉴 지방의 찬가 — 옮긴이)를 부르자 하객들 모두 환호했다. 그의 낮은 목소리는 내게 최후의 일격을 가했다. 나는 그에게 완전히 빠져 들었다. 그는 강하고 날카로운 브르타뉴 방언에 덧붙여 각 음절마다 바이브레이션을 넣어 마치 펠릭스 르클레르크를 연상시켰다. 음유 시인 같은 목소리는 그의 단단한 가슴과 근육질의 어깨와 썩 잘 어울렸다. 몸에 딱 달라붙은 옷 때문에 근육질의 어깨와 가슴이 외설적으로까지 느껴졌다.

마리 조제는 후렴구가 끝날 때마다 키스를 보냈다.

소년들이 소녀들에게 키스할 때는
신부님, 그렇게 질색하시더니
소녀들이 소년들에게 키스할 때는
신부님, 왜 가만히 계시나요

소녀인 나도 소년인 고뱅에게 키스해야겠다. 하지만 나는 잘생긴 고뱅과 키스를 하려고 줄을 선 이들과 뒤섞이지 않게 맨 끝에서 천천히 걸어갈 것이다. 고뱅은 노래를 마치자 큰 소리로 웃었다. 그 쉰 목소리는 한쪽 눈에 검은 안대를 한 애꾸눈 해적처럼 난폭하게 느껴졌다. 나는 그의 바로 옆으로 다가가 몸을 숙여 실수인 듯 그에게 내 입술을 댔다.

고뱅은 나를 날카롭게 쳐다봤다. 그도 섬에서의 일을 잊지 않았던 것이다.

하지만 피로연의 흥을 돋워 줄 다니엘 파브리스 오케스트라가 도착하기를 기다리는 동안 나는 계속 아페리티프 상그리아를 마시고 있어야 했다. 나는 점점 더 초조해졌다.

무도회장은 무슨 재난 현장처럼 장식 하나 없었고, 조명만 뜨겁게 내리비추고 있었다. 나는 오늘 내내 보지 않았던 거울을 들여다보았다. 새로운 하객들이 도착했는데, 그중 피서객으로 놀러 온 내 친구 몇도 동물원 구경하듯 안으로 들어왔다. 나는 자연스럽게 내 친구들과 섞이면서도 고뱅에게서 절망적인 눈빛을 거두지 않았다. 하지만 끝내 그의 주의를 끌지는 못했다. 그에게 나는 없는 존재였다.

나는 확실한 몇 가지 방법을 써보았다. 고개를 약간 숙인 채 매혹적인 눈빛을 보내거나 사랑의 슬픔을 노래하는 탱고 음악이 나와도 춤추지 않고 고통에 잠긴 듯 무도회장을 구석구석 돌아다녔다. 하지만 내 술책은 어느 것 하나 먹혀들지 않았다. 내가 좋아하는 춤곡이 나올 때마다 고뱅이 끌어안고 춤을 춘 사람은 내가 아니라 마리 조제였다.

자! 이제 내가 할 일은 저 잘생기고 터프한 남자는 그만 잊어버리고 친구들에게 돌아가는 것이다. 여기서 더 이상은 아무것도 바랄 수 없었다. 파티는 형편없었고, 이제 볼 장 다 봤으니 그 방법이 최선이다. 그럼 이제 고뱅은 어떻게 해야 할까? 묵사발을 만들어 버릴까? 나는 이런저런 생각으로 마음을 달렸다.

자리를 뜨려고 하자 이본의 아버지가 깜짝 놀라며 물었다.

「남아서 양파 수프 좀 먹지 그래?」

'아, 아니에요! 더 이상 고뱅과 그 경호원을 보고 싶지 않네요.'

갑자기 피로가 밀려왔다. 나는 그만 로즈렉 가족과 사천 킬로미터쯤 떨어져 있고 싶었다. 나는 우리 식구들과 조용히 자리를 뜨기 전에 이본과 서둘러 포옹을 했다.

내 동생 프레데릭이 좀 심하게 말했다.

「평생에 한 번뿐인 아름다운 추억을 망치려고 작정했구나.」

나는 그 말에 더욱 화가 치밀었다. 아름다운 추억은 항아리 속에나 처박으라지. 나는 아름다운 추억이 증오스러웠다. 내가 원하는 건 아름다운 미래뿐이다.

나는 이미 정원으로 나와 있었다. 만취한 사람처럼 비틀거리며 노랫말을 흥얼거리거나 하늘을 향해 팔을 뻗어 소리쳐 보기도 했다. 그때 누군가가 내 어깨를 잡았다. 나는 소스라치게 놀랐다.

고뱅이었다. 그가 명령조로 속삭였다.

「좀 봐야겠어. 오늘 밤 선창에서 기다려. 되도록 빨리 갈게. 한 시 전에는 갈 거야.」

그건 일방적 통고였다. 고뱅은 내 대답을 기다리지 않았으니까. 친구 몇 명이 소리쳐 그를 불렀고, 프레데릭은 차에서 짜증을 내며 날 기다리고 있었다. 하지만 나는 여유롭게 그가 내뱉은 말들이 내게 쏟아져 내리는 것을 만끽했다. 깊게 숨을 들이쉬자 행복의 파도가 나를 덮쳐 불타오르는 환희와 열정으로 휘감았다.

담배 연기 자욱한 피로연장을 나서니 서풍이 강한 해초 냄새와 섹시한 냄새를 실어 왔다. 나는 알리바이를 만들기 위해 일단 집으로 돌아갔다. 그리고 더플코트를 챙겼다. 고뱅의 팔십 킬로그램짜리 몸이 내 위에 누울 때, 우툴두툴한 땅바닥으로부터 내 몸을 보호해야 할 것 같았기 때문이다. 그리고 아주 우연히 서랍 속에서 잠자던, 이 년 전 그를 향해 썼던 시도 주머니에 집어넣었다. 집을 나서기 전 그 시를 동생에게 읽어 보라고 줬다. 그랬더니 동생은 입을 삐죽거리며 말했다.

「어린 소녀가 쓴 게 분명해.」

46

그래도 난 아름다운 시라고 생각했다! 사랑에 빠지면 누구나 어린 소녀가 되지 않던가?

그날 저녁에는 달이 보이지 않았다. 라그네스 섬은 시커먼 바다 위에서 시커먼 덩어리처럼 우뚝 서 있었다. 그 순간 모든 것이 무언가를 기다리는 것처럼 꼼짝하지 않았다. 아니, 아니다. 무언가를 기다리는 건 바로 나였다. 내가 기다리는 건 지난번과 같은 그런 여름밤이었다.

기다린 지 얼마 지나지 않아 나는 아주 즐거워졌다. 나는 지금이 최고의 순간임을 의식하고 있었다. 그날 저녁, 제정신이 아닌 우리 두 사람이 어떤 역할을 맡게 될지는 그때까진 알 수 없었다. 하지만 우리가 당장 누릴 연극의 한 장면을 위해 나는 인생의 십년 — 아니 오 년이라고 해두자 — 을 포기해야 할지도 모른다. 겨우 나이 스물에 몇 년 후의 일을 어떻게 예상할 수 있겠는가? 나는 관습과 신중함, 그리고 희망이 보호해 온 내일을 버릴 준비가 되어 있었다. 그리고 거기서 야성적인 쾌감을 느꼈다.

마침내 고뱅이 도착했다. 그는 차를 절벽 가에 주차시켰다. 문이 쾅 닫히는 소리가 들리더니 어둠 속에서 희미하게 그의 모습이 보였다. 그는 내가 알아볼 수 있도록 자동차 헤드라이트를 켜놓고 바위 언덕을 서둘러 내려왔다. 나는 바람을 피하려고 모래위로 끌어올려 놓은 보트에 기대어 앉은 뒤, 무릎을 세우고 팔로 무릎을 감싸 발랄하면서도 낭만적으로 보이는 자세를 취했다. 스무 살에는 그런 것에 특히 신경 쓰기 마련이다. 고뱅은 내가 미처 무슨 말도 하기 전에 내 두 손을 붙잡아 재빨리 나를 일으켰다. 그는 나를 거세게 밀어붙이고는 내 다리 사이에 다리를 끼워 넣은 뒤, 입술로 내 입을 열었다. 나는 혀로 그의 입술을 더듬었고, 손으로는 옷 속 그의 냄새가 가득한 살을 처음으로 더듬었다. 손가락으로 움푹한 등 가운데의 벨트가 조이지 않은 부분을 만지며 허리 근육 아래 그곳을 향해 내려갔다. 그는 아무 소리 없이 울기 시작했고, 우리는 아주 먼 나라에 살던 사람들처럼 금방 서로를 알아보지는 못했다. 고뱅이 울고 있다는 생각이 든 순간, 그의 눈을 보려고 나는 잠시 그에게서 떨어졌다. 그의 이마 위로 꼬불꼬불 내려온 앞머리에서 무언가 반짝 빛났다. 그의 눈썹 사이에 이슬 몇 방울이 반짝였다. 어쨌든 그건 눈물이었을 것이다. 우리 입술은 붙었다 떨어졌다 다시 웃으며 한데 붙었다. 미끄러지듯 떨어지는 이슬비까지 달콤하게 느껴졌다. 서글픈 공기와 축축한 해변의 우울, 물방울 아래 돋아나는 바다의 소름이 우리를 사방에서 둘러쌌다. 우리는 낮 동안의 흥분과 단절된 채 사랑으로만 참아낼 수 있는 단조로움 속으로 빠져 들어갔다.

빗방울이 우리 목덜미 안으로 흘러내리기 시작했고, 바람도 거세졌다. 하지만 벌써 헤어질 수는 없었다. 고뱅은 턱 끝으로 섬

위의 폐가를 가리켰다. 아직 오두막의 지붕이 마지막 기둥 하나에 걸쳐져 겨우 버티고 있는 집이었다. 나는 미소를 지었다. 우리는 거기서 어린 시절의 풋사랑을 재연할 것이다!

그가 말했다.

「저기까지 갈 시간은 충분해. 새벽 두 시까지는 물이 빠져 있을 테니까.」

우리는 섬과 물 빠진 해안을 잇는 모래 능선을 달렸다. 어둠 속에서도 내 발목에 해초가 걸린 것을 본 고뱅은 나를 풀밭 위로 끌어올려 주었다. 그래서 우리는 오두막까지…… 아니 오두막이었던 그곳까지 올라갔다. 우리는 숨이 차서 아무 말 없이 손을 붙잡고 있었다. 그리고 임시 피난처에 도달하니 과거에 대한 걱정도 미래에 대한 불안감도 사라졌다. 우리가 함께할 순간에 대한 욕구만이 강하게 솟구쳐 올랐다. 어느 한순간 삶 전체가 한꺼번에 안으로 밀려들어 올 때, 우리는 모든 것을 잊고 가장 강한 기쁨에 도달하게 된다.

폐허가 된 오두막에서 비가 새지 않은 한구석을 찾아 몸을 피했다. 더플코트를 가져온 것이 천만다행이었다.

나는 계속해서 똑같은 말만 반복했다.

「당신, 여기 있어? 여기 있는 사람이 바로 당신이라고 말해 줘……. 깜깜해서 보이질 않아.」

그는 내가 그의 얼굴을 잘 볼 수 있게 내 얼굴을 쓰다듬으며 대답했다.

「다시 만날 줄 알았어. 난 알고 있었어.」

그런 다음, 그는 내 블라우스를 젖히고 부드럽게 내 어깨와 목덜미, 허리, 그리고 기다리던 그곳을 향해 조금씩 조금씩 짚어 내려갔다.

그때까지 나는 경험이 그다지 많지 않았다. 스무 살 때, 질이 내 첫 상대였다. 하지만 그에 대해서는 정말 할 말이 없다. 그땐 질도 나도 뭘 어떻게 해야 하는지 별로 아는 게 없었기 때문이다. 그리고 박학다식한 로제……. 그를 존경했던 나는 입을 다물고, 그가 이끄는 대로 맡겼다. 심지어 그는 물리학 강의 사이 짧은 시간에, 기숙사에 있던 모로코 담요 위에서 혹은 물이 흐르는 층계에서 나를 탐했다. 그래도 처음엔 시작할 때마다 늘 날 간질였는데, 네다섯 번째부터는 그런 과정을 생략했다. 나는 바이올리니스트가 가운데 손가락으로 바이올린 줄을 흔들었다 놓는 모습을 보면 나도 모르게 그가 떠올랐다. 그는 삽입하는 동안에는 늘 힘겹게 꺽꺽대며 "사랑해" 하고 말했고 나는 십오 분 동안 활기를 불어넣으려고 그를 자극하면서 "사랑해" 하고 대답했다. 하지만 나는 한 번도 로제처럼 완벽한 만족감을 느낄 수 없었다. 그는 내게 아무것도 묻지 않고 규칙적으로 다시 시작하곤 했다. 어쨌든 그건 나쁘지 않았다. 그것은 내가 그 당시에 부르던 '육체적인 사랑'이었다. 내가 즐겼던 것은 전희와 후희였지만, 남자와 여자 사이에도 차이가 있을 것이라 생각했다.

그때 고뱅이 애무를 잘 했었는지는 기억나지 않지만 나중에는 썩 잘하게 되었다. 당시 우리는 환경 탓에 애무를 많이 할 수는 없었다. 물론 내가 애무를 많이 하도록 내버려 두지 않은 까닭도 있다. 로제는 아주 평범했던 것 같다. 남자들이 지루해하지 않게 하려면 "아냐, 더 세게!"라든가 "음, 너무 세!" 혹은 "좀더 해줘"라는 말을 해야 한다. 남자들을 따분하게 만들면 만족스럽지 않다는 뜻으로 받아들이기 때문이다. 그렇게 되면 남자들은 자신의 마법의 몽둥이를 기꺼이 숭배하며 성유를 마셔 주고, 항상 자신의 방식을 만족스러워하는 사창가의 다른 여자들에게 가버린다. 적어도 주변에서 하는 얘기로는 그렇다. 하지만 무슨 수로 확인하겠는가. 수컷들에겐 솔직한 게 통하지 않는다. 남자란 족속은 우리와는 다른 언어를 사용하는 전혀 다른 세상에 살기 때문이다.

하지만 그날 밤, 처음으로 그 국경이 허물어졌다. 우리 몸은 마치 오래전부터 서로를 알았던 것 같았다. 우리의 성욕은 같은 리듬으로 커져서 남녀라는 차이를 점점 해소시켜 주었다. 우리는 단순히 재미를 위해 쾌감을 소진시키는 것이 아니었다. 앞으로 느낄 쾌감의 첫 파동은 이미 그 심연에서부터 꿈틀거리고 있었다. 우리는 서로의 옷을 벗기고 사랑을 나누려고 오래전부터 기다린 사람들 같았다. 우리는 살면서 몇 번밖에 오지 않는 짧은 밤들 중 하나를 경험하고 있었다.

우리를 육지로 올려 보낸 건 밀물이었다. 고뱅은 문득 다가오는 파도 소리를 들었다. 이 남자는 늘 바다가 어디에 있는지 감지하고 있었다.

그는 여기저기 흐트러진 우리 옷을 챙겨 정신없이 달리며 말했다.

「지금 빨리 뛰지 않으면 수영해서 나가야 해.」

내 브래지어가 어디로 가버렸는지 나는 찾기를 포기하고 말았다. 거기다 내 이름을 써 놓은 것도 아니지 않은가. 고뱅은 물에 젖은 옷에 단추를 채우지 못하고 있었고, 나는 어둠 속에서 그가 내뱉는 욕설을 들었다. 마침내 우리는 주섬주섬 옷을 주워 들었다. 우습게도 나는 찻집에서 막 나온 것처럼 손가방을 들고 있었고, 고뱅은 바지를 어깨에 걸쳐 옷이 바닷물에 젖지 않는 대신 비를 맞는 쪽을 택했다. 우리는 미친 듯이 웃음이 나오는 걸 겨우 참으며 달렸다. 하지만 곧 물이 차올랐고, 이미 물살도 세져 있었다. 우리는 물살에 휩쓸리지 않으려고 서로를 꼭 붙잡았다. 그렇게 해서 마침내 배까지 차오르는 물길을 무사히 건널 수 있었다. 섹스의 흔적을 씻어 내는 데 이보다 더 낭만적인 방법이 어디 있을까!

우리는 다시 안락하고 뽀송뽀송한 차에 올라탔다. 하지만 물에 젖어 축 늘어진 옷을 다시 입는다는 게 여간 어려운 게 아니었다. 고뱅은 마을로 차를 몰아 농장 안뜰에 주차시키고 내려서 나와 함께 걸었다. 따뜻한 외양간에서는 지푸라기 위에서 움직이는 짐승의 소리가 희미하게 들렸다. 우리는 외양간의 따뜻한 온기에 끌렸지만 이제 그만 각자의 삶으로 되돌아가야 했다. 갑자기 추위가 몰려와 우리는 마지막으로 서로의 입 속 열기를 피난처로 삼았다.

나는 가방에서 축축해진 종이를 꺼내며 그에게 속삭였다.

「당신에게 줄 게 있어. 우습다고 생각할지도 모르지만……. 그날 저녁에 쓴 거야. 알지……? 이 년 전에…….」

고뱅이 나지막한 목소리로 물었다.

「그럼 당신도? 난…….」

「하지만 당신 아무 기색도 하지 않았잖아!」

「그게 우리 둘 모두에게 좋을 것 같았어. 그리고 당신도 알다시피 그날 저녁 이후로 난 어떻게 해야 할지 몰랐고, 정말 후회했어. 난 진짜 나쁜 놈이야.」

「왜? 약혼을 해서?」

그는 어깨를 으쓱했다.

「난 당신에게서 날 보호하려고 약혼했어……. 그리고 자꾸만

드는 생각으로부터 날 지키려고……. 우리 사이에 대해 난 어떤 환상도 품은 적이 없어. 그리고 오늘 밤, 당신을 데려오지 말았어야 했는데, 바보같이. 날 용서해.」

고뱅은 숱 많은 곱슬머리를 내 어깨에 기댔다. 그는 한숨을 크게 내쉬었다. 평생에 단 한 번 찾아올까 말까 하는 운명의 순간을 거부하는 것이야말로 용서할 수 없는 바보짓이라고 말하고 싶었다. 나는 이미 그 운명을 예감했다. 하지만 그는 이해하지 못할 게 뻔했다. 그는 근본부터 나와는 다른 사람이었으니까. 비는 더 세차게 내렸고, 내 더플코트는 완전히 젖어 버렸다. 신발 속으로 진흙이 들어왔고, 우리는 추위와 우울함에 덜덜 떨었다. 고뱅은 화가 잔뜩 나 있었다. 그는 감정에 휘둘리고 있었지만 그것은 그의 인생 계획과는 거리가 먼 감정이었다. 그는 잘 정돈된 자신의 세계와 그 확신을 서둘러 되찾으려고 하는 것 같았다.

내가 말했다.

「이번 겨울 학기가 시작하기 전에 다시 만나겠다고 약속해 줘. 그럼 당신을 용서할게. 이번엔, 정말 이번엔, 진짜 침대에서……, 밀물이 올까 두려워하지 않아도 되는 곳에서 말이야. 잊기 전에 당신을 좀더 알고 싶어.」

고뱅은 날 더욱 강하게 끌어안았다. 그가 날 잊는다는 건 이미 불가능한 일이었다.

그가 속삭였다.

「카레딕('연인', '사랑하는 사람'이라는 뜻의 브르타뉴 방언 — 옮긴이), 도저히 프랑스어로는 말 못 하겠어. 너무 암담해서……. 난 당신에게 아무것도 약속할 수가 없어……. 모르겠어. 하지만 당신이 알아준다면…….」

그는 말을 끝맺지 못했다. 그리고 나는 이미 그가 배를 타야 하고, 약혼자가 있고, 도덕성을 중시하고, 콤플렉스로 가득 차 있으며 그가 말하는 것처럼 '정직하게' 살고 싶어 하는 사람이란 걸 알았다. 하지만 나는 그에게 잊혀지고 싶지 않았다. 사랑하는 남자를 곁에 있는 사람으로부터 뺏어 결혼을 방해해 버릴까. 그의 평화를 깨뜨려 치유되지 않는 향수를 남겨 그것을 기쁨으로 삼는 잔인한 여자처럼…….

그는 낮은 목소리로 덧붙여 말했다.

「케나보…… 아 웨찰('그럼 안녕'. 브르타뉴 방언으로 헤어질 때 하는 인사 — 옮긴이).」

그리고 멀어지며 말했다.

「파리로 가도록 해볼게.」

그는 브르타뉴 말투로 단어를 짧게 끊어 말했다. 나는 그의 그런 터프한 말투가 좋았다. 그는 맹세를 하듯 오른손을 들어보였다. 내가 집 안으로 들어갈 때까지.

파리

탄생, 질병, 죽음과 같이 인생의 결정적인 순간들은 당사자를 지극히 평범하게 만든다. 그때는 할 수 있는 모든 속된 표현, 본능적인 반응이 목구멍까지 치솟는다.

고뱅은 그후 약속대로 파리로 와서 며칠간 머물렀다. 섹스가 다른 모든 것을 잠식해 버린 것처럼 나는 식사를 할 수도, 잠을 잘 수도 없었다. 말 그대로 목이 메었고 위는 조여들었으며 심장은 부풀었고 다리는 솜털처럼 가벼웠다. 또, 내가 느낀 대로 표현하자면 엉덩이에 불이 붙은 것 같았다. 나는 사흘 동안 시뻘겋게 달궈진 고뱅의 쇳덩어리로 내 다리 사이에 O자 모양의 낙인을 찍어 댔고, 그곳은 깜부기불처럼 계속 불타고 있었다.

「그거 알아? 그거 꼭 불덩이 같아.」

나는 고뱅에게 그의 '성기'라고 직접 말할 수가 없어서 그냥 그렇게 말했다. 어쨌든 우리 두 사람의 그것은 서로 떨어졌던 적이 거의 없었다.

나는 그의 사내다움에 경의를 표할 수 있다는 기쁨과 예상하지 못했던 신선한 충격을 동시에 느끼며 애교를 부리며 다시 말했다.

「그거 꼭 불덩이 같아.」

난 그를 놀래 주는 게 좋았고, 그건 그다지 어려운 일이 아니었다! 그는 사물과 사람이 명확히 구별되는 세계에 사는 고지식한 사람이기 때문이다.

나는 아픈 부위에 진정 크림을 바르면서 생각했다. 사랑을 나누는 사람들은 이런…… 쾌락 후에 뒤따르는 고통 따위는 전혀 염두에 두지도 않는 게 아닌가. 여자의 질은 낯선 육체를 끊임없이 받아들일 수 있을 만큼 질기다는데 난 꼭 껍질이 벗겨진 것처럼 화끈거렸다. 큰 거울에 손거울을 비춰 그 부위를 살펴보았다. 내 외음부는 평소와 달랐다. 마치 농익고 짓물러 껍질이 벗겨진 살구 속살처럼 단정치 않아 보였다. 그리고 불타는 것 같았다. 더 이상은 아무것도 받아들일 수 없는 상태였다.

하지만 그후에도 나는 고집을 부려 고뱅의 불덩이를 다시 받아들였다. 그 큰 것이 내 안으로 파고들어도 고통의 문턱을 넘어서

기만 하면 몸에 꼭 맞는 옷처럼 그대로 들어맞았다.

평소 같으면 잠깐 쉬자고 했겠지만 우리에겐 시간이 너무 부족했다. 오르가슴을 느끼고 나면 성욕이 잦아들리라 생각했지만 갈망은 점점 더 커졌다. 그와 한순간도 떨어지지 않으려는 듯 한몸처럼 붙어 있으면서, 그에게서 나는 곡식 냄새와 끝없이 솟아나는 성욕에 내 감각은 온전히 사로잡혔다. 밤이 되어 그가 잠들어 있을 때조차 그의 몸으로 내 몸을 가득 채우려 했고, 날이 밝으면 그가 단단하고 거친 손으로 내 몸을 섬세하게 애무하는 손길을 만끽했다. 그러다가 우리는 조금 절제해야겠다는 생각이 들었다. 에펠탑과 개선문, 루브르 박물관을 구경하기로 했다. 연인에서 관광객이 된 것이다. 파리가 처음이라는 고뱅을 데리고 센 강의 유람선을 탔다. 하지만 우리의 산책은 짧게 끝났다. 서로에게 몸을 기댄 채 편안한 여행자처럼 여기저기를 돌아다녔다. 그러다가 그의 시선이 루브르 박물관이 아닌 내 가슴을 훑고 있음을 알아차렸을 때쯤, 내 손이 그의 단단한 엉덩이를 쓰다듬고 있음을 알아차렸을 때쯤, 우리는 부끄럽지 않을 만큼만 서두르면서 호텔로 돌아왔다.

우리는 먼저 바에 들렀다. 서로의 입술이 떨어져 있는 순간은 와인을 마실 때뿐이었고, 한 잔씩 더 들이켤 때마다 조금씩 더 은밀한 곳을 탐해 나가며 주위 사람들의 존재를 망각해 갔다.

「고뱅, 여기서 도대체 뭘 하고 있는 거야? 설명 좀 해봐.」

고뱅은 거북한 내 질문에 농담하듯 대답했다.

「내 모습에 나도 놀랐어. 하지만 아무 말 말고 내가 하는 대로 따라와. 그럼 당신도 이해하게 될 거야.」

고뱅은 그렇게 말하면서 그의 다리를 내 다리에 가져다 댔다. 그것으로 우리는 이성의 영역을 벗어나 버렸다. 서로에게 굴복한 우리는 상대를 조롱할 수도, 육체의 욕망에 마냥 복종할 수도 없어 자기도 모르게 한숨을 내쉬었다.

유쾌하고도 끔찍한 날들이었다. 보통 때는 상상도 못할 행동들을 우발적으로 저질러 유쾌했지만, 고뱅이 자신의 인생을 온전히 내게 바치려 한다는 걸 느꼈기 때문에 끔찍했다.

우리는 마지막 날 저녁이 되어서야 용기를 내어 그런 이야기를 꺼냈다. 그것도 잔인한 운명을 깡그리 잊게 할 만큼 안락했던 어느 레스토랑에서……. 방 안에서는 서로의 손길이 너무 빨리 말을 가로막았기에 도저히 그런 이야기를 할 수 없었다. 게다가 우리 두 사람은 진실을 의심하고 있었다. 어쨌든 실수로 튀어나오지 않는 이상, 그런 대화를 나눌 수는 없었다. 불시에 서로의 삶에 침입하여 일탈한 우리는 그 죗값을 치르게 될 터였다.

내가 생선 가시가 목에 걸린 듯 도저히 나오지 않는 말을 내뱉으려 마음의 준비를 하는 동안, 고뱅은 선주와 계약에 관한 이야기를 하듯 최대한 열중해서 앞날의 계획을 이야기하기 시작했다. 그는 파혼을 하고, 직업을 바꾸고, 강의도 듣고 현대 미술과 음악도 배우고, 거장들의 작품부터 시작해서 책도 읽고 사투리 발음도 고치고……. 그리고 모든 게 준비되면 나와 결혼하겠다고 두서없이 말했다.

고뱅은 작은 테이블 맞은편에 앉아 테이블보 아래서 다리로 내무릎을 감쌌다. 그의 반짝이는 눈은 내 눈빛에서 그의 인생을 바치는 것으로 충분하지 않음을 읽어 내고 바르르 떨리기 시작했다.

나는 곧바로 대답하고 싶지 않아서 좀더 생각해 보자고 했다. 그런 '지독히 열렬한 사랑'이라는 단 세 마디 말로 그 외의 모든 것을 산산조각내 버리고 싶지도 않았고, 그렇게 순진한 그의 모습을 보면서 마음이 아프기도 했다. 세상에 어떤 남자가 내게 그런 용감하지만 어리석은 제안을 할 수 있겠는가? 맙소사! 지금 고뱅에게는 '그렇다' 혹은 '아니다'라는 대답밖에 통하지 않는다. 그는 나를 자기 사람으로 만들지 못한 채 나와 계속 만나느니 차라리 고통스럽더라도 자신의 감정을 잘라 저 멀리 던져 버릴 것이다.

나는 아무 말도 할 수 없었다. 내가 고뱅에게 줄 수 있는 건 대단한 것들이 아니었다. 그것으로는 인생을 설계할 수 있기는커녕……. 내가 그에게 줄 수 있는 거라고는 그를 보면 시시각각 솟구쳐 오르는 성욕과 애정이 전부였다. 나는 학업을 중단할 수도, 선원의 아내가 될 수도, 라르모르 해변에서 그의 친구들과 함께 살 수도, 이본을 시누이로 둘 수도, 일요일마다 로리앙 경기장에서 페널티 에어리어 위를 달리는 그의 모습을 보고 있을 수도 없었다. 결정적으로 그가 날 위해 희생하는 것도 원치 않았다. 나는 그가 자신의 직업과 말투와 힘과 무능력까지 그대로 간직하길 바랐다. 눈빛에서 넘실거리는 파도가 사라지고 평범한 회사원이나 목수가 된 그를 사랑할 수 있을까? 또 그는 그렇게 된 자기 자신을 여전히 사랑할 수 있을까? 하지만 그런 내 생각은 그에게 먹혀들지 않았다. 얼굴이 굳어진 그는 갑자기 자신의 입가가 떨리는 것도 제어하지 못할 만큼 속 좁은 사람처럼 보였다. 사실 나는 그의 여리면서도 난폭한, 그 상반되는 두 모습을 모두 사랑했다. 그에 대한 내 사랑은 괴로워하는 그를 보면서 더욱 커졌고, 그런 점에서는 그에게 두들겨 맞는다 해도 할 말이 없었다.

레스토랑을 나서면서 내가 그의 허리를 감싸 안으려 하자 고뱅은 날 뿌리치며 냉담하게 말했다.

「오늘 저녁에 떠날 테니까 호텔 방 잡을 필요 없어.」

하룻밤을 잃는 것은 내 인생에서 어마어마한 손해이자 우리에게 주어진 기회에 대한 모욕이었다. 하지만 그를 설득시킬 수 없었다. 고뱅은 자신을 내팽개치고 떠나 버린 양심 없는 도시 소녀에게 원한을 품고 가족에게 돌아갈 것이다. 그는 지금 적어도 자신의 비전을 만족시킬 새로운 인생을 계획하는 중이었다.

「거절한 걸 후회하게 될 거야. 당신은 행복해지기에는 너무 복잡한 여자야.」

그는 날 쳐다보지 못했다. 그는 날 비난할 때 똑바로 응시한 적이 없었다. 갖가지 특권과 배경을 타고난 사람의 어린 시절을 상상할 수 없는 다른 사람들처럼 그 역시 모든 것을 금세 따라잡을 수 있다고 믿고 있었다. 무슨 특별한 방법이 있기라도 한 것처럼 열심히 일 년, 아니 오 년 이상 노력하면 나와 같은 수준에 도달할 수 있다고 생각하는 것이다. 하지만 용기와 열정만으로는 이런 장애를 극복하는 데 아무런 도움도 되지 않는다. 내가 노력만 기울인다고 모든 일이 마음대로 되는 건 아니라고 설명했다면 그는 믿지 않았을 것이다. 그는 그런 잔인한 불의를 인정하지 않았다.

그래서 나는 조금 덜 타당해 보이지만 그가 훨씬 더 잘 수긍할 수 있고, 훨씬 더 보잘것없는 이유를 선택했다. 이것은 적어도 그를 좀더 안심시킬 수는 있었다. 하지만 이럴 때 정말 훨씬 더 타당한 이유를 대는 사람은 상대를 덜 사랑하는 사람이다. 고뱅은 이미 진실을 알고 있었다.

＊ ＊ ＊

그날 저녁 캠페를레행 열차표는 매진이었다. 난 정말 기뻤다. 그래서 나는 다시 한 번 더 그의 곁에 누울 수 있었다. 이런 눈치 없는 내 모습이 그를 더욱 냉담하게 만들었을 것이다. 호텔에서 그는 각방을 요구했지만 남은 방이 없었다. 나는 속으로 쾌재를 불렀다.

그는 방으로 들어오자마자 영화에서 보던 것처럼 물건을 아무렇게나 던져 넣으며 짐을 쌌다. 그리고 보복이라도 하듯 등을 돌리고 서서 조용히 옷을 벗었다. 나는 침대에서 그의 몸에 밴 뜨거운 밀 냄새를 맡았다. 하지만 그는 일광욕 따위는 할 시간이 없는 선원 생활 덕에 새하얗기만 한 그의 등을 돌려 버렸다. 그의 구릿빛 목덜미는 마치 다른 사람의 몸에서 떼어다 조립한 조각 같았다. 머리를 떼어 다른 사람의 몸통에 붙인 카드 같기도 했다. 나는 잠시 그의 목에 생긴 경계선과 목덜미까지 내려온 머리카락에 입술을 댔지만 그는 꿈쩍도 하지 않았다. 그의 강렬한 거부의 몸짓은 찬바람처럼 순식간에 날 마비시켰다. 나는 그의 바로 곁에 있으면서도 그를 만지지도 잠을 자지도 못한 채 똑바로 누워 천장만 응시하고 있었다.

한밤중에 그의 경계가 흐트러진 것을 느꼈지만 나는 그의 등에 배를 갖다 대거나 그의 어깨에 볼을 대보는 것밖에는 할 수 없었다. 반쯤 잠에서 깬 우리는 아무 말도 하지 않았지만 우리의 깊은 곳에서는 서로를 끌어안고 이별을 거부하며 나의 신중함을 씁쓸하게 비웃는 것 같았다. 우리도 모르는 사이에 어디선가 욕망이 우리를 부르고 있었다. 고뱅은 아무 말도 들으려 하지 않았다. 하지만 이제 명령을 내리는 건 그가 아니었다. 그는 갑자기 돌아누워 내 몸을 덮쳤다. 그는 손도 대지 않고 단번에 내 안을 파고들었고 내게 모욕을 주려는지 바로 사정을 해버렸다. 하지만 그의 입술은 내 입술에 사로잡힌 채 그대로 멈춰 있었다. 우리는 서로의 품에 안겨 잠이 들었고, 고통스러운 새벽이 밝아 올 때까지 상대의 숨결을 느꼈다.

몽파르나스 역의 희끄무레한 불빛 아래서 우리는 키스도 하지 못했다. 그는 우리가 처음 만났을 때 그랬던 것처럼 내 볼에 그의 관자놀이를 가만히 가져다 댈 뿐이었다. 그는 열차에 올라타더니 표정을 들키지 않으려 곧바로 얼굴을 돌려 버렸다. 나는 역을 빠져나왔다. 가슴은 슬픔으로 가득했고, 머릿속은 여러 생각으로 복잡했다. 그와 함께한 여러 가지가 각기 다른 사람과 한 일처럼 느껴졌다.

지나는 사람 중에 내게 눈길을 보내는 이는 아무도 없었다. 나는 어제까지만 해도 온몸으로 맛보던 격정적인 욕구를 빼앗긴 채 세상과 완전히 동떨어진 기분이었다. 가슴이 시키는 대로 살 수 없는 내 무능함과 그로 인한 포기 그리고 버림받았다는 생각에 소름이 끼쳤다. 그것은 분명 나의 무능력 때문이었고, 고뱅은 나중에야 그것을 알게 된 것이다. 하지만 나 역시 나만의 편견과 어린 시절의 열정에 사로잡혀 있었음을 깨달았다. 그에 대해 견딜 수 없는 건 성격 말고도, 별것 아닌 일에도 툭하면 맹세부터 하려 들고 몸에 꼭 끼는 점퍼를 입고 양말 위에 가죽 샌들을 신는 것과, 교양이 부족한 것까지 셀 수도 없었다. 추상화를 보며 보였던 냉소적인 웃음, 어제 박물관에서 나눈 몇 마디 말에도 드러나는 형편없는 상식, 내가 싫어하는 리나 케티나 티노 로시, 모리스 슈발리에 같은 가수를 좋아하는 것! 그리고 접시 위에서 엄지손가락으로 빵을 자르는 거나 자기 접시의 고기를 전부 미리 잘라 놓는 것도 보기 싫었고, 수준을 의심하게 만드는 빈약한 어휘력도 받아들이기 힘들었다. 그 밖에도 바꿀 만한 걸 대려면 한도 끝도 없다. 그는 교양을 늘리려고 마음속에 불신을 키우고, 자신은 아무 가치도 없다고 생각하는 것을 받아들이면서 스스로 속물이 될 수 있을까? 배만 타고 다니던 가난한 남자가 늘 자기가 말해 왔듯 '기회주의적인 정치인들'처럼 입에 발린 말을 할 수 있을까? 고뱅은 정치적 확신보다는 직업적 전통 때문에 표를 던지는 공산당을 빼고 정치인들은 모두 부패하고 감언이설만 늘어놓는 족속이라고 생각했는데, 그의 그런 고정관념을 깨기는 불가능한 일이었다.

선원들은 배에서 공동체 생활을 하면서 잡은 고기를 균등하게 나누어 갖는다. 고뱅은 월급쟁이가 아닌 것에 대해 자부심을 갖고 있었다.

그가 중요하게 여기는 것은 능력과 정직, 용기였다. 건강은 장점이고, 피로는 나태와 마찬가지로 결점이었다. 그래서 모든 노동은 유용하며 시간을 들이는 일도 수고라고 생각하지 않았다.

예술가의 아방가르드적 사고로 연애를 즐기는 파리인들은(우리 아버지는 현대 예술 잡지에 글을 기고하셨다) 정직을 약간 우스꽝스러운 미덕으로 여겼다. 실패자나 무위도식하는 사람이라도 교양이 있고 옷을 잘 입으면 모든 걸 너그럽게 수용했고, 사교 모임에서 술 마시는 것에는 관대하면서도 동네 주정뱅이는 경멸했다. 그런 사람들에게 어부와 관련된 취향은 하루 저녁 자랑거리 정도밖에 되지 않았다. 우리 부모님은 선원 노래와 황동 꺽쇠 장식이 있는 선원용 가죽 벨트, 지금은 피서객들만 쓰는 브르타뉴 베레모, 엷게 바랜 빨간색과 파란색의 어부복을 좋아했다. 상점을 나설 때면 선원들처럼 '케나보'란 말을 즐겨 썼고, 코랑탱이라는 주인이 경영하는 빵집을 자주 이용했다. 우리 아버지는 심지어 일 년에 십 분 정도는 흰 나막신과 파란 물방울무늬 검정 슬리퍼를 신었다.

아버지는 이렇게 말씀하셨다.

「정원이 있다면 이보다 더 실용적인 신발도 없을 거다!」

아버지는 그 안에 짚을 엮어 넣으려다 실패하고는 "이대로 신는 게 더 좋다!"고 했다.

근육질에 털이 부숭부숭한 진짜 어부들이 노란 방수복과 고무장화를 신고 있으면 강하고 멋져 보였지만 경매장이나 참치잡이 배나 트롤선이 아닌 곳에서 보면 그렇게 더러워 보일 수가 없다! 파리 아파트의 양탄자 위에서 얼룩덜룩한 점퍼를 입고 손톱이 새까만 진짜 선원을 보았다면 정말!

1950년에 사회 계층의 장벽은 명확했다. 나는 고뱅을 내 세계에 적응시킬 수도, 내가 속한 문화에 젖어 들게 만들 자신도 없었다. 그리고 죽을 만큼의 고통을 감수하면서 그의 계층에 편입하고픈 마음 역시 없었다. 우리가 결혼하게 될 경우, 그가 겪게 될 우리 가족의 냉정한 태도와 그의 가족들이 느낄 상대적 박탈감은 물론이고, 그의 곁에서 느끼게 될 나의 지적 고독도 외면할 수 없었다.

마지막 날 저녁, 고뱅은 냉담한 척하며 말했다.

「우리에게 추억이 그다지 많지는 않아. 그런데 마치 그런 것처럼 행동했어.」

물론 내게도 추억 거리는 필요했다.

고뱅은 배를 타기 전에 전화하겠다고 약속했었다. 모든 희망이 사라지긴 했지만 그가 전화할 거란 기대는 갑작스러운 이별 앞에 밀려드는 상실감을 그나마 덜어 주었다. 하지만 내 기억이 맞다면 그는 전화를 할 줄 몰랐다. 설치된 지 얼마 안 되는 전화기는 개방된 농장의 복도 입구에 있었는데, 그는 전화를 약속 취소나 부음을 알리는 데에나 유용한 불길한 기계로 여겼다. 전화할 때 그는 귀머거리에게 이야기하듯 한 마디 한 마디 크게 소리치며 말했다. 처음엔 내 이름도 대지 않고, 교환원에게 파리를 대달라고만 했다. 교환원은 이렇게 생각했을 것이다.

'파리를 어떻게 대라는 거야? 또라이!'

그가 물었다.

「아직도 당신 고집은 변하지 않았지?」

「그건 고집이 아냐. 고뱅, 그건……. 그래, 다르게 말할 수가 없네. 날 이해해 줘…….」

「내가 이해할 수 없다는 거 잘 알잖아.」

침묵이 흘렀다.

내가 다시 물었다.

「내일 떠나는 거야?」

「그럼 그렇게 결정한 거지?」

고뱅이 옳았다. 이 끔찍한 기계로는 제대로 의사소통을 할 수 없었다. 나는 전화에 대고 "사랑해"라는 말을 내뱉을 수는 없을 것 같았다. 나는 그가 전화를 끊지 못하게 하려고 아무 말이나 지껄였다.

「편지 쓸래? 어디로 보내면 되는지 알려 줄 거지?」

「쉽지 않을 거야. 공부하는 동안은 마리 조제의 부모님 댁에서 머물 거야. 콩카르노에 도착하자마자 엽서 보낼게.」

「그래. 재미난 이야깃거리도 있으면 전해 주고.」

쓰라린 침묵이 흘렀다. 고뱅도 전화에 대고 "젠장"이라고 말할 수가 없었을 것이다.

그는 기다리지 않고 결론을 내리듯 말했다.

「그래. 이제 가봐야겠어.」

그는 검은색 수화기를 내려놓았다.

그 후 십 년

그후 십 년 동안 나는 너무 바빠 첫사랑의 추억을 되새길 여유가 없었다. 첫사랑에 대한 향수를 느끼기 시작한 건 두 번째 사랑으로 내 인생이 위태로워져, 숨어들 곳을 찾기 시작하면서부터였다. 함께 살아 보지 않은 사람은 거부할 수 없는 매력으로 치장되는 법이다.

그 시기에 스스로는 미처 느끼지 못했지만 나는 젊은이에서 어른으로 바뀌어 갔다. 아직 삼십 대의 문턱을 넘지 못했을 때였다. 그 문턱에는 통과해야 할 문이 여러 개 있었고 각 문앞마다 불안한 질문들이 놓여 있었다. '내 삶이 지금 이대로 영원히 고정되는 것은 아닐까?', '아직도 내게 다가올 운명의 순간들이 남아 있을까?'

환갑 즈음 그때를 되돌아보면 젊은 날의 순진한 모습에 웃음을 터뜨릴 것이다. "그렇게 한 건 옳지 않았어"라며. 나는 삼십 대에 접어들면서 무엇으로도 가치를 매길 수 없는 중요한 가치를 잊어 버렸다. 그때까지 나는 첫사랑이 내게 너무나 치명적이었다는 사실을 완전히 잊고 살았다. 그것은 내가 나의 법칙을 거부하고 육체의 법칙을 받아들였다는 것을 의미한다.

안일했던 그 십 년 동안 나는 고전 문학 학사 과정을 마치고 역사 교수 자격시험에 합격했다. 이후 소르본에서 강의를 맡았고, 시사 잡지 〈고몽 악튀알리테〉의 편집장인 장 크리스토프와 결혼해, 금발 머리에 주근깨가 있는 사내 아이 로익 어원 오즈로를 낳았다.

고뱅은 나와 같은 해인 1952년에 마리 조제와 결혼해 네 아이의 아빠가 되었다. 결혼에 대해 진지하게 생각해 볼 겨를도 없이, 고뱅은 삶 전체를 뒤흔들어 놓을 만한 '후유증'을 겪을 새도 없이, 나와의 결별 이후 곧바로 배에 올랐다. 그는 그의 어머니가 말한 대로 '선장으로 승진'해 트롤망 어선을 타고 남아일랜드 바다를 누비고 다녔다. 로즈렉 부인은 이 년 전, 열네 살이었던 막내아들 로베르가 한밤중에 파도에 휩쓸려 가 시신조차 찾지 못한 일에 대해서는 아무런 이야기도 하지 않았지만, 슬픈 눈빛을 내보이며 짧게 "힘들다"고만 말했다. 그 이후로는 다른 아들들에게 힘든 일이 생겨도 그때만큼 괴로워하는 모습을 보이지는 않았다.

매년 여름이면 고뱅은 가족의 반대를 무릅쓰고 참치 시즌을 위해 가스코뉴 만을 다녀왔다. 참치잡이를 사냥처럼 직접 경험해보는 관광 상품은, 고뱅에게는 한 해 중 최고의 수입을 거둘 수 있는 기회였다. 고뱅의 어머니는 어깨를 으쓱하며 '관광객용 낚시'라고 설명했다. 1950년대에 프랑스 연안에서는 그런 관광 상품을 거의 찾아볼 수 없었다.

그녀는 고뱅이 농장에서 마리 조제와 손주들과 함께 시간 보내는 것을 보면 타박하듯 말하곤 했다.

「네 형은 모리타니에서 바다가재로 돈을 얼마나 많이 벌었나 몰라.」

그녀의 며느리는 한술 더 떠 말했다.

「맞아요. 거기서는 배 바닥 전체가 바다가재로 뒤덮였다더군요. 우린 아이가 넷이에요! 그렇다 보니 집이 완전히…….」

이제 서른셋인 마리 조제는 공공연히 가정주부로만 자신의 역할을 한정하려 했고, 아이들을 마치 포유동물인 양 이야기하고 다녔다. 그녀는 새벽부터 잠자리에 들 때까지 '쉬지 않고' 일만 했다. 집 안 구석구석 닦고, 채소를 기르고, 빨래터에서 빨래를 하고, 주일 미사를 보러 갈 때만 빼고는 늘어진 가슴 때문에 헐렁해진 작업복만 입고 다녔다. 게다가 마지막 출산 때 앞니 두 개가 빠져 버려 십 년은 더 늙어 보였다. 아무래도 그녀는 너무 일찍 부모의 대열에 들어선 것 같았다. 이제 그녀는 몇 년 전 고뱅과 결혼한 아가씨보다는 그녀의 시어머니와 더 닮아 있었다.

가끔 항해가 없는 일요일이면 나는 마을에서 공놀이를 하는 그와 마주쳤다. 그의 아내와 달리 고뱅은 조금도 달라지지 않은 것 같았다. 그는 라그네스와 네베, 트레겡, 트레비뇽, 아니 콩카르노까지 통틀어 여전히 가장 매력적인 남자였다! 그가 때때로 내 생각을 한다는 사실을 알았더라면 나는 그의 평화를 방해했을 것이다. 하지만 고뱅은 혼자인 적이 없었고, 그래서 그는 우리의 한때의 일탈에 대해 더 이상 미련이 없을 것이라 생각했다.

나는 이십 대를 시작하면서 그때가 내 인생에서 가장 결정적이고 가장 풍요로운 시기가 될 거라고 확신했었다. 그리고 이십 대를 마감할 즈음에는 '가장 아름다운 십 년'을 처음부터 다시 시작할 수 있으리라는 어리석은 환상을 품었다. 나는 이미 지난 오 년동안 불행한 시간을 보냈다. 그건 너무 긴 시간이었고, 나는 그렇게 버림받은 채 멈춰 버린 시간을 오랫동안 원망해 왔다. 하지만 살면서 언젠가 한 번쯤은 그런 불행이 찾아오기 마련이고, 그나마 스물다섯에 그런 일을 겪었기에 돌이킬 수 없을 정도의 상처를 받지는 않았다. 불행히도 나는 자존심을 버렸을 뿐만 아니라 불행을 견뎌 내는 데 익숙해져 버렸다. 내가 더는 결혼 생활을 참을 수 없다는 사실을, 아니 결혼 생활이 내게 해가 된다는 사실을 깨달았을 때는 이미 몇 년이나 시간을 낭비한 뒤였다. 적어도 나는 내 인생에서 가장 큰 고통을 겪고 기력이 완전히 소진된 것 같았다.

만약 고뱅과 함께했다면 훨씬 더 행복했을까? 당연히 유혹도 생겼다. 결혼은 했지만 자유로운 영혼을 가진 많은 여자들, 다시 그때로 돌아간다 해도 역시 똑같은 선택을 했을 그녀들은 그런 욕구 때문에 소중히 간직한 추억을 비밀스럽게 어루만진다. 그러고 나서는 실패에 실패를 거듭하더라도 사랑의 슬픔도, 이혼도 부딪쳐 보는 편이 낫다고 생각한다. 어쨌든 그 자체로 충분히 복잡한 문제다.

지난 오 년 동안 내게 고통을 준 남자 외에 다른 남자는 쳐다보지도 않고 살았다는 사실을 깨달은 어느 날이었다. 나는 종종 여자만 희생양이 되는 배우자의 외도로 인한 충격의 잠복기를 당장 끝내고 달콤한 회복기를 맞아야겠다고 생각했다. 내가 눈물로 지새운 밤들, 의심하며 우울하게 보낸 날들이 더욱더 원망스러웠던 건 그러고 나서도 결국 그렇게 사랑했던 남편을 되찾지 못했기 때문이었다. 아무리 노력해도 나는 그를 이해할 수 없었고, 그의 태도 역시 달라지지 않았다. 나의 불행이 구체적인 형태를 드러내기 시작한 건 몇 년 전, 출장을 가면서부터였다. 그런 기미는 이미 있었지만 너무 어리석고 순진하게도 지나치게 안심했다. 그러던 어느 날 며칠 만에 이방인이 되어 버린 나 자신을 발견했다. 정말 바보가 된 것 같았다. 시간을 갖고 싶었다. 그래서 여러 방법을 생각해 본 끝에 장 크리스토프를 되찾아 오든가 아니면 그를 빨리 놓아주어야겠다고 생각했다. 더는 눈 멀고 사지가 마비된 여자로 살 수 없었다! 자신과 전혀 다른 모습으로 오랫동안 살고 나면 정말로 자신이 원하는 모습을 만들어 낼 수 있다. 아니면 자기 안에 있는 여러 모습이 너무나 서로 달라서, 여태까지 살아온 자신의 모습으로부터 완전히 벗어나야 다른 사람이 될 수 있는 건지도 모른다.

어쨌든 나는 고통스럽고 초라한 조르주를 낡은 가죽 옷 벗어 내듯 완전히 벗어 버렸다. 나는 끝까지 내 역할을 수행했고, 영화에서 백 번도 넘게 봐왔던 대로 너무나 고전적이고 통속적인 삶을 그대로 살아왔다. 결말에 이르러서야 반전이 시작된 것이다. 나는 행복을 위해 이전과는 아주 다른 태도를 취하고 갑자기 웃음을 터뜨리거나 발랄한 행동을 하는 내 모습을 발견했다. 불행이 힘든 건 불행 그 자체 때문이 아니라, 조금 숨통을 틔워 주고, 최악의 긴장 상태에서 벗어나게 해주는 최소한의 여유나 웃음을 잃어버린다는 데 있다. 불행이 정말로 심각한 이유는 그 때문이다.

자유로운 여자가 된 기념으로 나는 자전거부터 샀다. 그건 어디까지나 상징적인 행동이었다. 결혼한 후로 의식하지 못한 사이에 너무 많은 것을 포기하고 살았다. 파리 밖에서는 살 수 없는 남편 장 크리스토프 때문에 아비장 고등학교의 교사 자리를 포기했고, 뱃멀미가 있는 남편 때문에 콩카르노에 공동으로 소유했던 작은 쾌속선을 포기했으며, 특히 동료 교사들과 다니는 단체 여행을(클럽메드 같은 데서 하는 휴양이 아니라 보이 스카우트 캠프 같다며) 싫어하는 남편 때문에 아테네와 모스크바, 멕시코 단체 여행을 포기했고, 자전거를 끔찍이 싫어하는 남편 때문에 프랑스 자전거 여행 계획도 포기해야만 했다. 반면에 그는 내가 끔찍하게 생각하는 모터사이클과 글라이더, 브리지 게임에 여전히 열광했다.

두 번째로 브리지 게임용 탁자를 접어 지하실로 내려 보내 버렸다. 그후 내 일요일도 되찾았다. 내게 불평할 때 외에는 입도 뻥긋 안 하고 아주 기본적인 대화만 나누던 오후 시간에서도 벗어났다. 그때까지 브리지 게임을 하는 동안은 웃는 것도 금지였다. 그동안은 그런 문제도 심각하게 여기지 않았지만 그건 얼마든지 남편에게 화낼 만한 일이었다.

마침내 나는 내 마음을 전했다. 우리는 큰 소란 없이 합의 이혼했고, '아이는 나이가 어리니 엄마가 양육권을 갖기로' 했다. 이 말은 어디까지나 아버지의 자존심을 지켜 주기 위한 것이었다. 당시 대부분의 사람들은 아이까지 딸린 여자가 남편 없이 '자유의 몸'이 되는 것을 엄청난 일로 여겼기 때문이다.

소문으로 어차피 알게 될 것 같아 고뱅에게 따로 이혼 사실을 알리지는 않았다. 우리는 가족용 연하장으로만 소식을 주고받았다. 거기에 나만 알 수 있는 모호한 표현을 집어넣어 아직 타다 남은 재 속에 불씨로 남은 우리의 작은 추억을 고뱅이 되씹어 볼 수 있게 했다. 어쨌든 그 당시 내게 사랑은 최우선이 아니었다.

장 크리스토프는 얼마 지나지 않아 재혼했다. 그동안 날 눈물로 밤을 지새우게 했던 그 여자는 아니었다. 결혼 생활에 파탄을 야기한 배우자는 반드시 그 대가를 치르게 된다. 나는 도의에는 어긋나지만 쾌감을 느꼈다……. 도의라면 이제 지긋지긋하다! 나는 독립적인 생활, 새로운 환경을 꿈꾸고 있었다.

그래서 웰즐리에서 비교 문학사 강의를 제안받았을 때 기꺼이 수락했다. 나는 여덟 살짜리 아들을 데리고 매사추세츠로 갔다. 젊은 시절, 소르본의 어두운 원형 강의실을 들락거리고, 매일 저녁 스쿨버스를 타고 조용히 집으로 돌아오면서 그렇게 꿈꿔 왔던 미국 캠퍼스에서 강의를 하게 된 것이다.

1960년대 초, 미국은 매우 조용했다. 특히 학생과 교수들은 그 고요의 한복판, 안전한 오아시스 안에 있었다. 그러다 보니 처음 느꼈던 희열도 조금씩 사라져 갔다. 내 삶은 물질적으로 안정되었고 물론 열정도 있었다. 하지만 내 곁에 아들 로익이 없었다면 유배 생활을 하는 기분이었을 것이다. 계층에 상관없이 친절하고 유쾌하며 가벼운 미국인들을 보니 가슴이 뜨거워졌고, 금세 결혼 생활에 대한 기억을 잊고 새로운 결혼에 대해서도 기대를 갖게 되었다. 하지만 현대 문학을 가르치는 동료 강사 시드니와 동거를 시작한 지 일 년 만에 나는 또다시 내가 떨어지려는 덫이 보이기 시작했다. 사랑하는 남자에게 반기를 들거나 내 영역이 잠식당하는 것에 저항하기에는 내가 너무 온순하다는 것을…… 아니 너무 비겁하다는 사실을 잘 알았다. 나는 벗어날 수 없는 교육의 영향으로 다른 사람의 생활 방식에 너무 쉽게 순응하고 마는 내 성향도 잘 알았다. 내 삶의 일부는 수축되고, 내 자유는 약화되었다는 사실을 발견한 날, 나는 첫 번째 결혼에서 경험한 알력 관계를 재구성하고 있는 내 모습을 보게 되었다.

아무리 미국 사람이라도 남자들은 여전히 특권 의식에 사로잡혀 있어서 리더 역할이나 편안한 고관 자리를 버리려고 하지 않는다. 이 역시 벗어날 수 없는 교육의 영향이다.

시드니와 일 년을 함께 보내고 나서 보니, 내 말수는 절반으로 줄었고 권위도 완전히 실추된 상태가 되었다. 대화의 주제는 주로 그가 결정했고, 그가 내 의견을 가로막고 말을 가로채는 경우도 늘어났다. 내 의견을 관철시키는 일은 점점 더 줄어드는 데다 두 사람의 입에서 동시에 말이 나올 때면 내가 먼저 입을 다물었다. 그는 자신도 모르게 점점 더 강하게 자기 의견을 내세웠고, 그럴수록 내 권위는 더욱 실추되었다. 심지어 일과 관련된 식사 모임에도 나는 빠지고 시드니만 혼자 가기 시작했다. 그의 차가 주차장으로 들어오는 소리가 들리면 펜을 내려놓거나 책을 덮었고, 구석에서 그의 양말이나 속옷을 주워서 빨게 되는 일이 점점 잦아졌다. 반면에 그가 내 스타킹을 빨거나 내 코트를 옷걸이에 거는 일은 한 번도 없었다.

또다시 병이 도지기 시작한 것 같았지만 아직까진 그 증상이 감지하기 어려울 정도였다. 시드니는 늘 주어를 빼고 말했는데, 사실 거기에 생략된 주어는 늘 '시드니'였다.

「달링, 메인에서 보낸 일주일은 정말 환상적이었지?」

그 달링도 할 수 없이 따라가긴 했지만 처음 여행 이야기를 꺼 낸 것도, 친구들을 웃기려고 맛깔스러운 농담을 해댄 것도 모두 시드니였다. 시드니를 내 삶에 받아들인 건 그가 천성적으로 친절 하고 관대한 사람이기 때문이었다. 하지만 함께 사는 데 필요한 나에 대한 존경심이나 경외심은 전혀 찾아볼 수 없었다. 시드니와 결혼하면 그는 늘 이런 말을 달고 살 것이다. "내 아내 생각 은……. 내 아내가 늘 말하길……. 내 아내는 요리를 정말 잘 해……." 그 '아내'란 말은 조르주란 이름의 일부를 또다시 빼앗아 갈 것이다. 이미 내 이름에는 's'자가 빠져 있지 않은가! 이름 때문에 난 미국에서까지 놀림감이 되었다. 하지만 조르주 상드는 그 시기에 미국 지식인들에게 유명 인사가 되어 있었다. 여러 대학에 는 조르주 상드가 당시의 위인들과 주고받은 서신을 연구했다. 미국 친구 한 명은 프랑스에서는 아무도 읽으려고 하지 않는《콘수엘로(Consuelelo)》를 번역했다. 〈우먼 스터디(Woman Studies)〉에서는 조르주 상드에 관한 논문들을 실었는데, 그녀의 작품보다는 자유로운 연애에 더 관심을 기울였다. 나는 웰즐리에 와서야 그녀가 열다섯 살에 첫 책을 썼고 소설《앵디아나》가 큰 성공을 거두었으며 쇼팽에게 구 년 동안 거처를 제공해 거기서 아름다운 음악을 작곡하게 했다는 사실을 알게 되었다. 특히 키가 아주 작았고, 발 치수는 삼십오밖에 되지 않았다는 사실까지. 프랑스에서는 문제 많은 사생활 때문에 남자 후리는 여자 취급이나 받던 그녀에 대한 내 생각은 그후로 완전히 바뀌었다.

하지만 이곳에서도 퇴폐적인 여인이라는 인식이 완전히 사라진 것은 아니었다.

「아 맞아! 네 여자 친구 이름이 s가 빠진 조르주라고 했지?」

시드니의 동료들은 의도적으로 그에게 그 말을 하곤 했다. 마치 내가 신경이 예민하고 머리는 천재적으로 뛰어나서, 나보다 어린 남자들을 꾀어 내고 집안일은 등한시하기 위해 스스로 그런 이름을 짓기라도 한 것처럼 말이다. 그건 프랑스인들이 갖고 있는 편견과도 정확히 일치했다.

　나는 어리석게도 사랑을 포기하지 않고도 엄마와 주부로서의 역할을 잘 해낼 수 있으리라는 환상을 품고 있었다. 나는 모든 역할을 즐겁게 할 수 있을 만큼 건강했고, 적어도 내가 보기엔 로익도 행복한 아이로 자라 주었다. 나 스스로를 지키려고 세운 벽을 시드니는 세심하게 배려해 주었고, 그의 곁에서 살고 싶은 나의 바람을 충족하면서도 우리 관계를 훼손시키지 않고 감정이 상하는 일이 없도록 우리는 각자의 아파트에서 따로 지냈다.

　그는 연애 지상주의자, 쾌락주의자, 예술가였고, 여성의 무조건적인 사랑에 집착하면서도 그것을 갈구하지 않는 체하는 남자였다. 벌써 희끗희끗해지기 시작한 금발의 곱슬머리와 금속 테 안경 너머 갈색 눈을 가진 마흔다섯의 호리호리한 이 남자는 꼭 늙은 학생 같아 보였다. 이 열정 없는 매력남은, 내 눈에 콩깍지가 씌지 않아도 우아해 보이는 모습만으로 상대를 고르기 딱 적당한 시기에 내 삶으로 들어왔다.

　나는 매년 여름은 프랑스에서 보냈다. 로익은 여름마다 아버지를 만나고 고향 땅을 밟아 볼 수 있었다. 가끔 시드니와 함께 가기도 했다. 그리고 일이 년에 한 번쯤은 동생 프레데릭과 제부, 조카들과 함께 열대 지방의 휴양지에서 크리스마스를 보냈다. 그해 겨울에는 카자망스로 갔다. 나는 아름다운 나이인 서른세 살이었고, 검은 눈썹 아래 푸른 눈동자, 젊은 아가씨 같은 몸매, 편안함, 경쾌함, 오만함, 미국식 옷차림과 매너를 갖춘 여자였다. 프레데릭과 나는 여자들이 남편들을 따돌릴 때 주로 쓰는 '쇼핑을 한다'는 핑계로 다카르에서 하루를 보냈다. 아이들은 모두 제부 앙투안에게 맡겨 두었다.

우리는 다카르 시장의 한 노점 앞에서 몸을 구부려 가며 아프리카 의상을 구경했다. 화려한 색상의 그 헐렁한 옷들은 햇빛을 받으면 더 멋있어 보였다. 나는 외국에서만 허용되는 말도 안 되는 충동에 복종하면서 내가 싫어하는 빨간색과 노란색 옷을 사려다 식탁보와 커튼, 침대 커버를 살펴보며 그냥 지나쳐 버렸다. 무릎을 세우고 추억을 떠올리는 듯한 자세로 앉아 있을 때, 내 이름을 부르는 소리가 들렸다. 나는 그를 알아볼 수 있었다. 라그네스에서의 그 눈빛, 몽파르나스 역 근처 호텔 방에서 느꼈던 그 입술, 권투 선수 같이 다부진 어깨에 다리는 약간 벌린 채 그는 우뚝 서 있었다. 브르타뉴에서 짧게 만난 것 말고는 그동안 한 번도 떠올리지 않았던……. 아주 멀리 있던 우리 두 사람이 갑자기 한집 안에 있게 된 기분이었다.

그가 부드러운 목소리로 다시 불렀다.

「조르주!」

그 이후 줄곧 내게 감춰 왔던 그 눈빛으로. 그게 벌써 언제였던가.

그는 내 두 손을 붙잡아 나를 일으켰다. 우리는 아무 말 없이 가슴이 벅차올라 저 멀리에서 프레데릭이 소리쳐 부르는 것도 듣지 못했다. 프레데릭은 우리를 끌고 근처 카페로 갔다. 우리는 아니스 술잔 세 개가 울리는 소리를 들으며 마을의 소식을 주고받다가 서로의 사적인 이야기에까지 이르렀다. 하지만 너무 다른 삶을 사는 사람들이라 제대로 된 의사소통을 하기는 힘들었다. 결국 우리는 잔을 바라보며 고개만 끄덕이다가, 침묵을 깰 방법만 필사적으로 찾기 시작했다. 그때 프레데릭이 우리의 운명을 변화시킬 중대한 결정을 내렸다.

「나 먼저 가봐야겠어. 쇼핑할 게 더 있거든. 딸애한테 여기 상아 팔찌를 사다 주겠다고 약속했어. 가게 주소도 있어. 언니, 삼십 분 후에 차에서 만날까?」

고뱅이 머뭇거리며 말했다.

「나도 가봐야겠어.」

이성적으로라면 나는 "응, 그럼 잘 가. 언젠가 또 보겠지"라고 대답했어야 했고, 어쨌든 그게 우리 상황에서도 적합한 대답이었다. 하지만 나는 그렇게 말하고 싶지 않았다. 내가 그렇게 말하고 일어섰다면, 그는 고뱅이란 이름으로 불리지 않았을지도 모른다.

그는 무언가 할 말을 찾으려 했지만 그럴 수 없었다. 아니면 찾았지만 입 밖으로 내지 않았는지도…….

「아, 잠깐만! 몇 년 만에 만났는데 이렇게 헤어질 순 없지. ……저녁 식사라도 같이하는 게 어때? 우리 둘이서 말이야.」

그러자 고뱅이 말했다.

「그게……, 아내가 있어.」

「마리 조제가 다카르에 있어?」

시드니에 대한 반감을 해결할 길 없던 나는 고뱅과 감상적인 저녁 식사를 할 수 있으리라는 기대마저 사라졌음을 깨달았다. 그의 육체는 여전히 나를 매혹시켰고, 게다가 다시 시작하는 데 이만큼 훌륭한 방법이 어디 있으랴.

고뱅은 엔진이 고장 나서 새 부품이 올 때까지 배가 선창에 갇힌 신세이며, 아내를 일 년에 석 달밖에 보지 못하기 때문에 이때를 이용해 이곳으로 불러들였다고 설명했다. 나는 입을 다물고 있었고, 고뱅은 딱히 적당한 제안거리를 찾지 못하고 있었다. 당연했다. 고뱅같이 지극히 현실적인 남자가 십삼 년 동안이나 그런 불편한 기억을 간직하고 있었을 리 없었다.

나는 집요하게 제안했다.

「그럼 셋이서 하든가.」

그는 소스라치게 놀랐다. 아프리카 햇볕을 받아 불그스름해 보

84

이는 빽빽한 눈썹이 일그러지는 것을 보니 그가 앞으로 하려는 말에 대단한 노력이 필요하다는 것을 알 수 있었다.

「당신을 아무렇지 않은 듯 대하고 싶진 않아.」

내가 말했다.

「전혀 안 보고 지내는 것보단 낫잖아?」

그가 차갑게 말했다.

「차라리 그게 낫겠어.」

침묵이 흘렀다. 태양이 순식간에 수평선을 내리비쳤다.

이 남자는 아주 오래전부터 석양을 보며 전율을 느꼈다. 아주 짧은 순간이었지만 그에게는 그 평범함이 기적으로 느껴졌다.

고뱅이 다시 말했다.

「그 이후로 추스르기가 정말 힘들었어. 난 끌려 다니며 살고 싶진 않아. 그렇게 살 능력도 없고.」

나는 그가 진실한 사람이라는 걸 알았다. 그는 자신이 화강암처럼 단단하다고 생각하지만 실제로는 여리고, 가슴속에 비밀스러운 열정을 품고 있었다. 이 남자에 대한 애정 때문에 더는 그를 뒤흔들 수 없었다. 하지만 아름다운 기억들은 하나도 사라지지 않은 채였다. 나는 호텔 방에 누워 있는 우리 두 사람을 상상했다. 고뱅은, 고집 세고 도무지 어울리는 구석이 하나 없는 아내와는 일 년에 고작 몇 주 성생활을 하며, 나머지는 아비장이나 푸앵트 누아르에서 창녀들과 일을 치르는 것으로 만족할 것이다. 젊은 시절 우리의 마법을 되살려 내고, 시드니에게서 배운 몇 가지 체위도 시도해 보면서 그를 제대로 뒤흔들어 놓는 상상을 해보았다.

그는 내가 웰즐리에서 뭘 가르치는지도 묻지 않고, 자신의 계획만 이야기했다. 캘리포니아 대형 쾌속 범선에는 최초의 나일론 예망과 육백 기통 엔진이 장착되어서, 브르타뉴의 참치잡이 어선은 곧 구식이 되어 박물관에서나 보게 될 거라는 얘기였다.

「일 킬로미터도 넘는 예망이라니 상상이 가? 면적이 이십사 헥타르나 된다고! 하지만 여기서는 그다지 긴 축에 끼지도 못해. 우린 아직도 살아 있는 미끼로 고기를 잡아. 그러니 대형 어선에 훨씬 밀릴 수밖에. 빌어먹을.」

「그래서 어떻게 할 건데?」

「망하지 않으려면 그 '좆같은 새끼들'처럼 해야 할걸.」

그건 고뱅이 바스크족, 스페인 사람들, 미국인들에게 아주 적대적인 원한이 있는 듯 말할 때마다 쓰는 단어였다. 그는 바다 위에서 혼자이고 싶었을 것이다. 대서양 위를 떠다니는 모든 것, 콩카르노가 아닌 다른 곳에서 만들어진 모든 것이 그에게는 적이었다. 선장들은 해적의 마인드를 갖고 있기 마련이지만 로즈렉은 다른 선장들보다 더 심했다. 그물이나 작살, 예망으로 물고기를 잡는 사람들 중 네베나 트레궁, 트레비뇽 출신이 아니면 모두 불한당, 도적, 침략자였다. 오랜 바다 생활에서 막 돌아온 그는 소박한 용기와 빈약한 유머로 자신의 삶을 이야기했다. 관자놀이에 내려온 흰 머리카락 몇 가닥은 입을 삐죽거리는 이 남자의 표정을 더욱 험상궂게 만들었다. 항상 똑같은 남자 선원들로 이루어진 좁고 닫힌 세계 안에서 늘 같은 일을 하며, 늘 같은 농담을 주고받고, 이익도 손실도 늘 똑같이 나누는 삶을 살다 보면 사람도 거의 정체되게 마련이다. 가족과 멀리 떨어져 있어야만 하는 유배 생활, 언제나 똑같은 고향은 그를 어린 시절의 집단생활 속에 가둬 둔 채, 산 사람들의 세계, 매일 신문을 읽는 사람들의 세계, 술집에 가고 일요일이면 산책을 하는 그런 사람들의 세계와 단절시켜 버렸다. 고뱅은 지난 몇 년간 나만큼도 달라진 게 없었다.

커튼이 쳐지듯 열대 지방의 짧은 석양이 깔렸다. 그을린 그의 얼굴에서 눈빛만이 하늘빛을 머금고 있었다. 브르타뉴에서도 그랬지. 여름에 해가 저물고 해변에 등대 불빛이 비출 때에도 바다는 여전히 낮의 빛 한 자락을 머금고 있었다. 우리 아버지는 그것을 '잔류하는 빛'이라고 불렀다. 미처 생각해 두지 않았던 질문이 내 머릿속에 떠오른 건 남아 있는 사랑 때문이었을 것이다.

「로즈렉, 말해 봐. 평생 물고기 잡는 얘기만 할 셈이야? 다른 건 알고 싶지 않아? 미친 짓 하고 싶은 마음은 없어……? 그래, 당신이 싫어하는 말이라는 거 알아. 이를테면…… 일탈 같은 것,

뭔가 다른 것 말이야!」

그는 한 대 맞은 듯 멍하니 있었다.

「물론 당신 삶을 송두리째 뒤엎거나 하지 않아. 그냥 가끔 즐길 시간을 갖는 거지. 자신에게 주는 선물 말이야. 우발적인 장난 같은 것……」

「알다시피 내 직업으론 그런 선물을 기대할 수 없어. 틀린 생각일지도 모르지만 어쨌든 그냥 그래.」

고뱅은 먼 곳을 바라보았다. 그의 두 손은 쓸데없는 물건 위에 올려져 있는 것처럼 아무 움직임이 없었다. 지금도 그 손으로 대게 두 마리를 붙잡고 있다고 생각하는 모양이었다.

나는 누군가 '어쨌든 그냥 그래'라고 말하는 사람이 있으면 늘 욕을 퍼부어 주고 싶었다.

「어쨌든 그냥이라니 그게 무슨 뜻이야? 그냥 그렇게 받아들이는 건 바로 당신이야! 그건 포기일 뿐이야. 하지만 내 생각은 달라. 운명은 스스로 만들어 가는 거라고.」

고뱅의 얼굴이 굳어졌다. 그는 자신이 자연법칙처럼 믿고 있는 사실을 누군가 부인하는 것을 참기 힘들어했다.

나는 미소를 지으며 다시 말했다.

「헤어지기 전에, 화를 내기 전에, 당신한테 늘 묻고 싶은 게 있었어. 로즈렉, 이제 몇 년이 흘렀으니 내게 말해 줄 수 있지? 우리 만남을 어떻게 생각해? 실패라고 생각해? 아니면 바보 같은 행동이었다고 생각해? 아니면 소중한 추억?」

그가 솔직히 고백했다.

「전부 다. 당신을 만나지 말았으면 좋았을 거라고 생각한 적도 있었어. 하지만 그건, 그건 다 지난 일이야. 그 이후로, 난 종종 라그네스로 돌아오면 당신 소식을 물었지. 하지만 당신에게 아는 척을 할 수는 없었어, 도저히. 그리고……. 내가 무슨 말을 하겠어?」

우리는 두 잔째 아니스 주를 비웠다. 고뱅은 위스키나 진은 마시지 않았고, 나는 파리 여자들이 즐겨 마시는 술을 시켜서 우리의 골을 더 깊게 만들고 싶지 않았다.

「그래, 나도 한 번도 그 일을 잊은 적 없어. 그 이후로 내 인생의 무언가를 잃은 것만 같았지. 앞으로도 결코 찾을 수 없을 것만 같은 그 무언가를……. 그저 막연한 생각으로. 이상하지?」

고뱅이 말했다.

「'오늘 당신은 첫 여자처럼 부드러워. 하지만 밤은 밤처럼 차가웠지.' 자, 봐. 난 아직도 그 시를 기억해. 전부 외운다고.」

나는 다갈색으로 변해 피부가 아닌 것 같은 그의 팔 위에 손을 올려놓았다. 그의 살갗에서는 여전히 밀 냄새가 날까?

그는 들릴락 말락 한 목소리로 말했다.

「난 다 주려고 했는데……. 그런데 이제 와서 당신이 뭣 때문에 손을 내미는지 모르겠어.」

지금까지는 모든 게 조용히 흘러왔지만 그 말은 내 심장으로 올라오기 전에 먼저 내 다리를 후려쳤다. 우리는 이제 소용돌이 속에 휘말려 들어간 것이다. 나는 그의 눈도 그의 입술도 바라볼 수 없었다. 파국의 신호탄이었다. 하지만 고뱅은 갑작스러운 혼란을 떨쳐 버리려는 듯 머리를 흔들었다. 그는 아직도 거기서 벗어날 수 있다고 믿고 있었다.

그는 망가질까 봐 뒤집어 찬 손목시계를 보며 서둘러 말했다.

「이제 가야 할 시간이야.」

내가 소리쳤다.

「당신, 벌써 세 번이나 그렇게 말했어. 날 떠날 때마다 가야 한다고! 대체 어디로 가야 한다는 거지? 당신의 일상으로? 그렇게 포기하는 거야?」

고뱅이 소리 높이 외쳤다.

「젠장! 내가 달리 뭘 할 수 있겠어?」

「나도 몰라. 하지만 우린 철로를 벗어날 수 있어. 우린 도살장으로 끌려가는 짐승이 아냐. 당신은 여기 내 앞에 있는 내내 낯선 사람 같았어. 여기 말고 다른 곳에서 만나는 건 어때. 싫어?」

그는 무슨 큰일이나 겪은 사람처럼 놀라서 나를 쳐다보았다.

「변했구나, 당신.」

「미국 사람같이 변했겠지. 거기선 이것저것 따지지 않고 밀어붙이니까. 특히 여자들이. 날 만난 걸 후회해?」

고뱅은 공손하게 말했다.

「후회하는지는 모르겠지만 내가 하고 싶은 게 뭔 줄은 알아.」

그는 일어나서 우리 술값을 지불하고 카페의 불빛이 비추지 않는 구석진 곳으로 나를 데려가 끌어안았다. 아니면 내가 그를 안았는지도. 아니, 모르겠다. 몇 년이 흘렀지만 나는 그의 깊은 키스와 이 빠진 자리, 구석구석 움직이며 서로의 독을 밀어 넣는 부드러운 혀의 촉감까지 금세 알아차릴 수 있었다.

우리는 서로에게서 떨어지며 드디어 상대를 알아봤다는 듯 눈빛을 주고받았다. 어떻게 우리는 둘 다 이렇게 엄청나면서도 부드러운 힘을 갖고 있었을까? 삶은 또다시 우리에게 선물을 줄까?

내가 분위기를 깨며 말했다.

「이제 정말 가봐야겠어.」

내 차는 십 분 후에 출발하기로 되어 있었다.

프레데릭은 날 기다렸고, 마리 조제는 항구에서 남편을 기다렸다. 우리는 다시 각자의 삶으로 돌아가야 했다. 하지만 삶은 실수로 우리에게 희망 한 줄기를 남겨 놓았다. 우리는 어른들을 골탕 먹이고 재미있어 하는 어린아이들처럼 깔깔대고 웃었다. 나는 어깨를 흔들며 내게서 멀어져 가는 그의 걸음걸이를 보았다. 예전부터 내가 마음에 들어 하던 그 걸음걸이였다. 걸을 때 상체는 뻣뻣하게 둔 채 다리만 움직이는 남자도 있지만 고뱅은 엉덩이와 허벅지, 팔과 어깨까지 함께 움직였다. 마치 재규어의 달리는 모습을 느린 영상으로 보는 느낌이었다.

다카르에서 우리는 다음 약속을 잡지는 않았다. 나는 그의 가족이 없는, 세상 끝 어딘가에서 그를 다시 만나고 싶었다. 하지만 뱃사람에게 일주일이나 되는 시간을 빼앗는 건 여간 힘든 일이 아니었다. 그에게는 늘 쫓아가 잡고, 냉동해서 팔아야 할 물고기가 있었기 때문이었다. 그러고 나면 손봐야 할 배가 있었고, 선주로서 또 할 일이 있었다. 그 나머지 시간은 가족들과 함께해야 했다. 불청객이 끼어들 공간은 더 이상 어디에도 없는 것 같았다.

우리가 밀월여행을 계획하기까지는 그로부터 일 년이 더 걸렸다. 고뱅은 아프지도, 죽지도 않은 사람을 보러 가기 위해 뉴욕이나 케냐행 비행기 표를 끊는다는 건 말도 안 된다고 생각하는 사람이었다. 도덕적으로도 그는 이미 너무 큰 죄책감을 느끼고 있었다. 가족의 돈은 신성한 것이었다. 하지만 그의 욕구는 달랐다.

처음엔 생 피에르 에 미클롱으로 가려고 했다. 하지만 행운의 여신은 세이셸로 방향을 바꿔 주었다. 고뱅은 참치잡이 사업 때문에 그곳에 배우러 갈 일이 생겼다. 이런 직업 알리바이 덕분에 그는 현실을 덮고 일주일간 가족들을 잊은 채, 이해할 수 없는 그것 — 감히 그것을 사랑이라고 부르지는 못하겠다 — 이미 두 번이나 그의 삶을 뒤엎은 그것을 다시 경험하기로 했다. 그리고 또 한 여자는 단지 그 남자와 섹스를 하려고 만 킬로미터를 날아갔다. 그렇다, 바로 그를 만나기 위해서. 세이셸에 열흘 먼저 도착한 그는 수치심과 황홀감 사이에서 망설이면서 이 모든 일이 난잡한 두 영혼이 빚어낸 작품인지 악마의 저주는 아닌지 자문하고 있었다.

세이셸에서 보낸 열흘

옛날 인도양의 한 섬에서, 아주 우연히 혹은 절대적인 운명의 계획에 의해서 태어날 때부터 비슷한 구석이라고는 하나도 없는 한 선원과 역사학자가 감히 사랑이라 부를 수도 없는 지극히 육체적인 욕구 때문에 만났다. 두 사람은 매일 아침이 되면 이성을 되찾을 거라고 생각했지만 결국 서로의 욕구를 거부할 수는 없었다. 어느 날 갑자기 괴로운 수수께끼에 직면한 모든 사람들이 그렇듯 이들은 자신의 앞날에 대해 의문을 제기하면서도 그 의문을 해결할 길을 찾지 못했다.

나는 그 만남을 일인칭으로 묘사하지 않을 것이다. '나'라는 사적인 일인칭보다는 대명사 뒤에 숨어서 조르주의 증언을 전하고 육체의 마지막 거짓말인 불같은 사랑의 욕망을 좀더 명확하게 묘사하고 싶다.

　1960년대에만 해도 아직 영국 왕실 소유였던 세이셸 섬의 작은 공항에서 어부 한 명이 여교수를 기다리고 있었다. 그의 마음은 의심과 불안, 후회로 가득 차 있었다. 하지만 돌이키기엔 이미 늦어 버렸다. 이제 여교수가 나이로비에서 탄 쌍발 비행기는 착륙을 할 태세였고 그는 미국에서 자기는 알지도 못하는 학문을 가르치는 여인에게 두 팔을 활짝 벌릴 것이다.

　조르주는, 항상 연한 색 바지에 그을린 얼굴, 파란색 어부 모자를 쓰고 있던 고뱅과 눈앞의 이 사람이 같은 사람일까 싶었다. 카키색 반바지에 흰 구두를 신은 그는 언뜻 보기에 잠시 모든 짐을 벗어 버리려고 휴가차 온 낚시광 영국 공무원이나 기업 경영인 같았다. 그는 선글라스를 쓰지 않는 사람이라 조르주는 사람들 틈에서 바로 그를 알아볼 수 있었다. 평균보다 키가 훤칠히 큰 건 아니지만 탄탄한 몸매의 그는 우수에 찬 눈빛으로 짙은 눈썹을 치켜 올리고 있었다. 그는 아무에게나 어울리지는 않는 짧은 소매 셔츠를 입고 있었다. 남위 40° 해역에서 거센 파도와 싸우며 닻을 끌어올리느라 생긴 팔 근육이 소매 밑으로 불거져 나와 있었다. 보잘것없는 옷가지 몇 개 중에서 세심하게 골라 입은 티가 역력했다. 빨간색 야자수 장식이 그려진 오렌지색 셔츠에는 머리에 바구니를 인 흑인 여자가 그려져 있었다. 어쨌든 시작치고는 괜찮았다. 조르주가 그에게 손짓했지만 그는 여전히 움직이지 않았다. 서두르는 것은 그의 스타일이 아니었다.

그녀의 사랑도 서두르는 쪽과는 거리가 멀었다. 그녀는 오랜 비행으로 지친 터라 사람들 사이를 헤치고 그에게 다가가면서 입가에 억지 미소를 짓고 있었다. 바로 그 순간 그녀는 십이 년에 한 번밖에 안아 볼 수 없는 남자와 이렇게 어렵게, 먼 곳에서 비싼 값을 치르고 만날 약속을 잡은 이유에 대해 자문해 보았다. 도대체 무엇 때문에 그녀는 오늘 밤 라그네스의 농장 집 아들과 한 침대에 몸을 누이려 한 것일까? 그녀는 스스로를 안심시키기 위해 서둘러 그 이유를 찾고 싶었다. 우선은 넓은 어깨! 조르주는 그만큼 체격 좋은 남자를 알지 못했다. 그리고 '강할수록 좋다'는 말처럼 연인을 흥분시키는 선원다운 두꺼운 손목, 손까지 이어지는 두꺼운 구릿빛 팔뚝, 조각가가 아무렇게나 이어 붙인 듯한 거친 손바닥과 끝부분만 섬세하게 가다듬은 것 같은 손가락!

유명한 스타들 중에서 선택된 '올해의 가장 섹시한 남성'과 함께 '꿈의 섬에서 며칠 밤을 함께 보낼' 상상을 하는 것만으로 충분했다.

그렇게 멀리서 날아온 사람이 자신을 기다리는 남자의 품으로 뛰어드는 것 말고 달리 무엇을 할 수 있겠는가? 그녀는 프랑스에서도 심지어는 영국에서도 행동을 조심해야 했다. 하지만 이곳은 거리가 멀 뿐만 아니라 이국적인 풍경과 더위 때문에 특별한 자유가 느껴졌다. 고뱅도 약간 긴장이 풀린 듯했다. 그 역시 한 번도 해본 적 없는 부유한 관광객 역할과 평생 경멸해 온 여자의 남편 역할이 썩 편하게 느껴지지는 않았다. 하지만 조르주를 품에 안는 순간, 솟구쳐 올라온 욕정은 자신의 정체성을 찾아 주기에 충분했다.

그들은 사람들 사이에서 아주 사소한 몇 마디만 주고받으며 서로를 곁눈질했다. 그리고 처음 느꼈던 거북스러움은 조금씩 야릇한 기쁨으로 바뀌어 갔다. 조르주 산체스와 로즈렉이 이곳에 함께 있다는 사실 자체가 재미있는 농담처럼 여겨져 두 사람은 처음으로 소리 내어 웃었다. 그들은 세관용 서식을 작성하고 나서 고뱅이 빌려 놓은 덮개 없는 지프에 올라타 호텔로 향했다.

그는 방을 두 개 잡아 놓았다.

조르주가 부드럽게 말했다.

「내가 혼자 자려고 만 킬로미터씩이나 날아온 줄 알아?」

그가 의미심장한 표정으로 말했다.

「난 당신이 가끔은 내게서 벗어나 조용히 휴식을 취하고 싶어 할 거라고 생각했어······.」

「잘 들어. 이십사 시간 내내 긴장하라고! 잠시도 가만 안 놔둘
테니까!」

고뱅이 말했다.

「어쨌든 취소하긴 너무 늦었어. 당신 방으로 예약해 둔 곳이 더
예쁘니까 오늘 밤은 거기서 보내자.」

넓은 방은 야자수가 늘어선 기다란 해변 쪽으로 나 있었고, 모
기장이 붙은 큰 침대도 놓여 있었다. 야자수는 산들바람에 흔들리
며 금속성의 사각거리는 소리를 만들어 냈다. 조르주는 인도양을
본 적이 없었다. 그녀는 아직도 섬 위에 남아 있는 짙푸른 하늘과
수평선 위의 잿빛 하늘이 한데 드리워진 모습을 보고 깜짝 놀랐
다. 안개 자욱한 세네갈의 흐리멍덩한 하늘과는 너무 달랐다.

두 사람 모두 테라스 난간에 기대어 경치에 매혹된 체하고 있었
지만 그들의 육체는 은근슬쩍 서로를 향해 다가가고 있었다. 그
러다가 팔이 스친 순간, 혈관이 요동치기 시작했다. 그것은 온몸
의 항복을 알리는 전조였다. 두 사람 사이에 우뚝 서 있던 벽은
무너지기 시작했지만 고뱅은 아직 그녀를 무너뜨리지 못하고 있
었다. 그리고 조르주도 아직 그의 촌스러운 셔츠를 벌리고 부드
러운 가슴털 위에 입술을 대거나 허벅지 사이로 손을 집어넣어
그의 강한 몸을 뒤흔들 생각은 하지 못했다. 그들은 나란히 서서
차오르는 파도 소리를 들으며 풍덩 뛰어들고 싶은 욕구를 느꼈

다. 하지만 이미 두 사람의 몸은 둥둥 떠올라 더 이상 두 다리로 지탱할 수 없을 지경이었다.

고뱅이 먼저 쾌적한 방 안으로 들어갔다. 그는 침대 커버와 이불을 걷었다. 침대는 두 사람 앞에 순백의 해변처럼, 섬과 대륙만 표시된 흰 지도처럼 펼쳐져 있었다. 그들은 서로의 입에서 입술을 떼지 않은 채 아무렇게나 옷을 벗어던졌다. 그리고 서로의 갈비뼈를 따라 허벅지로, 엉덩이의 굴곡을 향해 내려가다가 덤불에 싸인 성기를 살짝 건드렸다. 그리고 지진이 난 것처럼 요동치기 시작한 몸을 거세게 밀착시켰다.

두 사람은 침대로 뛰어들어 더욱더 은밀하게 상대의 육체를 탐색하며 서로의 몸을 알아보고, 다시 서로를 소유하며 유쾌한 음담패설 같은 연인들의 몸짓을 받아들였다. 조르주는 다리 사이에 붙은 고뱅의 고환을 보고, 수천 개의 물건들 중에서……, 아니 여태까지 보았던 예닐곱 파트너의 물건들 중에서 드디어 자신에게 맞는 물건을 찾은 것에 미소 지었다. 그녀는 정말로 관심 있는 일을 하기 전에, 흥미 있어서라기보다는 예의상 그곳을 살며시 애무했다. 고환을 슬쩍 건드리자 페니스는 좀더 노골적인 모습을 갖췄다. 조르주는 그를 자극하면서 다시 한 번 그 단단함에 놀랐다. 그 딱딱한 느낌은 나무와도, 코르크와도 달랐다. 그것은 단단하면서도 부드러웠다.

이토록 지독한 떨림 99

그녀는 그가 말처럼 머리를 끄덕일 때마다 미소 지으며 엄지와 검지만 가지고 그의 물건을 위에서 아래로 만지작거렸다. 그것은 야자나무 기둥처럼 매끄러웠고, 가끔 보이는 나무처럼 희한하게 구부러져 있었으며 보랏빛은 온데간데없고 흐린 베이지색만 남아 있었다. 발기란 말은 그에게 어울리지 않았다. 막 베일을 벗어버린 그 물건의 둥근 머리를 보니 1944년 폭탄을 맞아 콩카르노 병원에 누워 있던 어느 병사의 군모가 생각났다. 그녀는 손바닥으로 그 둥그스름한 윗부분을 지그시 눌렀다가 갑자기 공격할까 두려워하는 것처럼 뒤로 뺐지만 이내 도저히 못 견디겠다는 듯 다시 다가갔다. 그녀가 감당하기에 참으로 강한 물건이었다.

그녀는 그의 귀에 대고 속삭였다.

「여기에 꼭 맞는 건 어디에도 없을걸. 어디에도…….」

그는 대답 대신 그곳에 불끈 힘을 주었다. 그녀는 자신의 두려움과 점점 더 서두르는 고뱅의 모습을 동시에 즐겼다. 고뱅은 그녀를 애무해 주고픈 욕구와 그녀 안에서 바로 화산처럼 폭발해 버리고픈 욕구 사이에서 싸우고 있었다.

고뱅은 다섯 손가락으로 그녀의 외음부 주위에 동그랗게 원을 그리며 때로는 부드럽게, 때로는 영웅처럼 다가오기 시작했다. 그곳은 갑작스럽게 세계의 중심이 되어 모든 것을 빨아들이고 침몰시키는 바다로 변했다. 그녀는 외음부 주변을 뱅글뱅글 맴돌다가 몸 안으로 파고드는 소용돌이를 어느 것 하나 놓치지 않으려고 털끝까지 감각을 놓지 않았다. 하지만 그곳에 매끄러운 입술이 닿는 게 느껴지자 모든 것을 놓아 버리고 미지근한 심연 속으로 빠져들어 갔다. 그는 특이함도, 멋 부리는 일도, 자신만의 리듬을 선택할 틈도 없이 자기 안에서 새로 태어난 짐승의 욕망에 따라 그녀의 쾌락 속으로 파고 들어가 춤추기 시작했다. 그들은 블랙홀 같은 오르가슴의 영역으로 빨려 들었다. 그곳에서는 모든 욕정이 녹아내리고 새로운 욕정을 만들어 냈다. 그들은 다시 시작하거나 혹은 끝내거나 어느 한쪽을 선택할 수도 없을 만큼 한데 엉겨 있었다.

그가 말했다.

「미안해. 너무 빨랐지. 미안.」

그녀는 때로는 갑작스러운 것도 좋다고 대답했다. 하지만 그는 그녀의 말을 믿지 않았다. 그녀가 이 남자를 사랑하는 이유 중 하나는 바로 그런 점 때문이었다. 고뱅은 여자들이 거칠게 다루어지길 좋아한다는 어설픈 확신 같은 걸 갖고 있지 않았다.

그가 속삭였다.

「금방 다시 해줄게. 당신이 아플지도 모르겠다. 미안해.」

조르주는 그를 더 세게 끌어안으며 대답했다.

「좋기만 한걸.」

그는 그녀의 품 안에서 꼼짝도 않고, 달콤하면서도 나른한 휴식을 취했다. 그녀는 그의 육중한 무게도, 어색한 평화도 사랑스러웠다. 얼마 지나지 않아 그는 그녀의 입술을 다시 찾았고, 두 사람은 다시 아무 말도 할 수 없는 상태가 되었다. 하지만 그들만의 언어를 주고받으며 다음 단계로 계속 불붙어 나아갔다. 자전거 타이어 바람을 채우듯 그의 페니스는 요동치며 다시 형태를 잡아 갔다. 조르주의 질 안에서 처음에는 느리게 움직였지만 낯 두꺼운 손님이 주인집 자리를 차지하고 들어앉듯 안쪽에서 조금씩 공간을 넓혀 가다가 마침내 내벽에 부딪혀 더 이상 밀어낼 자리가 없을 때까지 계속 움직였다.

그녀가 속삭였다.

「집에서처럼 편하게 해봐.」

그는 아무 대답 없이 신음 소리만 냈다. 그는 지금 쉽게 경험할 수 없는 극한 흥분 상태에 있었고, 그녀는 계속해서 사랑한다고 말해 주었다. 그녀는 자신의 오르가슴은 나중에 해결할 생각이었다. 그녀는 오르가슴을 낭비하고 싶지 않았다. 약간은 아쉬움이 남는 편이 더 좋았다. 그래야 또 맛보고 싶어지고, 몸속에 그 열기를 간직할 수 있기 때문이다. 고뱅과 함께라면 두려워할 필요가 없었다. 그는 언제라도 그 덤불 사이에서 극한의 쾌감을 끄집어내 줄 것이기 때문이다. 그녀는 열려 있는 시간 외에, 식탁에서,

길을 걸으면서, 해변에서, 태양 아래서도 계속되는 그런 기다림, 그런 잠복기도 좋았다. 끝나지 않는 사랑, 수그러지지 않는 욕정이 두 사람 사이에서 가벼운 공기의 떨림과 삶에 대한 충동을 유지하면서 함께하는 매 순간을 가치 있게 만들어 주었다.

오르가슴은 고독이다. 정점의 미묘한 메커니즘에서 최후의 지점에 도달하면 이제 곤두박질이 시작된다. 그 자체로 긴장이 풀어지는 것이다. 하지만 조르주는 오늘 밤, 단 한 순간도 고독을 느끼고 싶지 않았다. 그녀는 해결책을 찾을 필요 없는 쾌감이 훨씬 더 좋았다.

고뱅과 조르주에게 미래가 주어진 건 그때가 처음이었다. 그들에겐 열흘이라는 시간이 주어졌다. 그들은 풍요롭고 한가롭고 여유 있었다. 심지어는 짐조차 풀지 않았다! 그들은 비틀거리며 일어났다. 두 사람이 같은 옷장에 함께 짐을 정리한 것도 이번이 처음이었다. 그들은 방 안에서 마주칠 때면 부드러운 시선으로 서로를 바라보며, 서로를 탐하고, 서로에게 몸을 내맡겼다.

고뱅은 짐을 거의 가져오지 않았다. 가방의 대부분을 채운 건 삼단 그물이었다. 휴가지에 삼단 그물을 가지고 가는 선원은 편집광이 아닐까? 그는 이곳에 있는 브르타뉴 친구에게 가져다주기로 약속했다고 말했다. 사실 그는 전 세계 항구마다 친구가 한 명쯤은 있었다. 코냥이 배를 빌려 주기로 해서 조르주를 데리고 낚시를 하러 가기로 했다는 것이었다. 이미 계획이 모두 잡혀 있었다.

조르주가 두 손가락으로 빨간 립스틱을 집은 채 물었다.

「그것 말고 다른 셔츠는 안 가져왔어?」

「왜? 맘에 안 들어? 다카르에서 산 건데!」

「응, 다카르에서라면 훌륭하지. 하지만 여기선 좀 아냐. 그건 안 입었음 좋겠다.」

「좋을 대로 해. 난 당신이 신경 써주는 게 좋아. 아무도 뭘 사야 하는지 말해 주는 사람이 없었거든. 난 그런 쪽으로는 아는 게 하나도 없어. 그냥 눈에 띄는 대로 산 거야.」

그녀 앞에 서 있는 그는 멋있고, 매끈하고, 강해 보였다. 갈색 눈썹 아래서 그 어느 때보다 더 파랗게 보이는 눈, 이제 막 마흔에 접어든 그의 외모는 젊음과 원숙미가 동시에 깃들어 있었다.

「얕본다고 생각하지 마. 난 당신이 벗었을 때만큼 옷을 입었을 때도 멋있어 보이길 바라는 것뿐이야. 괜찮다니 한 가지 더 말 하겠는데, 그 샌들도 벗어 버려! 농구화가 잘 어울려.」

「바지는? 이것도 없앨까?」

「아냐, 그건 입어……. 가끔씩.」

그는 엄마처럼 구는 조르주에게 말랑말랑하고 축 늘어진 페니 스를 가져다대면서 그녀를 팔로 끌어안았다.

둘째 날, 그들은 빅토리아 섬으로 갔다. 세이셸의 작은 수도인 이

104

곳은 아직도 프랑스 색이 짙게 배어 있었다. 영국인들이 1814년 이후 그것을 없애려고 갖은 노력을 기울였지만 헛수고였다. 이제 곧 영국으로부터 독립을 약속받으면 세이셸 주민들은 그들의 첫 자유 우표에 '질 에바네 세셸(크리올어로 '세이셸 제도'라는 뜻 — 옮긴이)'이란 문구를 새겨 넣을 것이다. 이미 크리올어에서 루이 16세 시대 프랑스의 흔적을 지울 수는 없었다. 세이셸 제도에 있는 섬들의 이름은 라모의 오페라에서 금방 튀어나온 것처럼 행복해 보인다. 실제로 풀레 블뢰스 만과 아라무슈 만, 부아드로즈 만, 부댕 만, 아리드 섬, 펠리시테, 퀴리외즈, 쿠쟁, 쿠진, 프라슬린은 특히 선원과 해적에 관한 낭만적인 상상에서 시작된 이름이다. 프랑스와 영국의 오랜 쟁탈전 끝에 마에 섬에 결국 발을 내디딜 수 있었던 건 빅토리아 여왕이었다.

하루 종일 뜨겁고 세찬 비가 내리는 바람에 두 사람은 지프를 타고 근처 해변을 돌아다닐 수밖에 없었다. 수도에서 이십 킬로미터 떨어진 곳에는 뜨거운 태양이 계속해서 내리비치고 있었다.

마에는 산악 지역이라 비가 많기로 유명했다. 그들은 오레이 태생인 코낭의 요트를 최대한 빨리 빌리기로 했다. 빅토리아에서 두 시간 떨어진 산호 숲 너머 프라슬린 섬을 탐험하기 위해서다.

두 사람은 함께 배를 타본 적이 없었다. 고뱅은 조르주 앞에서 실력 발휘를 할 수 있게 된 것이 무척 기뻤다. 그녀는 이 세상에서 가장 훌륭한 선원이라도 되는 양 움직이는 그의 효율적이고 재빠르며 큼직큼직한 동작을 하나하나 눈여겨보며 그가 그 어떤 때보다 멋있다고 생각했다. 고뱅은 원래 바닷물만 마시고 녹색 해초 속에서 잠을 자던 사람 같았다.

따뜻하면서도 격렬하게 느껴지는 서로 다른 세 가지의 열대 풍경을 보며 그들은 함께 웃었다. 조르주는 이렇게 마음껏 웃어 본 게 얼마 만인가 생각했다. 어린 시절처럼 그야말로 행복해서 나오는 웃음이었다. 막 함께 누워 사랑을 나눈 남자 곁에서 이렇게 큰 소리로 웃을 수 있을까? 고뱅은 아내 곁에서 이렇게 웃어 본 적이 있을까? 그의 집에서는 큰 축제 때 남자들끼리나 이렇게 웃을지 모른다. 여자들끼리는 티 안 내고 속으로 웃다가 금세 "뭐, 다 그런 건 아냐. 난 할 일이 있어서 가봐야겠어!" 하고 말한다. 몇 년 동안 결혼 생활을 하고 나면 남녀 간의 골은 더욱 깊어져서 바다에 나가는 남편과 집에 있는 아내, 혹은 공장에 나가는 남편과 밭일하는 아내 사이에 의사소통은 어려워진다. 그래서 아이처럼 마음 놓고 미친 듯이 웃을 일이 없어진다.

프라슬린 동쪽에서부터 볼베르 만의 넓은 바다로 접근하면서 그들은 한참을 망설이다가 모래톱과 여울 사이, 물고기가 많을 것 같은 곳에 삼단 그물을 던졌다. 코낭은 그곳에서 자주 낚시를 했지만 주로 저인망을 이용했다.

그들은 임시 방갈로를 빌려 둔 어부 마을에서 배를 멈췄다. 해안에서 몇백 미터 떨어진 그곳은 라타니아 잎으로 가득 덮여 있는데, 그곳 바다는 세상에서 가장 아름다운 다이아몬드 같았다. 하지만 강렬한 사랑을 나누는 새벽녘 말고는 그곳에 머무는 일이 쉽지 않았다. 낮잠 잘 때나 비 올 때, 긴 저녁때까지 머물다가는 사방의 초록빛과 새들의 구부러진 부리와 양서류, 오싹한 여러 다른 동물들이 내는 소리 없는 불협화음이 오싹하게 느껴지기 때문이다.

그다음 날, 새벽부터 그들은 그물을 걷으러 가려고 젊은 흑인에게 카누 하나를 빌렸다. 그는 일 년 내내 일만 해야 하는 자신과 달리 일에서 벗어나 휴가를 온 백인들이 못마땅한 것 같았다! 그는 그런 '관광객'들이 삼단 그물 쳐놓은 곳을 보고는 입가에 조소를 띠었다. 꼬챙이와 갈고리에는 상어 네 마리, 파란 점박이 가오리 한 마리, 노랑촉수, 예쁜 전갱이도 있었지만 몇 킬로미터나 되는 죽은 산호초까지 따라 올라왔다. 어쩔 수 없이 우선은 바다에서 그물을 건져 올려야 했다. 그런 다음 몇 시간 동안 그물코를 하나씩 다시 꿰고, 얽혀 있는 산호초를 제거했다.

남자 셋이서 카누에 앉아 고개를 숙이고 손가락이 시뻘겋게 되고, 등이 따갑게 햇볕을 받으며 열심히 작업에 몰두하는 동안, 십 센티미터쯤 되는 긴 갈색 벌레 한 마리가 모래톱에서 기어 나와 조르주의 발목 위로 올라갔다.

조르주는 비명을 질렀다.

소년이 소리쳤다.

「다리가 백 개는 되는 것 같아요!」

고뱅이 수선스럽게 뛰어 올라왔다. 그는 조르주가 당장 쓰러질까 봐 그녀를 살피면서 갈고리 장대로 벌레를 쫓아냈다. 조르주의 발목은 한눈에 보기에도 부풀어 올라 있었다. 하지만 그녀는 고뱅 앞에서 겁쟁이처럼 굴고 싶지는 않았다.

조르주는 걱정스러운 질문을 잔뜩 던지고 나서야 다리 백 개 달린 벌레가 해롭지 않다고 말하는 소년에게 용감한 척하며 대답했다.

「물린 것 같긴 한데 괜찮아.」

흑인 소년이 말했다.

「정말 물렸으면 아직도 울고불고 난리 났을걸요.」

백인 여자는 고통을 당했을 때, 어느 단계에서부터 울부짖을까? 조르주는 다시 안정을 찾았다. 하지만 얼마 지나지 않아 그녀는 용감한 척해 봐야 아무 도움도 되지 않는다는 사실을 깨달았다. 두 남자는 이내 그 사건을 잊고 삼단 그물에만 매달렸기 때문이다. 엉클 톰의 시대에 서둘러 달려들어 다리의 독을 빨아 내던 원주민은 어디로 갔단 말인가?

이폴리트(그 흑인 젊은이의 이름이다)는 산호가 사슬처럼 얽힌 그물을 칼로 잘라 내자고 여러 번 제안했지만 고뱅은 그 제안을 들은 척도 하지 않았다. 다른 사람의 물건을 상하게 만들 수는 없었기 때문이다. 이폴리트는 기분이 상해서 가버렸다. 백인들은 정말 이해가 안 되는 족속이라고 생각했을 것이다. 그들에게 낚시는 한낮 취미가 아니던가? 그런데 왜 저렇게 까다롭게 구는지 원! 고뱅과 조르주는 저녁이 될 때까지 고집스럽게 그물에 매달려 있었다. 열 손가락이 아프고, 손은 살갗이 벗겨질 지경이었지만 적어도 코낭은 그의 삼단 그물을 온전한 상태로 되찾을 수 있었다.

* * *

신경 쓰지 못한 사이에 발은 더 붓고 흉한 모양으로 변했다. 피부는 반질반질하고 뜨끈뜨끈해졌으며 통증도 심해졌다. 고뱅은 좀더 일찍 살펴보지 못한 자신을 원망했다. 그 징그러운 벌레 덕분에 두 사람은 눈먼 사랑의 세계에서 나와 부부의 세계로 들어갔음을 깨달았다.

고뱅은 조르주를 그늘에 앉히고, 소형 부탄 냉장고에 들어 있던 얼음을 모두 꺼내 다리 위에 올려놓고 마사지를 해주었다. 그런 다음 프라슬린에서 자전거를 빌려 온 마을을 돌아다니며 붕대와 소독약을 사왔다. 조르주는 진심으로 걱정하며 서두르는 그의 모습을 보면서 처음으로 아픈 것도 나쁘지 않다는 생각이 들었다. 가이드북을 보니 아무래도 지네에게 물린 모양이었다. 하지만 그 벌레 때문에 소중한 일주일을 망칠 순 없었다. 조르주는 안간힘을 써서 고통을 최소화하고, 몸에 독이 퍼지지 않도록 발을 단단히 묶어 보려고 했다. 하지만 발이 완전히 퉁퉁 부어 도무지 움직일 수가 없었다.

그들은 하루 종일 섬에서 꼼짝도 하지 못했다. 고뱅은 색이 어둡게 변한 물린 부위를 피해 가면서 다리를 천천히 마사지해 부기를 빼주었다.

그가 안심시키며 말했다.

「나한테 맡겨. 방법을 알아.」

항해 중에 선원에게 골절이나 농양이 생기면 선장이나 부선장이 대신 간호사 역할을 한다.

사랑을 나눌 수 없어 막막한 그들은 서로의 성기를 제외하고 손에 닿는 대로 만지작거렸다. 그동안 섹스 외에는 아무 이야기도 나눈 적이 없었던가? 그들은 수줍은 듯 조금씩 새로운 관계를 향해 발을 내디뎠다. 조르주는 더 이상 고뱅에게 자신이 낯선 영역이 아니길 바랐다. 그녀는 자신이 평소에 무엇을 좋아하는지, 그와 떨어져 사는 동안 대부분 무엇을 하고 지내는지 고뱅도 알았으면 했다. 또, 자기가 일을 사랑하는 이유와 그 일을 통해 세상을 더 잘 볼 수 있게 된 사실도 알리고 싶었다. 세이셸 섬은 그 자체가 열린 역사책이었다. 프랑스와 영국의 오랜 쟁탈전과 약탈자들……. 역사를 배우는 데 이보다 더 좋은 기회가 또 있을까? 고뱅은 한 번도 가이드를 부른 적이 없었다. 그에게 바다는 일터이자 밥벌이 도구일 뿐이었다. 그는 역사에 길이 남은 위대한 선원에 대해 생각해 본 적도 없었다. 섬은 단지 그가 일해야 할 장소일 뿐이었다. 참치가 그를 기다리고 있었고, 그는 그 참치를 잡는 사람이며, 그의 아이들은 그 참치로 먹고살았다. 그는 과거에 관심을 기울일 시간이 없었다. 호기심은 사치라고 여겼고, 그런 사치와는 거리가 먼 사람이었다. 심지어 그런 데서 즐거움을 얻을 수 있다는 것을 상상조차 하지 못했다. 하지만 지금 이 섬에서 한가롭게 지내는 상황이 되었고, 옆에는 역사학자 조르주가 있었다. 그러니 역사 속으로 들어가 보는 수밖에…….

그녀는 고뱅이 질겁하지 않도록 도둑 이야기부터 시작했다. 남자 아이들은 도둑과 모험가 이야기라면 다들 좋아하니까.

「위대한 탐험가의 전기 같은 거 읽어 본 적 없어?」

「항해를 할 땐 추리 소설이나 만화 말고는 별로 읽을 게 없어. 아, 있다! 기억나. 크리스토프 콜롬보 이야기 읽어 봤어. 캥페를레에서 상으로 받은 책이었지!」

「이번 여행을 기념해서 세이셸 역사책을 한 권 선물하고 싶어. 보면 알겠지만 그거야말로 진짜 추리 소설 같아. 영국과 프랑스가 번갈아 점령하면서 같은 섬에다 이름을 짓고, 없애고, 또 다른 이름을 짓고 서로 이득을 챙기기도 하고, 죽이기도 했어. 그러다 결국 이득을 본 건 해적들이었지. 세이셸 제도 전체가 숨겨진 보물로 가득했던 것 같아. 여기도 해적 소굴 중 하나였어. 그때는 거의 무인도였거든.」

고뱅이 생각에 잠겨 말했다.

「해적이라고! 저택을 터는 것보다야 그게 훨씬 더 흥분되는 일이지!」

「비웃는 거야? 당신은 해적질 같은 건 죽어도 못할걸! 너무나 도덕적인 로즈렉의 아드님이시니까! 그래도 바람 피웠으니까 이미 죄인이야.」

고뱅은 그녀의 상처에서 먼 부위를 슬쩍 쳤다. 익숙하지 않은 일이었지만 그는 누군가 자기 이야기를 하는 게 좋았다.

「아냐, 당신은 꼭 왕을 위해 일하는 함장 같아. 탐험에서 돌아올 때마다 원주민이나 적에게 빼앗은 금과 다이아몬드를 왕에게 충성스럽게 바치는 신하. 작은 숟가락 하나까지도 말이야. 그 대신 당신은 튼튼한 요새 안에서 여생을 보내지. 정직한 성품 때문에 궁정의 주요 인물들과는 등을 돌리게 됐으니까. 아니면 전리품을 원하는 만큼 나눠 주지 않았다고 반항하는 선원과 함께 바다를 항해하든지.」

「내가 그렇게 바보 같아 보여?」

「글쎄⋯⋯. 하긴 그 시절에 정직은 오늘날만큼의 값어치도 없었으니까. 그래도 간혹 제대로 하는 게 있잖아, 섹스처럼!」

그는 지나치게 조심스러운 표정으로 덧붙여 말했다.

「내가 선장이 된 게 참 행운이다, 그런 말이구나! 그 말대로라면 난 그 사실을 깨닫지 못한 거고!」

그들은 함께 웃었다. 그 점에서 두 사람은 잘 통했다. 조르주는 역사 이야기를 듣던 그에게 아무래도 다 좋다는 의미로 약간 애무를 해 긴장을 풀어 주었다.

「농담 아냐. 알다시피 프랑스인들은 타히티를 점령했어. 부갱빌의 선원들이 쿡의 선원들보다 훨씬 더 사랑을 잘 했거든! 영국의 지도자인 프리처드와 만족스러운 잠자리를 하지 못했던 포마레 여왕은 프랑스의 탐험가인 조르렉이란 사람과 며칠 밤을 보내고 나서 프랑스인들에게 섬을 넘기기로 한 거야.《부갱빌 여행기(Supplement au voyage de Bougainville)》도 선물하고 싶어. 분명 마음에 들 거야.」

「그런데 왜 당신 책은 안 주는 거야? 당신이 책을 썼다는 걸 알고 정말 놀랐었는데. 우리 같은 사람들은 작가를 만져 볼 수도 없는…… 그런 사람이라고 생각했거든.」

「아냐. 전혀 그렇지 않아! 작가들도 얼마든지 만져 볼 수 있는 사람들인걸! 난 그냥 내 책이 그렇게 크게 성공할지도 잘 모르겠고, 여성과 혁명이란 주제에 당신이 관심 없을 것 같고…….
그래서 내 책 줄 생각은 못했던 거야. 당신이 좋아할 만한 책인지도 모르겠고.」

「다시 한 번 말하지만 난 바보가 아냐.」

「그건 아까 말했잖아!」

이번에는 조르주가 한 방 먹였다.

고뱅은 농담처럼 말할까 망설이다가 말했다.

「난 내가 당신과 하는 일에 대해 자문해 보곤 해.」

「당신과 나에 대해서? 그걸 혼자서만 생각했다고? 그보다는 사랑을 나눌 때, 사랑을 나누는 바로 그 장소에서 이야기하는 게 나을 텐데!」

그녀는 그의 몸을 감아 자기 쪽으로 끌어당겼다.

조르주가 다시 말했다.

「알고 싶으면 나한테 관심을 가져 봐. 난 당신 성격이 좋아. 그 터프한 성격이. 그리고 부드러움도 좋아. 그리고 당신은 사랑할 때 아주 영리해서 좋아. 대부분의 남자들은 안 그렇거든. 바보들은 절대로 그렇게 못하지. 그러니까……, 내 논문 보내 줄게.

하지만 숨어서 읽든가, 정원에 파묻든가 해야 할 거야.」

부갱빌의 낡은 베란다 위로 태양이 내리비쳤다. 두 사람은 크리올 펀치를 좀 과하게 마셨다. 조르주는 대학 시절에 대해 이야기했다. 그녀는 가족의 전통과 그 부류 사람들의 이야기까지 술술 풀어냈다. 하지만 고뱅은 꼭 필요한 이야기만 했다. 그는 친구들과도 농담이나 주고받을 뿐 마음을 터놓는 경우는 거의 없었다. 그런 건 고상하지 못한 행동이라고 생각했기 때문이었다. 로즈렉의 할머니가 늘 검은색 옷만 입고 다닌 것처럼.

하지만 그날 저녁, 가브리엘 드 슈아죌 섬에서 네 잔째 펀치를 마신 프라슬린 공작, 로즈렉은 더 이상 로즈렉이 아니었다. 그는 조금씩 상대를 의식하지 않고 이야기하기 시작했다. 그는 여태껏 여자 앞에서 이렇게 이야기를 해본 적이 없었다. 좋아하는 것을 고백하는 일은 수치라고 생각했었다. 하지만 그는 자신이 힘든 부분도 이야기했다. 조르주도 약과 알코올을 같이 마셔 약간 취기가 올랐다. 그들은 발목 때문에 저녁 식사를 하러 나갈 수 없었다. 이국적인 과일주를 마시는 동안 고뱅은 끊임없이 말을 쏟아냈다. 다카르나 코트디부아르 같은 새로운 지역에서 하는 고기잡이, '금맥'을 발견했을 때의 흥분, 미끼로 쓰는 대구 알을 먹으려고 물고기가 표면 위로 올라올 때 부글거리는 물, 서둘러 잡아야 하는 대나무 장대……. 고뱅은 섹스처럼 급박한 순간이라고 표현했다. 배 위에서 이십 킬로그램까지 나가는 참치와 가다랑어 옆구리를 두드려 대는 사람들, 게걸스럽게 먹어 대는 놈들과 사람의 몸에서 나는 열기, 방수복에 묻은 피, 다리 위에서 쉴 새 없이 퍼덕거리는 물고기, 갈고리를 더 빨리 벗겨 내기 위해 핀 없이 사용하는 낚시…….

조르주는 고뱅이 자신의 직업 이야기를 할 때 브르타뉴식 표현과 억양이 더욱 두드러지는 것을 알아차렸다. 그는 암호화된 표현이나 뱃사람들이 쓰는 은어, 잡은 참치 떼, 미끼로 쓰는 대구 알, 참치를 잡을 때 쓰는 정어리, 참치와 정면 대결에 앞선 사전 준비 등에 관해 설명하면서 즐거워했다. 그가 해온 작업은 미끼를 계속 갈아 주어야 하기 때문에 예망을 사용하는 것보다 훨씬 더 손이 많이 갔다. 빨리빨리 작업을 해야 해서 소란스럽고, 사람도 많이 필요했지만 무엇보다 그건 제대로 된 스포츠였다! 그의 눈은 빛나고 있었다. 그의 적이자 엄청난 포식자인 참치에 대한 생각도 읽을 수 있었다.

「제대로 방어할 줄 아는 대단한 녀석이야! 한 번은 열세 명이 삼십 분도 안 돼서 물고기 삼백 마리를 쏟아 부은 적도 있어. 그야말로 대박이었지!」

그녀가 말했다.

「정말 장관이었겠다!」

그가 대답했다.

「응, 대단했지…….」

그의 사전에 '장관'이란 단어는 들어 있지 않았다.

「사실 그건 매번 마찬가지야.」

그는 대부분의 선원들이 그렇듯 운명론자처럼 말을 끝마쳤다.

「배나 선원을 바꾸는 거나 그 밖의 모든 것을 선주가 결정해. 사실 우리가 하는 일은 아무것도 없지 뭐. 선박직공은 아예 옛날에 없어졌고. 요즘 미국인들처럼 나일론 예망을 쓰면 날개다랑어를 하루에 십 톤은 건져 올릴 수 있어. 우린 한번 나갔다 올때 십 톤을 잡아 오는데! 그럼 게임 끝난 거지 뭐.」

그는 갑자기 조르주와 아주 멀리 떨어져 있는 사람처럼 먼 곳을 응시했다. 그는 혼자서만 이야기하고 있었다.

「그럼 당신도 예망을 쓰면 더 많이 벌 수 있지 않아? 더 편하게 살 수 있고, 일도 덜 고되고.」

「더 많이 벌 수 있을지는 몰라도…….」

그는 말을 끝맺지 못했다. 그는 레이더가 아닌 선장의 직감으로, 전자 기계가 아닌 용기와 경험을 통해 직접 손으로 하는 낚시에 대한 향수와 풍미를 말로 다 표현할 수 없었을 것이다.

「난 열세 살부터 참치를 잡았어. 그때는 요즘 보통 먹는 붉은 참치가 아니라 날개다랑어를 잡았지…….」

그런 방식으로 고기 잡는 시대는 끝났지만 그는 포기하지 않았다. 그가 바로 이곳에 있다는 사실이 그 증거다. 고기 잡는 장비가 얼마나 많을 텐데……. 그는 물고기를 먹는 새 떼가 모인 곳을 찾기 위해 띄우는 헬리콥터 이야기를 했다. 북대서양을 휩쓸고 다니던 이야기며 이곳 주민들은 모두들 참치를 기다리고 있다는 이야기도. 그의 눈빛에는 생기가 넘쳤다. 우리가 자연이라고 부르는 것들이 그에게는 환경일 뿐이었다. 그는 그 환경을 휩쓸어버리는 걸 좋아한다. 그게 그의 일이다. 어쨌든 그것도 해적이다. 미래는 그에게 중요하지 않다.

새벽 한 시였다. 고뱅은 갑자기 땅에 떨어진 것처럼 주위를 둘러보았다. 조르주는 그의 팔에 안겨 반쯤 잠들어 있었다. 그는 혼자서 말하고 있었던 것이다. 하지만 정말 혼자였다면 아무 말도 하지 않았을 것이다. 그는 형제들에게도, 아내에게도 그런 말을 한 적이 없었다. 간혹 동료들과는 이야기하기도 하지만 그때의 이야기는 모두 어떤 사실이나 계획일 뿐, 감정은 들어 있지 않았다. 감정을 털어놓는 건 계집애들이나 하는 짓이었다. 그런데 다른 남자로 보일만큼 이 남자의 행동을 달라지게 만든 건 무엇이었을까? 심지어 그는 자기가 말하고 싶은 걸 말할 수 없다는 사실까지 모두 다 털어놓았다.

그는 물고기를 잡듯 조심스럽게 그녀를 안고 침대로 데려갔다.

「땅에 발을 디디면 안 돼. 그럼 피가 다시 밑으로 쏠려. 밤에 푹 잘 수 있게 압박 붕대를 감아 줄게.」

조르주는 그의 목에 얼굴을 파묻었다. 누군가 이렇게 자기를 안아 주고, 돌봐 주고, 붕대를 감아 주고, 자기 생각을 해준 것은 처음이었다. 그녀는 그의 부드러움에 푹 빠져 들었다. 그녀의 아버지는 예술가가 되기 전에 일 년 동안 의학 공부를 했었고, 전쟁 때는 야전 간호병이기도 했다. 하지만 그녀의 어머니는 피를 보는 것조차도 못 견디는 사람이었다. 아버지는 그녀의 상처에 냄새나는 요오드 액을 발랐을 때 그녀가 '앗, 따가워!' 하고 말하면 '잘 됐네. 그게 제대로 소독이 된다는 증거다' 하고 대답하곤 했다.

두 사람은 처음으로 어린아이처럼 서로의 몸을 끌어안고, 뒤엉켜서 살며시 잠이 들었다.

그다음 날 아침, 발 상태가 많이 좋아져 그들은 프라슬린 섬을 둘러보기로 하고 섬에서 하나밖에 없는 차를 빌렸다. 덕분에 조르주는 페달을 밟지 않아도 되어 덜 피곤했다.

차를 타고 달리다 내포가 나올 때마다 내렸는데, 그중에서 가장 작았던 마리 루이즈 만이 가장 풍부한 바닷속 보물을 보여 주었다. 물이 크리스털처럼 맑아 수심 몇 미터까지 다 들여다보였다. 덕분에 수영할 필요도 없었다. 물밑에는 식물도감에 나오는 듯한 온갖 해초들이 물고기들과 함께 팔을 흔들고 있었다. 심지어 이곳에는 해양 잡지 〈행복한 마리〉의 항해사가 발견한 오월의 계곡 안에 있는 야자나무 숲도 보였다. 그곳은 내일 방문할 예정이었다. 그 바로 옆은 해적선 '라 뷔스'가 기항한 장소이기도 했는데, 원주민들은 '위' 발음을 못해서 '라 부슈'라고 불렀다. 해적들은 인도 총독의 황금 식기, 고아 대주교의 귀한 보석들로 뒤덮인 꽃병 등 역사에 길이 남을 만한 노획품들을 휩쓸어 그곳에 내려놓았다고 한다. 두 사람은 바삐 돌아가는 세상과 멀리 떨어진 그곳에서 열대식물 아래, 타는 듯한 모래 위에 누워 가이드북을 함께 읽었다.

오후쯤에는 다시 섹스를 할 것이다. 이들에게 기다림이라는 사치가 주어진 것은 그때가 처음이었다. 고뱅이 애정을 마음껏 과시하려 했던 여자에게 자기 몸을 내맡긴 것도 그때가 처음이었다. 그는 주저하면서도 한편으로는 훨씬 더 흥분했다. 그날은 그녀가 '그곳'을 입으로 자극하는 것도 허락했다. 고뱅은 극한 쾌락을 맛보는 느낌을 마음껏 표출했다. 하지만 부끄럽다며 조르주의 입 안에다 사정을 하지는 않았다. 마지막에 그는 다시 조르주의 위로 올라가 얼굴을 마주 보았다.

그가 말했다.

「내가 당신을 너무 존중하나 봐. 우습다고 생각하겠지만 당신 입 안에다 그렇게 끝낼 수가 없어.」

「날 믿어. 난 내가 좋아하는 일만 해. 싫으면 멈출 거야. 당신과는 한 번도 억지로 한 적 없어.」

「그렇겠지. 하지만 내가 그렇게 못하겠어. 그게 맘에 안 들어?」

그는 자신의 성기와 접촉한 그녀의 입술을 혀로 씻어 내려는 듯 핥고 또 핥았다.

「당신이 위에 있으니까 꼭 나 혼자인 것 같아. 난 어디서든 당신을 느끼고 싶어. 그럴 수 없다면 끝낼 때만큼은 이렇게 하고 싶어. 당신은 그렇지 않아?」

그는 반복해서 말하며 조르주의 안으로 파고들어 갔다. 그러자 그 구멍의 문은 그의 물건을 꼭 조여 왔다. 두 육체는 하나의 굴곡과 하나의 돌기가 더해져 매끄럽고 충만한 일체를 이루었다. 그는 그녀 안에서 꼼짝도 하지 않았다.

그는 답을 잘 알면서도 고집스럽게 물었다.

「아직 대답 안 했어. 당신은 그렇지 않아?」

「지금은 대답 안 할 거야. 난 당신을 너무 원해. 물론 지금은 이 자세가 제일 좋아!」

그는 그녀의 말에 기뻐하며 웃었다. 그녀는 그를 즐겁게 한 것이 기뻐서 웃었다. 그들은 상대방의 기쁨을 비밀스럽게 간직하게 된 것이 기뻐 또 웃었다. 조르주는 한평생 그 비밀을 떠올리며 살 수 있겠다고 생각했다.

그는 아주 천천히 다시 움직이기 시작했다. 두 사람의 치아가 부딪쳤다. 그들은 황홀경에 도달하는 순간에도 계속 웃고 있었다.

짧은 휴식을 취한 다음, 조르주는 왜 한 번도 연달아서 해볼 생각을 못했는지 자문해 보았다. 고뱅의 물건은 사정한 후에도 금세 제 모양을 되찾지 않는가! 그녀는 방 안에서 벌거벗은 채 돌아다니며 고뱅도 그런 사실을 깨닫게 만들었다.

「당신이 그러고 돌아다니니까 흥분이 가라앉질 않잖아. 완전히 가라앉질 않아. 끔찍해!」

그는 아이처럼 웃었다.

「그 얘길 하니까 또…….」

그는 참을성 없는 자신의 물건을 부드러운 시선으로 바라보았다. 그는 순진하게도 그런 사실에 우쭐해져서 거북해하지도 않았다. 그가 부끄러워하는 것은 따로 있었다. 그는 그의 내부에서 종을 울려 대는 게 육체가 아니란 사실을 알았다.

「어쨌든! 당신의 그 비정상인 물건 때문에 벌거벗고 돌아다니려면 선을 그어 놓든가 해야겠어! 아니 비정상이라기보다는 짐승 같다고 하는 게 낫겠다!」

그녀는 고뱅의 성기를 손에 올려놓고 무게를 재보았다.

「비었는데도, 아직 무거워. 글쎄……. 한 이백오십 그램 정도?」

고뱅은 자신의 그 '신성한 엔진'으로 장난치는 일이 없었지만 그녀는 채털리 부인처럼 무릎을 꿇고 앉아서 야한 말을 내뱉으며 애교 부리는 걸 좋아했다. 그를 다시 흥분시키려면 약간의 거짓 말이 필요한데, 그녀는 평소에는 전혀 사용하지 않는 저속하고 상 스러운 농담들을 마음대로 지껄일 수 있었다. 그녀는 그래서 고 뱅이 좋았다. 전에는 몰랐던 스스로의 모습이 고뱅 앞에서는 불 쑥불쑥 밖으로 얼굴을 내밀었다. 저녁에는 서둘러 애무를 시작하 려고 책도 읽지 않고, 상대의 성적 취향에 따라 옷을 입고, 매춘 부처럼 천박하게 행동했다. 그녀가 그렇게 혐오하던 행동을 자처 한 것은 단지 그에게서 얻고 싶은 쾌감 때문에, 비이성적이고, 부 당한 욕구 때문이었다. 하지만 뭐가 부당하단 말인가? 그녀는 섹 스도 학구적으로 이해하려는 자신에게 화가 났다! 섹스는 섹스일 뿐 거기엔 어떤 의미도 들어 있지 않다.

조르주는 마음속 샤프롱에게 그런 건 진실된 것도, 바람직한 것 도 아니라고 말하며 공상으로만 이 감정을 유지할 수 있었다. 어 쨌든 두 사람은 열흘이나 되는 시간을 함께 보낸 적이 없었다. 하 지만 반복되는 일상과 똑같은 몸짓을 통해 서로를 좀더 잘 알 수 있을 거라는 기대가 생겼다.

샤프롱이 말했다.

「반복이 아니라 단조로움이겠지.」

그런 유혹의 몸짓 끝에서 두 사람은 늘 그들에게 필요한 낭만적인 향수에 젖어 들었다.

샤프롱이 말했다.

「어쨌든 최소한 두 시간 정도는 그런 걸 바라면 안 돼. 혐오스러운 속마음을 들키면 안 되는 거야.」

「하지만 한밤중에 그 사람이 조금만 움직여도 난 잠이 깨버리는걸. 그러면 언제 시작되었는지도 모를 만큼 잠은 서서히 쾌감으로 바뀌어. 그걸 막을 방법이 있을까? 아침에도, 새벽에도 그의 손가락 하나만 내 살에 닿아도, 그곳이 성감대가 아니어도 내 호흡은 행복에 겨워 가빠지고, 우리는 다시 서로에게 다가가고 서로에게 꽂히고, 서로를 탐닉하기 시작해……」

「그만해. 늘 똑같은 얘기……. 이제 지겨워.」

조르주는 아침에 잠에서 깰 때마다 고뱅 같은 남자는 세상 어디에도 없다고 생각했다. 고뱅은 남자의 첫 애무에 전율했던 라그네스의 소녀보다 매일 아침 먼저 깨어 그녀의 유두에 손가락을 살짝 올려놓고 그녀가 잠든 모습을 지켜보았다.

그는 변명하듯 말했다.

「선원은 늦잠 자는 법이 없어.」

고뱅이 그녀에게 손을 내미는 것은 다시 하고 싶다는 신호였다. 그들은 한번 옷을 벗으면 하루 종일 한몸이 되어 쾌감을 맛보았다. 그들은 침대에서 내려오지도 않은 채, 또다시 두어 번 사랑을 나누었다. 그러다가 온종일 섹스만 하고 누워 있다는 생각이 들면 그제야 침대에서 서둘러 끼니를 해결했다.

다행히 그후에는 오두막에서 멀리 떨어진 큰 섬에서 하루를 보냈다. 고뱅은 야외에서 섹스를 할 정도로 대담하진 않았다. 저녁에 그들은 해변과 육지 사이에 있는 작은 레스토랑에서 생선과 바다가재 요리를 먹었다. 그곳에 기계 같은 건 하나도 없었지만 소규모 원주민 오케스트라가 북과 바이올린, 아코디언, 트라이앵글로 루이 14세의 궁정에서나 들려올 듯한 카드리유 춤곡을 연주했다. 어울리지 않게 구멍 뚫린 저고리에다 열대풍의 화려한 셔츠를 입은 다섯 명의 연주자, 긴 치마를 입고 맨발로 서 있는 나이든 세이셸 여인은 라타니아와 열대 식물들 아래서 태양왕 시대의 미뉴에트를 듣는 기분을 더욱 돋워 주었다. 여자는 후작 부인처럼 우아하게 춤을 추고 있었지만, 이는 빠졌고 가녀린 어깨에는 잔뜩 구겨진 옷을 걸치고 있었으며 치마 밑단 역시 여러 번 꿰맨 티가 역력했다. 하지만 눈빛에는 유머와 장난기가 가득했고, 이 섬처럼 아름다웠다. 그들 덕분에 그는 위대한 발견을 한 사람들이 장군도 사업가도 아니던 시절을 잠시 느껴 볼 수 있었다.

프라슬린의 관광객 수가 스무 명이 넘어서면 나이든 무녀는 집으로 돌려보내고 대신 젊은 아가씨와 '전형적인' 오케스트라, 전자 기타 연주자들이 자리를 차지할 것이다. 하지만 그날 저녁, 연주를 듣던 사람은 여섯 명밖에 없었다. 옆 테이블에 앉은 사람들은 별로 감정을 드러내지 않는 프랑스인 같았는데 나이도 짐작하기 힘들었다. 게다가 벌써 돌아가고 싶어 하는 표정이었다. 법 없이도 살 것같이 보이는 부인은 회색 머리를 위로 올렸고, 등은 곧았으며, 얼굴은 약간 사각이지만 아름답고 우아해 보였고, 생사로 엮은 하얀 샌들을 신고 있었다. 옛 식민지 행정관처럼 보이는 남편은 삼십 년 동안 보아 온 아내가 지겹다는 듯 테이블 끝에 코끝을 향한 채 공상에 잠겨 있었다. 두 사람의 딸은 나이를 가늠하기 힘들었고, 머리는 적갈색이 감도는 검은색으로 염색을 한 것 같았다. ('저렇게 하니까 훨씬 더 생기 있어 보인다. 안 그래?') 그 옆에는 그녀의 남편이 장인만큼 불쌍하게 앉아 있었다. 열대의 풍경도 그들의 부르주아라는 딱딱한 껍질을 벗겨 내지 못한 것 같았다. 두 여자는 세균이라도 찾아내려는 듯 메뉴를 자세히 들여다보다가 생선 요리밖에 없는 것을 보고 눈썹을 찌푸렸다. 그러다가 종업원이 토스트를 추천하자 그제야 인상을 폈다. 그들은 오월의 계곡에서 '바다코코넛'을 가져온 것을 벌써 후회하고 있었다. 값도 굉장히 비싼데다가 모양도 외설적이어서 거실에 진열해 놓을 수 없다는 걸 깨달았기 때문이었다.

엄마와 딸만 남편들 앞에서 가끔씩 몇 마디 말을 주고받았고, 남자들은 동조만 했다.

「엄마, 그 가르드 호수 근처에 있던 큰 호텔, 참 괜찮았지?」

「아, 맞아! 앙리, 거기 기억나요?」

엄마라는 사람은 남편에게 존댓말을 썼다. 남편의 지루해하는 얼굴을 보니 은퇴하기까지 한 삼십 년 동안 줄곧 아내의 옆 자리만을 지키지는 않았음을 알 수 있었다. 하지만 끝까지 가지는 않은 모양이었다. 이미 한 번쯤 아내에게 조심스럽게 공격을 받았고 지금은 망설이며 조금씩 걸음을 내딛는 중이었다.

조국에서 만 킬로미터 떨어진 곳, 이곳에서 가장 가까운 육지인 마다가스카르에서도 천 킬로미터나 떨어진 곳에서 만난 프랑스인들을 아주 무시할 수만은 없었다. 우리는 바다코코넛을 매개로 대화를 나누기 시작했다.

부인이 말했다.

「이곳 과일에는 하나하나 다 번호가 매겨져 있는 거 아세요? 수출이 엄격하게 통제되기 때문에 그런 거래요.」

조르주가 말했다.

「그런 건 여기서만 볼 수 있어요. 이상하죠. 옛날에는 최음제로 사용했기 때문에 아랍 왕자들은 그걸 금값에 사들였대요.」

부인의 눈에서 비난하는 듯한 빛이 짧게 스쳐 갔다. 음란한 말이기 때문이었다. 고뱅은 눈썹을 치켜 올렸다. 뭔가 할 말이 있다는 뜻이었다. 최음제라니!

그가 말했다.

「아랍의 왕자들이 그걸 필요로 했다니 우스운데요! 원하는 만큼 여자를 얻을 수 있었을 텐데요.」

대화가 애매한 방향으로 흐르려 하자 두 여자는 좀 덜 외설스러운 주제로 방향을 틀었다.

「이곳 섬의 이름은 하나같이 신기한 것 같아요. 그렇게 생각 안 해요?」

조르주가 대답했다.

「맞아요. 이 세상 끝에서 루이 16세 시절의 신하들 이름이 계속해서 불린다는 게 참 신기하죠. 프라슬린은 이곳에 발을 들여놓은 적도 없는데 말이에요.」

고뱅이 물었다.

「그런데 왜 프라슬린이지?」

그건 두 사람이 가이드북에서 함께 읽은 내용이었다. 조르주는 고뱅이 장난치느라 그런 질문을 한 것을 알았지만 그냥 대답해 주기로 했다.

「프라슬린 공작은 지금으로 말하자면 해양부 장관이었어요. 그는 탐험대를 보내서 당시에 이미 상당한 값이 나갔던 바다코코넛을 수확해 오게 했죠.」

옆 테이블의 남자가 말했다.

「당시에 세이셸에는 원주민이 없었죠. 그 불행한 탐험가 라페루즈처럼 직접 먹어 볼 생각은 못했어요.」

사위가 말했다.

「세셸(프랑스는 당시 재정 장관이었던 세셸의 이름을 따 세이셸 섬이라 이름 짓고, 그곳을 통치하기 시작했다. — 옮긴이)도 이곳에 전혀 발을 들여놓은 적이 없었어요. 정확히 말하면 모로 드 세셸이죠. 재정 장관이었고요.」

그러더니 만족스러운 표정으로 덧붙였다.

「저도 재정부 감독관이랍니다.」

조르주가 말했다.

「게다가 아름다운 이름이잖아요. 뉴컴이나 다른 영국인들이 이 파라다이스에 '누벨 걀 뒤 쉬드'나 '사우스 리버풀'이란 이름을 짓지 못한 게 다행이죠.」

「사우스 리버풀? 크리올 사람들은 '리베르 풀(poule : '갈보'라는 뜻)'로 바꿔서 부를걸?」

고뱅은 그 기회에 말재간을 늘어놓았다. 고뱅은 내용은 몰라도 단어의 의미만 가지고 자신의 무지를 덮을 만큼 재치가 있었다.

하지만 그 프랑스인들은 더 이상 이런 대화를 이어 가고 싶어

하지 않았다. 그들은 이 이상한 커플이 도무지 어떤 인간들인지
알 수 없었다. 네 사람은 프라슬린에 하나밖에 없는 호텔 방으로
들어갈 때까지 무미건조한 미소를 짓고 있었다.

조르주가 고뱅에게 엄명을 내렸다.

「바다코코넛은 절대 사지 마. 손도 대지 마. 안 그럼 그 사람들
한테 맞아 죽겠어!」

다음 날, 그들은 라 디그로 향했다. 이제 시간은 끝나 가는 모래
시계처럼 빠르게 흘러갔다. 이 섬은 그들의 마지막 기착지였다.
스쿠너 선인 '아름다운 산호초'는 삼십여 분 동안 빗속에서 항해
를 마치고 나무 말뚝 위에 세워진 임시 방파제로 다가갔다. 이곳
어느 한켠에는 늘 비가 내렸다. 그런데도 그들은 파도에 몸이 흠
뻑 젖을 때까지 다리 위에 앉아 있었다. 사랑은 정말 사람을 어린
애처럼 만든다.

라 디그에는 항구도, 마을도 없었다. 여기저기 흩어진 낮은 집
들과 소로 움직이는 코프라 방아, 가톨릭 성당과 프랑스인 이름의
버려진 무덤도 보였다. 자동차는 네 대뿐이고, 전체 주민도 이천
명밖에 안 되는 이 섬의 유일한 여관은 그레구아르의 방갈로형
여름 별장이었다. 그들은 소가 끄는 수레를 타고 그곳으로 갔다.
우거진 녹음에서는 졸졸거리는 물소리가 들려왔고, 방 안 시트는

축축했다. 개구리와 곤충, 새들이 벌이는 한밤의 콘서트와 야자수 이파리의 사각거리는 소리 때문에 그들은 잠을 이룰 수 없었다. 이 무렵에는 땅 위에 난 길도 모두 늪처럼 질퍽거렸고, 파도가 몰아칠 때마다 강렬한 냄새를 풍기는 해초가 수톤씩 밀려와 라그네스를 연상케 했다. 하지만 바람 부는 해안의 분홍빛 화강암 사이에는 눈부신 순백의 해변이 숨어 있었다. 그곳에는 연한 압생트색의 산호초가 둘러쳐지고 야자나무들이 줄지어 늘어서 있었다.

석양이 지면 바람이 잠잠해져 완벽한 저녁을 만들어 주었다. 하지만 그 환상적인 시간이 지나면 다시 밤의 불협화음이 시작되었다. 고뱅은 과일 주스에 진을 섞으며 '개량 주스'라고 불렀다. 그들은 너무나 가까우면서도 낯설게 느껴지는 어린 시절과 식구들 이야기를 했다. 이들에게는 같은 사람, 같은 풍경도 똑같은 기억이 아니었다.

그들은 자전거를 빌려 혼돈의 섬 주위를 돌아 반질반질한 화강암이 불안정하게 널린 파타트 만까지 갔다.

저녁에는 알몸으로 물기 머금은 바람을 맞으며 반짝이는 바닷가를 걷다가 물가에 있는 그들의 침실로 옮겨 고함과 신음 소리를 질러 댔다.

그들을 다시 마에 섬으로 데려가려고 온 사람은 코낭이었다. 그들은 루이 17세의 별장에서 마지막 밤을 보낼 예정이었다. 루이

16세의 아들인 어린 카페는 부르봉 왕가의 장식장에 있던 자신의 식기를 가지고 이곳에 와서 피에르 루이 푸아레란 이름으로 여생을 보냈다. 그곳에 가면 별장 여주인에게서 그에 관한 수많은 전설을 들을 수 있을 것이다.

* * *

내일이면 그들은 서로를 떠나야 한다. 서로를 위해 서로를 떠나고, 서로에게 잊혀질 것이다. 영원히 그렇게 될지도 모른다. 그들은 이미 여러 번 그런 이별을 경험했다.

조르주는 그에게서 오르가슴을 느끼고 싶은 욕구 때문에 오늘 밤은 그에게 만족스러울 때까지 애무를 해달라고 할 작정이었다. 평소에는 고뱅이 단계를 밟아 나가는 대로 내버려 두는 편이었다. 그래서 그는 다음 단계로 넘어가도 되겠다 싶으면 그렇게 했다. 하지만 대부분은 그 타이밍이 약간씩 일렀다. 그것도 아주 달콤한 실망감을 느낄 만큼 약간……. 그녀는 사랑의 환희를 느낄 땐 약간 모자란 듯한 편이 더 낫다고 생각했다. 하지만 애무로는 늘 짧았다. 고뱅은 무릎을 꿇고 상당히 집중하는 표정으로, 아니 거의 고통스러운 듯한 표정으로 그녀를 애무하다가 이번에는 안나푸르나의 고봉에 오르기라도 하는 것처럼 눈썹을 찌푸리고, 야성적으로 이글거리는 눈빛으로 그녀를 자기 몸 위로 끌어올렸다.

그러면 그들은 더 이상 견디지 못할 순간이 올 때까지 서로를 바라보며 마주 보고 앉아서 사랑을 나누었다.

그날 저녁에는 그가 섹스 후에도 쾌락의 흔적을 씻어 내려고 서둘러 몸을 일으키지 않았기 때문에 조르주는 그를 붙들 필요가 없었다. 대신 그는 축축하게 젖은 그녀의 엉덩이 사이에서 그들의 은밀한 냄새를 맡으며 흥분을 가라앉혔다. 마리 조제였다면 그렇게 정액이 흘러넘치게 놔두는 것을 나무랐을 것이다. 섹스가 끝나면 서둘러 몸을 씻어 내고, 매무새를 고쳐야 깨끗한 몸으로 아이들을 대할 수 있기 때문이었다. 고뱅은 조르주가 처음에 흩뿌려진 자신의 정액을 보고 불쾌해하지 않는 데다, 오히려 섹스를 마치고 혼자만 샤워하러 일어나 버려 자기를 춥게 만든다고 불평하는 모습을 보면서 무척 놀랐었다. 그녀는 몸을 급하게 씻으러 가지 않았다. 시간이 조금만 흘러도 임신이 될까 두렵고, 어떤 향수로도 죄의식을 씻어 버릴 수 없을 것처럼 느껴지던 젊은 시절, 강박적으로 행했던 의식과 단절하기 위해서였을까? 그래서 두 사람은 미래에 관한 이야기를 나누며 꼭 끌어안은 채 누워 있었다.

그들의 미래는 내일이면 반대 방향으로 날아갈 것이다. 조르주는 여느 때처럼 사서함이 있는 푸앵트 누아르로 편지를 쓸 것이다. 그리고 그는 이 주에 한 번씩 육지로 올라올 때마다 답장을 보낼 것이다. 하지만 편지에 쓸 말이 뭐가 있을까? '바람이 많이 불어…….' 가마우지를 사랑하는 건 얼마나 슬픈 일인가? 제발 그가 바다에서 위험한 일을 겪지 않아야 할 텐데.

이제 조르주는 열다섯 시간 후면 집으로 돌아가 다시 짐을 제자리에 정리하고 다른 생활을 시작할 것이다. 이런 지랄 같은 경우도 있다.

'그래. 당신한테 하는 말이야. 당신은 휴식이 필요해. 그래 좀 쉬어야 할 거야! 열흘 동안 계속 정신없이 돌아다니고 격렬하게 힘쓰고, 그러면서도 늘 보이 스카우트처럼 대기하고 있었잖아! 난 당신의 노예였고, 당신은 날 온전히 소유했었어. 그렇게 우리는 서로를 살갗 속에 가둬 두었지. 일반 법칙으로는 설명할 수 없지만…….'

이제, 축제는 끝났어!

앗, 위험해!

고뱅과 함께 살았다면 모든 게 훨씬 더 빨리 흘러갔을까. 그랬다면 우리 중 어느 누구도, 서로의 삶을 방해하지 않았을까.

혹시 그는 자신의 육체만 지나치게 믿고 변덕을 부리며 무분별한 선택을 일삼다가 파국을 맞게 되었을까.

나는 그 사랑을 지키려다 그를 잃게 되었을까.

아직 나는 제자리로 돌아오지 못했다. 나는 내 인생의 가장자리에 머물다가 이제 몸에 퍼진 달콤한 약 기운을 해독시키려 애쓰고 있었다. 현실로 돌아오면서 나는 시드니의 온화한 사랑과 가냘픈 어깨, 벌써부터 구부정해진 등, 무덤덤한 모습에 다시 적응해야 했다. 하지만 아직도 내 손바닥에서는 고뱅의 탄탄한 근육이 느껴졌고, 타오르는 듯한 그의 존재는 내 곁을 떠나지 않았다. 나는 그가 공항에서 그래프용지에 써서 보낸 편지를 받아 들고 난생처음 연애편지를 받아 본 소녀처럼 흥분했다. '당신은 이렇게 또다시 내게서 떠나는구나!' 세심하게 주의를 기울여 쓴 글씨와 완벽한 맞춤법을 보면 학창 시절에 꽤 모범생이었을 것 같다는 생각이 들었다.

「전에는 하루하루가 다 똑같고, 죽을 때까지 그렇게 똑같을 거라고 생각했었어. 하지만 당신을 만난 이후로는……. 그다음은 설명하라고 하지 마. 내가 아는 건 당신을 내 삶에 간직하고 싶다는 것, 그리고 가끔씩 당신이 원할 때 품에 안고 싶다는 것뿐이야. 당신은 우리에게 일어난 일이 질병 같은 거라고 생각하지. 그게 정말 병이라면 난 낫고 싶지 않아. 당신이 이 세상 어딘가에 존재한다는 생각, 때때로 당신이 내 생각을 할 거란 생각에 난 하루하루를 살아가…….」

다행히 나는 고뱅을 너무 잘 알았다. 아니면 잘 안다고 믿었던 건지도 모르겠다. 그래서 사랑의 열정 때문에 그가 한동안 직업에 대한 애정과 삶의 맛을 잃고 살아갈까 봐 걱정되었다. 이제 그 위로 바다가 휩쓸고 가면 그에게 진짜 값어치 있는 것들의 의미를 되돌려 주고, 그를 일탈하게 만든 나를 얼마간은 혐오할지도 모른다. 그렇게 해서라도 그에게 도움이 된다면 나는 그렇게 하길 바랐다. 우리 관계에서 나 혼자 너무 많은 이득을 챙기는 것 같아 죄책감이 느껴졌기 때문이었다. 나는 아무 가책도 느끼지 않았기 때문에 우리에게 일어난 일에 대해 항상 고뱅보다 덜 고통받고, 정말로 그 관계를 즐겼다.

시드니는 고뱅과의 관계를 조금 알든지 아니면 전혀 모를 것이다. 고뱅을 이야깃거리로 만들고 싶지는 않았다. 시드니가 알게 되면 종종 싸움을 할 테고, 그러면 나는 시드니에게 설명하는 과정에서 내 가마우지를 배신할 수도, 우리 관계를 약화시킬 수도 있다. 시드니는 애정 관계에서도 지성을 우선으로 여겼다. 시드니에게는 고뱅을 언제든 마음에서 놓을 수 있다고, 사냥터지기를 사랑한 거라고, 경험에 불과할 뿐이라고 말해야 할 것이다. 그러면 나는 나 자신에게조차 말하지 못한 로즈렉과의 깊은 관계를 망칠 것이다. 나는 거짓말은 할 줄 몰랐지만 다행히 빼고 이야기하는 재주는 능숙했다.

나는 프레데릭과 프랑수아에게만 고백했다. 내 여동생은 아직도 내가 황당한 연속극에 빠져 있는 것은 아닌지 자문해 보라고 했고, 내게 마음을 고쳐먹으라고 했다. 프레데릭은 감상적이면서도 신중했다. 점잖은 환경학자와 결혼했는데, 제부는 수염을 기르고 캠핑과 등산·조깅을 좋아하며, 저녁에는 일찍 잠들고, 일요일 새벽에 짧은 '파티'를 즐기고 나서, 친구들이 기다리는 경기장으로 달려가는 사람이었다. 적어도 동생에게 캐물어 본 바로는 두 사람의 성생활은 별로였다. 말은 안 했지만 동생이 건강한 성생활을 하려면 남편과 사이가 나빠져 빨리 이혼하는 수밖에 없다고 생각해 왔다.

프레데릭은 어릴 적 우리가 자주 하던 말장난을 섞어 이야기했다.

「그때 언니가 나더러 q가 붙은 프레데리크라고 불렀지? 그러는 언니도 뭐 s 없는 조르주면서 말이야. 그래도 어쨌든 r는 빠지지 않았잖아!」*

반면에 프랑수아는 나와 고뱅의 모험이 그저 불륜이라고 치부하기에는 매우 낭만적이라고 생각했다. 내가 한 번씩 일탈했다 돌아올 때마다 그는 내 감정에 대해 물었고, 나는 그에게 전부 털어놓을 수 있었다. 프랑수아는 젊은 시절의 내게 가벼운 연정의 상대이자 충실한 친구였고, 의사이며, 이성이라기보다는…… 동성 친구라는 게 더 어울리는 사람이었다. 그만큼 그는 한 사람이 다 갖기 어려운 여러 장점들을 갖고 있었다.

나는 엘렌 외의 미국인 친구들에게는 아무 말도 하지 않았다. 엘렌은 내 모험에 지나친 관심을 보이며 언제나 그랬듯 섹스 이

---

* r(에르)는 발음상으로 과실, 실수라는 뜻이 있다. — 옮긴이

야기로 넘어갔다. 그녀는 내 얼굴과 걸음걸이에 '난 섹스만 하다가 왔소' 하고 쓰여 있다고 했다.

그녀가 말했다.

「너 전보다 엉덩이를 더 흔들면서 걷는 거 알아? 얼굴도 아주 황홀해 죽겠다는 표정이야.」

내가 고뱅에게 가장 끌리는 것이 섹스이긴 하지만 그것 말고도 다른 무언가가 더 많다는 사실을 어떻게 설명할 수 있을까?

하지만 나는 기쁘게, 그리고 여러 계획에 대한 안도감으로 다시 시드니를 만났다. 저녁이면 침대에 함께 누워 신문을 읽고 세계 각지의 사건들에 대해 논평하고 예술이나 문학에 관한 논쟁도 다시 하고 싶었다. 그의 유머도, 말없이 통하는 마음도 그리웠다. 시드니 곁에서 나는 내 고향으로, 경험한 것을 분석하고 토론하고 계속해서 이론을 만들어 내며 '문제 제기'를 하는 학자들의 세계로 되돌아올 수 있었다. 고뱅이 웃는 것도 좋아했지만 그의 유머는 편안하게 느껴지지 않았다. 그는 늘 즉흥적으로 말을 했기 때문에 어떤 문제를 제기할 만한 주제는 못 되었다. 그는 늑대처럼 살고 행동할 뿐, 늑대 외의 다른 것이 될 생각은 하지 않았다. 그는 살기 위해 사냥을 하고, 게다가 거기서 야만적인 기쁨까지 맛보았다. 거기서 얻는 게 고통뿐이라 해도 그는 똑같이 행동했을 것이다. 그가 살아가는 목적은 아내와 자식들을 먹여 살리는 것이었고, 그의 일은 신성한 것이었다. 그것이 바로 늑대의 운명이니까.

그런 고뱅도 궤도를 벗어날 때가 있었다. 그건 바로 나를 위해서, 평소에는 별 가치가 없다고 생각했던 이해할 수 없는 매혹적인 쾌감을 위해서였다. 혹시 이것이 악마의 유혹은 아닐까?

나는 고뱅 곁에 있을 때 그렇게 환희에 차 소리치던 내 육체가 지금 이렇게 침묵을 지키고 있다는 사실에 스스로도 놀랐다. 나는 술잔치가 끝난 후, 술이 더는 보이지 않을 때처럼 내가 여전히 섹스에 집착하고 아직도 그 향연에 젖어 있는 것은 아닌지 자문해 보았다. 그 무렵 시드니와 나는 서로에 대해 꼬치꼬치 캐묻고 지내지 않았다. 그러기엔 둘 다 너무 바빴다. 나는 칠월이면 완전히 프랑스로 되돌아와야 했는데, 그는 나와 동행하기 위해 일 년 동안 안식년을 보내기로 결정했다. 우리는 아파트를 구하고 로익을 고등학교에 등록시키고, 십 년 동안 모아 온 모든 것을 가지고 이사를 해야 했으며, 마지막으로 미국에 있는 친구들을 떠나야 했다. 그건 정말 쉬운 일이 아니었다. 우리는 연속해서 파티를 했고, 반복되는 이별 인사에 진짜 우울해지고 말았다. 하지만 그건 피할 수 없는 의식이었다. 전통문화가 상대적으로 부족한 미국에서 교수 집단에 속한 사람들 간의 우정과 동료애는 약간 프리메이슨단과 비슷한 데가 있었다. 서로에게 애정을 갖고, 요구 사항도 많고, 예민한 문제까지 간섭하는 등 마치 가족 같았다. 이제는 프랑스의 개인주의, 방임, 부족한 시민 의식, 예술에 관한 한 콧대 높은 자존심 등을 다시 접하고 싶었다.

이 미국인 친구들 가운데 특히 한 교수 부부와 헤어지게 된 것이 가장 섭섭했다. 엘렌 프라이스와 그의 남편 알렌은 둘 다 뉴욕 대학 교수였다. 특히 그녀는 유능하고, 현실적이며, 이곳 지식인들이 등한시하는 사업 수완까지 갖추고 있었다. 엘렌은 완벽하다고 할 만큼 아름다웠고, 전형적인 미국인이었다. 한마디로 현실에는 있을 법하지 않은 무결점 여성이었다. 푸른 눈에 금발 머리인 그녀를 보면, 훌륭한 종자에 영양을 골고루 섭취하고 부와 안락한 생활은 당연한 것으로 여길 만큼 익숙하며 슬픔은 어쩌다 한번쯤 앓는 질병처럼 드물게 느끼는 사람 같았다.

그녀는 이 년 전부터 여성의 쾌감, '오르가슴'에 관한 저서를 쓰고 있었다. '여성 연구'라는 알리바이 뒤에 감춰진 포르노그래피의 의혹은 그녀가 뉴욕대학에서 강의를 한다는 사실로 충분히 벗어날 수 있었다. 덕분에 그녀는 수천 명에 이르는 다양한 연령대의 여성들에게 대담하고 충격적일 만큼 정확한 설문 조사를 시행해 연구 성과를 얻어 낼 수 있었다. 프랑스에서였다면 상상도 못할 일이었다. 오르가슴이란 단어는 1965년에만 해도 매우 충격적으로 느껴졌는데, 미국에서는 거의 과학적인 용어처럼 인식되며 큰 반향을 불러일으켰다. 그녀는 내게 '문제'가 있다는 것을 알고 서둘러 자신의 저서 초판본을 보내 주려 했다. 사실 이곳 사람들은 모든 일을 문제시하여 해결하거나 치료해야 할 일로 여긴다. 그녀는 자신의 저서가 내게 고뇌와 온전히 즐기는 법을 가르쳐 줄 수 있다고 믿었다.

엘렌이 진지하게 말했다.

「그 부분에서 모든 게 OK인지 확인해 봐야 해.」

사실 미국에서 쓰이는 OK는 '전부' 혹은 '전혀'라는 상반된 의미가 모두 통하는 말이었다. '그래', '아마도', '괜찮아', '날씨가 좋네', '나 좀 조용히 내버려 둬', '두고 보지 뭐', '다음에 얘기해' 등등!

엘렌은 자신이 미지의 대륙을 최초로 발견한 탐험가라도 되는 것처럼 생각했다. 그녀의 말에 따르면 킨제이는 여성의 성을 지나치게 통계적인 관점에서만 바라본다는 것이다. 그후의 어느 날 그녀는 심포지엄에서 남성의 성은 너무나 원시적이고 단순해서 열 쪽 이상 할애할 가치가 없다고 발언해 동료들에게 충격을 안겨 주었다.

적어도 나는 많은 여성들이 제기하는 질문의 답변을 그 책에서 찾을 수 있을 거라고 기대했다.

「내가 제대로 즐기고 있는 걸까?」

하지만 먼저 오르가슴을 어떻게 정의 내려야 할까? 엘렌은 대담하게 이런 제안을 했다.

「발가락에서부터 시작되는 거대한 파도…….」

젠장! 내 파도는 꽁무니뼈와 생식기 근처에서 시작되어 점점 커진다. 그러다가 고결한 그 부위가 텅 빈 것처럼 느껴지고, 뇌는 더 이상 생각하기를 멈추고 느끼기만 하는 상태가 되며 드디어 최고조에 이른다. 자연스럽게 '생식기'로 이어지기 전 동작인 가슴을 애무할 때조차, 모든 감각이 아래로 쏠린다. 유럽에서 호주를 부를 때 쓰는 표현대로 'Down under'다.

엘렌이 말했다.

「즐겨 봐. 그건 네 '유두'가 성감대라는 뜻이니까. 전체 여성의 육십 퍼센트에 해당하지.」

'유두'란 단어는 전혀 성욕을 자극하지 않는다. 사실 '찌찌'나 '젖꼭지' 같은 단어도 전혀 자극이 되지 않는다. 나는 그때 십 내지 십오 퍼센트의 남성들만이 '유두'란 단어에 자극받는다는 사실을 알게 되었다. 불쌍한 인간들! 하지만 엘렌은 가슴에서 성기로 내려가며 파도가 퍼져 가는 방식을 제대로 묘사하지는 못했다. 신경에서부터? 정확히 말하면 생식기 신경일까? 아니면 정신적인 경로?

엘렌이 말했다.

「프랑스 사람들이 말하는 것처럼 모든 사랑은 음부에서 시작된다고 할 수 있어. 정말 아름다운 표현이지.」

적어도 그녀의 책을 읽으면서 안심이 되었던 건, 사드의 작품에서 황홀경을 묘사할 때 나왔던 '여성의 사정'에 관한 부분이었다.

「그녀는 격렬하게 쏟아 낸다……. 그것은 그녀의 몸 안에 있는 애액 저장고에서 끝없이 샘솟는 것 같다……. 그녀는 세 번이나 후작의 음경을 흠뻑 적셨다…….」

젠장! 그럼 나는 물론이고 나와 비슷한 내 친구들도 모두 사정을 못하는 불구자란 말인가? '전혀 그렇지 않다'고 저자는 말한다. 조사 결과, 여성의 사정 현상은 극히 드문 경우에만 관찰되었고, 그것도 간헐적으로 나타났다. 으흠!

「스케네의 샘을 제외하고 다량의 애액을 분비하는 생식기 샘은 없어.」

엘렌은 무슨 볼가의 저수지를 지리적으로 분석하듯 여성의 질을 설명했다.

내가 염려스러워하는 점은 또 하나 있었다. 그것은 에로티시즘 작가들이나 민족학자들이 묘사한 약 팔 센티미터짜리 클리토리스에 관한 것이었다.

엘렌은 '남성의 환상과 여성의 신체 구조에 대한 무지, 팽창의 메커니즘'에 대해 설명했다.

'아, 그래!'

하지만 엘렌의 연구는 심장의 팽창 현상에 대해서는 아무 설명도 해주지 못했고, 그녀의 책은 쾌감에 관한 철학적 고찰이라기보다는 무슨 요리법이나 만들기 매뉴얼에 더 가까웠다. 그녀가 섹스의 스타하노프 운동(소련에서 일어난 노동자 주도의 생산성 향상 운동 — 옮긴이)에 빠져 있는 것과 달리 코퍼 포워나 라이히는 쾌감을 설명하고 다양한 가치를 부여했지만 나는 엘렌에게 그런 사실을 이야기할 수가 없었다.

내가 돌아오자 엘렌이 물었다.

「로즈렉과 지내는 동안 몇 번이나 느낀 것 같아?」

나는 때때로 내 계기판이 왔다 갔다 해서 도착지에 세워진 푯말에 이를 때까지 긴 회전 활강을 하는 기분이었다고밖에 대답하지 못했다. 그러자 엘렌은 연민 어린 시선으로 나를 바라보았다. 마지막 관문, 최종의 오르가슴에 이르는 과정은 무어라 표현할 수 없는 애타고 숨 막힐 듯, 격한 것이었다. 서랍 깊숙한 곳에서 늘 꺼내 쓰는 두세 가지 성인 용품으로 최소한의 노력만 가지고 매번 오르가슴을 얻는 자위와는 차원이 다르다. 게다가 자위의 경험을 어느 누구에게 털어놓겠는가!

욕정은 묘사할 수 있는 형태를 가진 것도 아니며 어느 지표로도 방향을 가늠할 수 없다는 결론을 내려야 할 것 같다. 엘렌에게는 미안하지만 그저 유쾌한 것이라고밖에는…….

* * *

더 이상 신선할 것도 없는 애인을 데리고 다니는 것은 위험한
일이다.

프랑스로 돌아온 후 시드니를 바라보는 내 시선은 전과 같지 않
았다. 미국에서는 내 삶의 중심인 로익과 함께 지냈고 시드니에
대한 내 열정도 뜨겁게 유지할 수 있었다. 하지만 이곳에서 나는
다시 가족을 만났고, 어릴 적 친구와 내가 좋아하던 프랑스 작가
들, 즐겨 보던 신문들도 다시 접하게 되었다. 이곳에서는 기 뢰스
의 불행과 아카데미 회원의 명예 검을 받은 조셉 케셀, 내상과 베
티나의 불륜, 프랑스식 험담들을 들을 수 있었다. 내게는 그런 소
식이 라나 터너의 이혼이나 엘비스 프레슬리의 불어난 체중, 프랭
크 시나트라의 사기 사건보다 훨씬 더 흥미로웠다. 바로 그런 점
때문에 나는 종종 시드니에게서 텍사스 촌뜨기 같은 모습을 보게
될 때가 있다.

시드니는 프랑스의 누보로망*에 푹 빠져 있었다. 그는 아직도
소설을 '로망'이라고 부르는 것을 나무라곤 했는데, 그런 모든 게
자기기만으로밖에 보이지 않았다. 그는 심지어 새로운 문학 장르

---

* 1950년대 프랑스에서 나타난 새로운 형태의 소설로 전통적인 형식을 답습하는
기존 소설에 대해 비판하며 새로운 소설을 목표로 한 문학 현상이다. ─ 옮긴이

가 생겨난 곳에 와서 다른 모든 문학은 아무 가치도 없다고 생각하는 것 같았다. 그는 누보로망의 향기를 만끽하며 쾌활하거나 지루하거나 혹은 눈에 띄는 표시를 달고 다니거나 특이한 옷을 입는 작가들, 이론가들을 만나고 다녔다. 그러다가 거기서 실망을 하지 않았나 싶다. 하지만 그는 이 년 전부터 계획해 온 작품 집필을 위해 일 년 내내 매진해야 할 상황이었고, 거기서 모델을 찾으려 했다. 그는 그들에게서 삶의 불꽃같은 것을 뽑아내려 했지만 그건 위험한 시도였다.

이미 몇 년 전부터 미국 문단의 분위기는 대학의 묵계 하에 안전한 고치 안에만 숨어 작품의 대중적 성공 따윈 신경 쓰지 않고 있었다. 대학과 문단의 시선이 그렇다 보니 작가들도 작품의 판매 부수에는 별 의미를 두지 않았고, 그런 작가의 작품을 읽다 보면 끔찍할 정도로 지루했다. 대신 최근에는 '구조주의' 소설이라는 이름으로 그 지루함을 덮으려는 움직임이 있었고, 시드니도 거기서 영감을 얻었다. 나도 그런 책을 읽어 봤지만 내가 계속 페이지를 넘길 수 있었던 건 정말 '끝'을 봐야 한다는 의지 때문이었다. 내게도 그런 의지가 남아 있다는 사실에 절망적인 분노를 느끼면서!

고뱅의 간접적인 영향 때문일까? 시드니는 자기 소설의 엄격성과 건조함, 캐릭터의 부재와 미심쩍은 플롯을 순수 문학에 대한 열정으로 정당화하려고 했지만 나는 더 이상 시드니의 진실성도 솔직함도 믿을 수 없었다. 내 눈에는 그저 답답한 그리자유 화법(잿빛으로만 그리는 장식 화법)으로밖에는 보이지 않았다. 이제 나는 시드니나 그의 동료들이 어릿광대, 그것도 지나치게 진지한 어릿광대로 여겨졌다. 하지만 그들은 자신들의 작품에 대한 내 무덤덤한 태도까지 참아 주었다. 어쨌든 그들에게 나는 역사학자일 뿐이었으니까.

올 여름, 우리는 브르타뉴에 있는 프레데릭의 집에서 두 주 동안 다소 학구적인 휴가를 보낸 게 전부였다. 나는 다음 학기부터 파리 7대학에서 맡은 강의를 준비하고, 〈여성과 혁명〉이라는 내 논문을 보고 퓌프 출판사에서 의뢰한 책을 쓰고 있었다.

라그네스에서 고뱅과 마주쳤을 때, 우리는 공손하게 몇 마디를 나눴다. 하지만 서로의 눈빛을 보면 안심할 수 있었다. 다른 때, 다른 곳에서는 늘 서로를 끌어안고 있었고, 올 겨울에는 공손함과는 거리가 전혀 먼 편지들만 주고받았다. 우리는 계속해서 서로에게 편지를 썼고, 고뱅은 배에 기름을 넣거나 식량을 사거나 잡은 생선들을 하역하는 틈을 타 푸앵트 누아르에서 이십 일 혹은 이십오 일 동안 썼던 일상적인 이야기들을 내게 보냈다. 나는 끊임없이 물속으로 다이빙하는 가마우지에게 편지를 보낼 방법이 없어 우체국 사서함을 이용했다.

사실 그 편지는 우리의 이상한 관계를 다시금 확신시켜 줄 뿐이었다. 고뱅은 내 인생에서 눈에 보일 만한 흔적을 남긴 게 없었고, 내가 어릴 적 살던 집 외에는 내가 사는 곳을 하나도 알지 못했다. 그는 내가 꿈꾸는 삶이었고, 나는 모든 것이 가능한 곳에서 혹은 모든 것이 허구인 곳에서 그에게 편지를 썼다. 그러다 언젠가부터 나는 그와 주고받는 편지에 집착하기 시작했다. 전할 만한 '새로운 소식'이 거의 없는 사람에게는 최소한의 기교라도 부리게 된다. 나는 그를 놀래 주고 그에게 편지 쓰는 기쁨을 일깨우려고 점점 더 음란한 묘사를 하기 시작했다.

우리는 참치 시즌이 끝나고 그가 라르모르에 있는 가족에게 돌아가기 전에 세네갈의 카자망스에서 일이 주쯤 함께 보낼 계획이었다. 각자 사는 집에서 멀리 떨어진 곳에서 만나야 한다는 점 때문에 나는 기분이 썩 좋지 않았다. 그것은 우리 관계가 실현될 수 없다는 의미였고, 그가 여생을 어떻게 보낼지도 결정짓는 문제였기 때문이었다.

약속은 이미 잡혀 있었다. 우리는 다카르에서 사월 말에 만나 카자망스로 내려가 고뱅이 빌려 놓은 배를 타기로 했다.

그런데 4월 2일, 마리 조제가 콩카르노 차도에서 심각한 자동차 사고를 당했다. 그의 막내아들 조엘은 두개골 골절을 입고 혼수

상태로 렌에 있는 큰 병원으로 이송되었다.

고뱅은 파리로 내게 전화를 걸어 평소처럼 감정은 하나도 드러내지 않은 채, 함께 떠날 수도, 만날 수도 없게 되었다고만 말했다. 어쨌든 그는 '당분간은'이라고 덧붙였다. 그는 석 달의 휴가 기간을 꼼짝없이 라르모르에서 보내야 할 판이었다. 고뱅은 '편지 쓸게'라고 말하고는 서둘러 끊었다. 세네갈에서 거는 전화는 통화료가 매우 비쌌다.

나는 고뱅과의 관계 때문에 실생활에 영향을 미칠 만큼 우울이나 슬픔을 느낀 적이 한 번도 없었다. 그리고 솔직히 고백하자면 부활절 휴가를 로익과 보낼 수 있게 되었다는 사실에 약간은 안도감을 느꼈다. 애정 행각을 벌이려면 늘 엄마 역할이나 직업에서의 희생이 뒤따르기 마련이어서 죄책감을 느끼지 않을 수 없었다. 나는 아직 시드니에게는 아무 말도 하지 않았다……. 나는 즐거웠다. 때로는 비겁한 행동의 대가가 상으로 주어지기도 한다.

계획이 바뀌는 바람에 나는 프랑스를 방문한 엘렌을 만날 수 있었다. 그녀는 이제 이전보다 더욱 오르가슴 전문가가 되어 있었다. 미국에서 그녀의 책은 아주 잘 팔렸지만 그녀의 부부 관계는 급속도로 추락하고 있었다. 남자들은 일반적으로 아내의 성공을 받아들이기 힘들어한다. 엘렌의 경우 그 성공이 성에 기반을 두었고, 게다가 그녀가 수집한 수많은 예시와 일화에 나오는 음경이 남편의 것이 아니었다는 점은 큰 문제였다! 사람들은 그녀의 남편을 음흉하거나 연민 어린 시선으로 쳐다봤다. '중국식 회전문 체위를 한 게 저 사람일까?', '손목을 바이브레이터처럼 쓴 건?', '엘렌이 74쪽에 묘사한 그 질 근육을 애무한 게 저 남자였나?'

《킨제이 보고서》가 최근에 번역된 이후, 프랑스에서도 오르가슴 붐이 일기 시작했다. 그래서 엘렌은 그 틈을 타 자신의 저서도 불어판을 내고 싶어 했다. 그녀는 라디오 방송국으로, 여성 잡지와 신문사로 바삐 돌아다녔다. 순진해 보이면서도 대담하고 뻔뻔한 태도, 미국식 억양과 천진난만한 인형 같은 외모로 엘렌은 폭발적인 반응을 불러일으켰다. 그녀는 자신의 저서에 라틴계 크리스천 여성들의 오르가슴에 관한 장을 추가하려고 프랑스에서 증언의 밤을 마련했다. 쾌감에 관한 이런 종류의 대화는 실제로 연구에 큰 도움이 되었고, 그녀는 그 기회에 시드니와 내게 전환점을 마련해 주려고 했다.

하지만 유감스럽게도 고뱅에 대한 기억이 아직 내 몸에 단단히 뿌리내리고 있어서 시드니와 적극적으로 유희를 즐길 수 없었다.

그러나 나의 고뱅은 아내의 사고 이후 내게 편지를 보내 오지 않았고, 나는 그것이 그 스스로에게 벌을 내리는 방법이라고 생각했다. 원시인들에게도 속죄 의식은 필요했으니까. 고뱅은 하늘 나라에 모든 사실이 기록되고 있어서 언젠가는 반드시 그 죗값을 치르게 된다고 믿었다. 고뱅은 언제나 벌 받을 준비가 되어 있었고, 바로 그 심판의 날이 온 것이었다. 운명은 위험을 무릅쓰고 행복의 가치를 무시하는 자들을 가혹하게 짓누른다. 로즈렉은 그의 불행을 당연하게 받아들였다.

마리 조제는 라르모르로 돌아왔지만 아직 몇 주 동안은 더 깁스를 하고 누워 있어야 했다. 조엘은 위험은 벗어났지만 대뇌 활동에 문제가 생겨 정상적인 생활이 불가능할 것 같았다. 마리 조제의 어머니는 딸을 돌보러 앞을 보지 못하는 남편과 함께 딸 곁으로 왔다. 당분간은 그곳에 머물 계획이었다. 고뱅 주위에는 가족과 브르타뉴, 적들만 남아서 그를 조이며 굴레 안에 가둬 놓고 있었다. 나는 그 소굴 안으로 아무 소식도 들여보낼 수가 없었다.

침묵의 넉 달을 보내고 나서 아프리카로 다시 떠나기 전날, 그는 내게 짤막한 편지 한 통을 보내 이기주의자가 될 수 없는 자신을 용서하라고 말했다. 꺼칠꺼칠한 베이지색 봉투 위에 얌전히 쓴 그의 필체를 보자마자 나는 흥분되기 시작했다.

그는 평소에 쓰던 대로 식료품점에 비치된 종이에 편지를 써 보냈다.

카레딕, 당신은 내 인생 최고였어. 당신을 만날 때마다 나는 늘 이번이 우리가 가는 길의 끝이 아닐까 생각했어. 내가 빌어먹을 운

152

명론자라는 건 당신도 알지? 하지만 인생은 내게 선물 따윈 내려 주지 않았어. 나는 때때로 당신의 가족들이 가질 편견과 예전에 당신이 날 거절했던 일을 떠올려. 마음 한구석에 내 자리를 남겨 줘. '므 호 카르(me ho kar '사랑해'라는 뜻의 브르타뉴 방언)' 당신이 갖고 있는 브르타뉴 방언 사전에서 이 말을 찾을 수 있을 테고 그 의미는 늘 같을 거야. 하지만 운명은 그걸 원치 않나 봐.

나는 그에게 답장을 보내지 않았다. 일단 그는 편지를 받을 수 있는 우체국 사서함이 있는지조차 알려 주지 않았기 때문에 보낼 수도 없었다. 그리고 더 이상은 그에게 날 사랑하라고 부추기는 것이 사기처럼 느껴졌다. 그가 내게 살아가야 할 이유가 된다고 해서 어떻게 그에게 가책을 주는 사랑을 강요할 수 있겠는가? 나는 고뱅을 위해 남겨 두었던 일부분을 다시 시드니에게 주었지만, 아무리 부인해도 나는 늘 고뱅과의 모험을 위해 가장 좋은 것들을 간직하고 있었다.

몇 달이 지나고 우리는 봄에 스톡 출판사에서 출간된 시드니 책의 불어판을 다시 검토했다. 그가 기대하는 건 대단한 게 아니라 친구들의 평가나 몇 가지 비평이었다. 아니 적어도 그는 그렇다고 생각했다.

한편, 나는 이제 이곳에서 로익이 다시 적응하도록 돕는 일과 새로운 일 사이에서 바쁘게 지내고 있었다. 자신이 좋아하는 것과 살아야 할 이유를 찾아야 할 나이인 지난 십 년 동안 로익이 미국에서 전혀 탈 없이 지냈던 것은 아니었다. 다행히 장 크리스토프도 나를 도와주었다. 그는 새 아내와 두 딸을 두었는데 말은 안 했지만 새 결혼 생활에 실망하던 참이었다. 그 와중에 아들은 그에게 새로운 활력을 불어넣어 준 것 같았다. 우리는 로익을 가운데 두고 아무 원한이나 감정 없이 전 배우자에게 갖는 감정적인 무관심 속에서 재회했다. 이제야 조금 그와 마음이 통할 것 같았다. 사람은 상대에게 더 이상 특별한 관심이 가지 않을 때 상대를 더 잘 다룰 수 있고, 더 이상 사랑하지 않게 되었을 때에야 비로소 사랑할 수 있다.

나는 시드니와도 조금씩 그 단계를 향해 나아갔다. 고요한 바람, 아름다운 바다. 하지만 서른다섯의 고요가 얼마나 큰 가치가 있을까? 엘렌과 알렌 부부는 이혼을 준비했다. 그녀는 흥분해 있었지만 알렌은 씁쓸하고 비참한 기분에 사로잡혀 있었다. 프랑수아와 뤼스 부부는 남달리 다정해 보였지만, 뤼스의 왼쪽 가슴에 작은 종양이 생기면서 변화가 시작되었다. 그렇다. 이제 로즈렉과 마리 조제도 불구가 된 아들 때문에 깨질지 모르는 일이다.

그는 열정 없는 감정적 안정 상태를 행복이라고 믿고 있는 게 분명했다.

디즈니랜드

어떤 연인들은 헤어지지 않고도 몇 년씩이나 잘 지낸다. 고뱅과 조르주는 잠깐 주고받은 시선만으로 삼 년이라는 시간 정도는 자신들에게 긴 휴식일 뿐이라는 확신을 가질 수 있었다.

이번에 먼저 침묵을 깬 사람은 고뱅이었다. 다른 때보다 훨씬 더 힘겨웠던 파도를 헤치고 나온 그는 자신의 근거지로부터, 피니스테르의 안개비와 그의 바다 냄새로부터, 가족과 집으로부터 먼 아프리카 한구석에 떨어져 있다는 느낌이 들었고 갑자기 그 고독에서 벗어나고 싶다는 생각을 했다.

조르주 역시 더 이상은 버티기 힘들었다. 그녀의 마음을 몇 마디로 표현하자면 그를 다시 만나고 싶고, 며칠만이라도 함께 자고 싶고, 서로의 살을 부비고 싶었다.

문제는 고뱅이었다. 그는 겨울 동안 이익을 많이 남기지 못했기 때문에 필요한 여행비를 어떻게 충당해야 할지 난감했다. 조르주는 올해 약간의 여유가 있기는 했지만 그동안 고뱅과의 밀월여행에 너무 많은 돈을 써왔던 터라 이번에는 그에게 빌려 주기로 했다. 고뱅은 그렇게 해서 자메이카행 비행기 표를 샀다. 그곳에서는 엘렌 프라이스가 원룸을 제공해 주기로 했다. 그는 늘 말해 왔듯 '여자에게 신세지는 것'을 참을 수 없어 했기 때문에 다달이 빚을 갚겠다는 뜻을 강조했다.

고뱅은 이런 종류의 공모를 하기에 필요한 시간도 없었지만, 상상력도, 친구도 없었다. 그래서 불과 몇 시간 전까지 몬트리올에서 연달아 강의를 하고 온 조르주가 마이애미 공항에서 그가 도착할 때까지 기다리며 세세한 계획을 세워야 했다.

조르주는 고뱅이 오기로 한 유리 복도의 백 보 정도 앞에서 모든 게 예상했던 대로 돌아가고 있는지 확인해 보다가, 다시 한 번 어떤 힘이 이 두 사람을 무릎 꿇게 했는지 자문해 보았다.

'성기'.

물론 그렇다. 하지만 왜 하필이면 그 사람의 성기일까? 유럽에서든 아프리카에서든 그녀에게 맞는 페니스는 얼마든지 있다. 그러나 세월이 흐르고 — 조르주는 이제 서른여덟을 향해 다가가고 있었다 — 크고 작은 사랑을 점점 더 경험할수록, 그리고 주인과는 사뭇 다른 성기를 많이 만날수록, 성기를 가지고 뽐내는 남자들과 더 많이 부딪칠수록 고뱅과의 관계는 그녀에게 더욱더 특별하게 느껴졌다. 섹스는 그 주체자에만 한정 지을 수 있는 것이 아니었다. 유머 감각이 뛰어난 사람은 페니스를 단순한 망치 다루듯 하고, 유혹을 잘 하는 남자는 자신의 페니스만 애지중지한다. 하지만 거친 남자가 오히려 금은 세공사처럼 섬세한 모습을 보이기도 한다.

조르주가 킹스턴으로 향하는 전세 비행기를 타고 가 엘렌에게 빌린 원룸에서 열흘 동안 기대하는 것은 바로 그런 금은 세공사의 손길이었다. 미국이나 캐나다 대학의 수많은 동료들처럼 알렌과 엘렌은 몇 년 전에 거대한 호화 콘도, 몬테고 비치 클럽에서 해변으로 이어지는 테라스를 갖춘 객실을 장만했다.

엘렌이 말했다.

「네게 꼭 필요할 거야. 나도 비슷한 상황에서 다 써봤어.」

그녀는 불륜을 부추길 때 가장 행복한 것 같았다.

하지만 몇 시간 후, 좁은 시멘트 벽과 빽빽하게 들어선 가구를 보고 있자니 조르주는 갑자기 불안해졌다. 이런 곳에서 열흘 동안 아무 하는 일 없이 서로의 몸만 쓰다듬고 있을 수 있을까? 고뱅은 빚까지 지고 이곳에 온 것을 후회하지 않을까? 서로에게 실망을 하는 것은 아닐까? 이렇게 운명의 그날이 다가오는 것인가! 서른여덟 살이 되자 처음으로 몸매 걱정을 하기 시작했고, 스무 살 때 '여자 친구'라고 부르던 상대의 '애인'들에 대해 따져 묻기 시작하며, 섹스에 관해, 남자들이 좋아하는 것과 요즘 여자들이 쓰는 방법 등에 대해 알아보게 되었다.

그런 여러 가지 순진한 걱정을 하던 조르주는 난생처음으로 포르노 영화를 보러 가기도 했다. 라발대학에서 여성학 강의를 위해 일 년에 한 달씩 체류하는 몬트리올에서, 집에서 멀리 떨어진 곳이라 안심하고 나간 그녀는 아연실색해서 극장을 나왔다. 커다란 화면에서 단조로운 소리를 내며 하는 섹스는 아무 의미 없는 운동처럼 느껴졌다. 나이가 들면 그에게 그녀도 저런 모습으로 비춰지는 것은 아닐까 하는 생각이 들었다. 이제 그렇게 될 날도 머지않은 것 같았다. 적어도 늙어 가는 것에 대처할 방법을 찾아야 하는 것은 아닐까?

이미 그녀는 한 달 동안 견디기 힘든 환경에서 집중적으로 일을 한 후였고, 이제는 긴 여행을 다녀와서 쉽게 피로를 풀 수 없는 나이가 되었다. 게다가 마이애미까지 가는 비행기 안에서 여자들이 자신만의 성기를 갖고 있다는 별것도 아닌 내용의 긴 논문이 실린 잡지를 읽고 나온 뒤였다. 여성들 중 사십 퍼센트는 자신의 성기를 '정말 추하다!'고 생각하는 것으로 나타났다. 고뱅은 자신의 성기를 어떻게 생각할까? 사랑에 빠진 바보의 눈에만 그런 게 아니라 객관적으로 매력적이고 아름다운 성기가 존재할까? 조르주는 퀘벡 친구들이 쓰는 표현대로 자신의 '보물'에 항상 의구심을 품어 왔다. 사랑이 지속되는 건 남자들이 성기를 자세히 살펴보기 전까지만이라고 생각하는 것이다. 에로 작가들처럼 가까이에서 본 사람들은 나쁜 두려움만 키우게 되기 때문에 실제 성생활에 안 좋은 영향을 미칠 수 있다고 생각했다. 예를 들어 루이 칼라페르트 같은 인정받는 작가라도 이런 추잡한 주제로 작품을 쓰는 유일한 목적은 여성들이 자신의 성기를 끔찍하고 흉한 것으로 여기게 하려는 것이라고 느껴질 정도였다.

「물렁한 흡착기들이 몰려들어 구멍의 문을 막는다……. 그곳에는 여러 개의 작은 못이나 칼이 박혀 있는 것 같다……. 눈에 보이지 않는 *끈적끈적한 구멍으로*…….」

조르주는 어떤 시선이 자신의 은밀한 곳에 닿는 느낌이 들면서 자신의 '물렁물렁한 구멍', '끈적끈적한 흡착기'를 들키기라도 할까 두려워 서둘러 두 다리를 오므렸다.

물론 남자들의 덜렁거리는 막대와 태어날 때부터 주름진 늙은 주머니 두 개가 더 웃게 생기긴 했다. 하지만 남자들은 혼이 쏙 빠지게 만드는 그 삼형제를 제대로 쓰고 존중할 줄 안다. 그렇지만 여성들은 늘 감추기만 하고 살았다. 조르주는, 극치의 쾌감을 느끼게 해주고, 사천 킬로미터 밖에 있는 남자를 날아오게 만드는 허벅지 사이의 그 장미꽃, 바다의 아네모네, 조가비를 보는 일이 아직도 적응 안 되는 것이다!

그녀는 고뱅도 같은 생각을 하는 것은 아닌지 불안했다. 비행기에서도, 차에서도, 아파트에서도 그는 키스조차 하려고 들지 않기 때문이었다. 그들은 이런저런 이야기를 나누고, 침착하게 짐을 풀었다. 의기소침해진 조르주가 거의 진실을 깨닫게 되었다고 생각할 때쯤, 고뱅은 저녁 먹기 전에 수영하러 가자고 제안했다.

「나 많이 늘었어. 보여 줄게.」

내려가기 전에 그는 가방에서 꽤 커다란 꾸러미 하나를 꺼냈다.

「이 봉지 풀어 봐. 당신 주려고 골랐어. 미안해. 예쁘게 포장하지 못해서.」

그녀는 그 갈색 종이 '봉지'를 조심스럽게 열었다. 그녀는 자신의 가마우지가 사 온 깜짝 선물에 실망한 표정을 감출 만큼 착한 사람이 아니었다. 그날 받은 선물은 개중에서도 불쾌할 정도로 끔찍했다. 그녀는 진줏빛 석양과 산호색을 띤 야자수, 전구처럼 그려진 붉은 태양 아래 라피아 꽃무늬 치마를 입은 원주민이 그려진 그림을 보고 비명이 터져 나오려는 걸 겨우 억눌러 참았다. 세상에, 성모 마리아여! 다행히 고뱅은 그녀의 집을 방문할 일이 없으니까 이 끔찍한 그림이 그녀의 옷장에 처박히게 되리라는 사

160

실을 알지 못할 것이다. 이미 그 옷장 안에는 그의 첫 번째 선물인 야자열매 안에 새겨진 무희 조각과 주황색 줄무늬 새틴 안감을 댄 낙타 가죽 손가방, 물병자리와 양자리가 그려진 모로코 쿠션이 잠자고 있었다.

그녀는 시드니가 자신의 가방에서 이 끔찍한 예술 작품을 발견할 경우 느끼게 될 수치심을 떠올렸으나, 그 감정을 드러내지 않으려 애쓰면서 침착하게 그에게 키스했다.

고뱅은 자신의 선물을 주의 깊게 살펴보았다. 그러더니 조심스럽게 다시 포장해서 루이 15세 시대의 옷장 안에 넣고 열쇠로 잠갔다. 행여나 하는 마음에……. 조르주는 해변 쪽에 달려 있는 각양각색의 플라스틱 블라인드를 쳤다. 두 사람은 그들의 사랑의 둥지인 1718호실 문에 쓰인 지시대로 삼중으로 문을 굳게 잠갔다. 시드니가 이 장면을 봤다면 마음껏 비웃었을 것이다. 그는 순진하게 웃는 일이 거의 없는 사람이니까.

부드러운 열대의 바다는 긴 여행으로 인한 피로를 조금씩 풀어주었다. 겨울옷을 벗어던지고 나니 서로에게 조금씩 익숙한 부위들이 드러났다. 하지만 두 사람은 아직도 어색하게 느껴졌다. 첫날 밤, 그들은 레스토랑에서 저녁을 먹을 것이다. 칼라바샤 레스토랑에서는 물과 같은 높이에 놓인 테이블과 부드러운 음악, 고급스러운 음식을 제공해 주었다. 자메이카 와인은 냄새가 고약하고 김빠진 듯하며 신맛이 났고, 바다가재는 브르타뉴나 모리타니에서 먹던 것만 못했다. 그들은 이제 막 비행기에서 만난 관광객처럼 행세하며 놀았다.

「바다 좋아하세요?」

「그런 생각을 해본 적이 없어서요. 제겐 선택의 여지가 없답니다. 전 선원이니까요!」

조르주는 그가 정말 잘생겼다는 생각이 들었다. 빨리 그를 침대에 눕히고 싶었다. 그는 정말 잘생긴 남자였다. 하지만 대학교에서 보던 미남처럼 잘생긴 게 아니라 빅토르 위고의 작품에 등장하는 선원처럼 잘생긴 얼굴이었다.

「자메이카에는 누굴 만나러 오신 거예요?」

「아, 저도 그 질문을 하려던 참인데! 하지만 아시다시피 저는 이제 막 도착한걸요.」

「아는 사람이 없으세요? 안됐군요. 이렇게 미남이신 분이! 제 친구가 한 명 있는데…….」

고뱅은 잠자코 있었다. 그는 장난 같은 건 칠 줄 몰랐다. 항상 진지한 이야기만 했고, 침대에서 하는 것을 빼고는 칭찬도 어색해했다.

그때 불쑥 끼어든 오케스트라가 둘을 도왔다. 그들은 커플들을 데리고 무대로 나가 춤을 추게 했다. 연주자들은 고객들이 너무 낯설게 느끼지 않도록 미국적인 특징을 가미한 자메이카 음악을 연주했다.

조르주는 레이스가 달리고 앞이 깊게 파진 검은색 블라우스를 입고 있었다. 그녀는 한 번도 검은색 옷이나 레이스 달린 옷을 입은 적이 없었다. 물론 자메이카에서 브르타뉴 선원과 저녁 식사를 해본 적도 없었다. 그 레이스는 오늘 밤을 위해 필요했다. 그들은 너무 오랫동안 마주 대하지 못했기 때문에 어떤 언어로 대화를 나눴었는지조차 잊어버린 것 같았다. 어리석은 짓 같으면서도 그래서 더 흥분되었다.

그들은 바닷가를 따라 천천히 콘도로 돌아갔다. 기념품 상점은 문을 닫았고, 슈퍼마켓도 불이 꺼져 있었다. 반짝이는 건 바다뿐이었다. 그들은 서로에게 길들여지기 시작했다.

조르주가 말했다.

「전 십팔 층에 묵고 있는데, 올라가서 한잔 하실래요?」

그들은 우글거리는 사람들을 향해 시선을 돌렸다. 구석진 곳마다 남녀 한 쌍씩 눈에 띄었다. 물론 합법적인 커플들일 것이다. 각 테라스에서는 럼 펀치에 넣은 얼음 부딪치는 소리가 들려왔고, 나이 든 남성들은 머리 손질을 하고 상큼한 향기를 풍기는 젊은 여성들에게 써버린 열정과 기력을 다시 발휘하려고 애쓸 것이다.

엘리베이터 안에서 고뱅은 마침내 야수로 돌변했다. 얼굴에는 아무 표정도 드러내지 않았지만 그냥 지나치려다가 실수로 부딪친 것처럼 손으로 조르주의 엉덩이를 슬쩍 만지더니 바지 가운데 불룩하게 솟은 부분을 그녀의 가랑이 사이에 가져다 댔다.

그의 페니스가 말했다.

「안녕.」

그러자 손이 대답했다.

「만나서 반가워.」

그들의 육체는 항상 이렇게 대화를 나누었다. 엘리베이터 안에 있던 다른 두 커플도 마찬가지였다. 사람들은 끈적끈적한 음악을 들으면서 저마다 황홀한 기대에 젖어 각기 자기 방으로 올라갔다. 객실에는 이런 문구가 쓰여 있었다.

「열대 섬의 나른한 공기와 황홀한 향기에 마음껏 취해 보세요. 안락함 속에서 원시적이고 자유로운 삶을 느껴 보세요.」

두 사람은 테라스에 기대어 인적 없는 해변을 바라보는 천이백 쌍의 눈에 합류했다. 흑인 몇 명만이 주황색 유니폼을 입고 비닐 포장지나 맥주병, 선크림 통을 줍고 있었다. 모두들 원시적인 행복의 단편을 맛보는 중이었다.

조르주는 과도한 비용을 치른 이번 여행에서 한 번도 겪어 보지 못한 퇴폐적인 쾌감을 끌어내고 싶었다. 그녀 안에서 솟아오르는 쾌감은 그 어느 것도 망가뜨릴 수 없었다.

고뱅은 안으로 들어가자마자 그녀의 드러난 어깨 위에 입술을 가져다 댔다. 검정 레이스가 제 기능을 발휘하기 시작한 것이다. 그는 브래지어 안으로 손을 집어넣어 가슴을 만졌다. 그녀의 약점을 제대로 알고 하는 행동이었다. 하지만 그녀는 다시 옷을 추슬렀다. 곧바로 옷을 벗는 것은 그다지 좋은 방법이 아니었다. 그들에게는 동물처럼 원초적으로 행동할 날이 열흘이나 남아 있었다. 어쨌든 그들은 삼 년 동안 서로를 기다리지 않았던가! 조르주는 오늘 밤만큼은 《벨아미(Bel-Ami)》나 《계곡의 백합(Lilly of valley)》에서처럼 사랑을 나눌 생각이었다.

그녀가 제안했다.

「뭘 드릴까요?」

「당신……, 소파에 누워 봐.」

샤프롱이 소리쳤다.

「안 돼. 카물레티의 희곡에서도 그런 식으로 대꾸하진 않아.」

조르주가 말했다.

「그래서 그를 좋아하는 거야. 난 다른 누구와도 그렇게 못해. 그러니 날 좀 내버려 둬.」

「어쨌든 네 눈빛을 보니 연극은 이미 끝난 것 같다. 네 시골뜨기는 벌써 당나귀처럼 팽팽해졌다고! 이곳 흑인들처럼 얘기하는 것 같네! 오 분도 안 돼서 둘이 들러붙을걸.」

조르주가 교태를 부리며 말했다.

「가슴을 한 쪽만 내놓고 있을 순 없어. 양쪽 다라면 몰라도.」

그동안 로즈렉은 한 손을 그녀의 가벼운 치마 속으로 넣으면서 다른 한 손으로는 브래지어를 끄르며 말했다.

「이런 건 왜 하는 거야?」

그녀가 말했다.

「모양이 더 오래 유지되라고.」

그녀는 테라스의 불그스름한 조명을 끄고, 비행기 안에서 만난 남자의 청바지를 내렸다. 바지가 발목에 걸려 있는데도 그의 엉덩이는 무척 아름다워 보였다. 남대서양에서 일을 한 이후로 그의 상반신은 더욱 그을려 있었다. 그을린 피부 사이에 있는 엉덩이는 꼭 아기피부 같았다. 그는 '계곡 속의 백합'이 아니라 단지 파도에 휩쓸려 이리저리 움직이는 말미잘일 뿐이었다. 당신이 어떻게 섹스를 하는지 보여 줘. 너무 오랫동안 당신을 잊고 있었어. '그래, 그는 이제 철모를 쓴 그 베이지색 물건을 내게 내밀 거야. 그게 내 안에 들어오는 순간만큼은 이 세상에서 가장 아름다운 물건처럼 느껴져. 그리고 좀더 깊숙이 파고들면 난 다시 그 물건을 꼭 조이지. 세상이 끝날 때까지, 세상 끝날 때까지……'

그들은 여전히 키스를 하지 않고 있었지만 잠시도 상대방의 입에서 시선을 떼지 않았다. 그녀가 천천히 애무하는 동안은 서로의 몸에 손도 대지 않았다. 이제 그 느린 애무가 고통스럽게 느껴졌다. 그들은 서로 뒤엉켜 방 안으로 향했고, 조르주는 걸어가면서 에어컨을 껐다. 커다란 침대 옆에는 그곳이 열대 지방임을 환기시켜 주려는 듯 뾰족한 가슴의 흑인 여자들과 짚을 얹은 오두막, 파인애플이 그려진 그림 두 점이 걸려 있었다.

고뱅은 조르주를 침대 위로 넘어뜨렸다. 하지만 바로 그녀의 몸을 덮치지는 않았다. 그는 무슨 악기를 연주하는 것처럼 그녀 곁에 앉았다. 그녀는 그가 사랑을 할 때면 정말 멋있다는 생각을 했다. 그의 강렬한 눈빛은 그녀를 쓰러뜨리고 싶은 욕망을 감추고 있었다. 그녀는 기다렸다. 하지만 이번에는 그리 길지 않았다. 그들은 세상에 오로지 두 사람만 존재하는 것 같은 단계로 접어들었다. 그는 그녀에게 손을 대지 않은 채 얼굴을 가져다 댔다. 그리고 입술에 키스를 하기 시작했다. 먼저 두 사람의 혀가 사랑을 나누었다. 그의 손 하나가 가슴을 향해 올라가는 동안 다른 한 손은 조르주의 반응을 살피면서 다리 사이로 파고들었다. 손길은 격렬하면서도 아주 부드러웠다. 하지만 그 자세도 오래가지 않았다. 두 사람의 입이 한데 섞이고, 그의 손은 그녀의 엉덩이를 따라 움직이고, 그녀의 입술이 그의 페니스를 핥고, 그녀의 손은 그의 다리를 따라 움직였다. 그러다가 두 사람 모두 참을 수 없을 지경이 되었을 때 그는 그녀 위로 몸을 뻗고 다리를 벌렸다. 입구에서 잠시 머뭇거리던 그의 물건이 아주 천천히 안으로 파고들어 갔다.

조르주는 엘렌의 질문에 못 이겨 이렇게 설명했었다.

「일 초에 일 센티미터씩.」

엘렌이 놀라며 말했다.

「뭐야, 0.25노트도 안 되잖아! 선원이라는 사람이 그래서야 되겠어?」

이번에는 파도도 치지 않고 바로 오르가슴이 느껴졌다. 두 사람은 모든 게 너무 강렬해서 겨우 상대방을 알아볼 정도였다. 그들은 그 후로도 한동안 쾌감을 만끽하고 있었다. 혹시 두 번 느낀 것은 아닐까? 그들은 꼼짝도 하지 않고 오랫동안 절정에 올라 있었다.

고뱅이 속삭였다.

「행복해. 이번엔 잘 참았지.」

그들이 서로의 품에 안겨 잠이 들기 전에 갑자기 짧은 소나기가 몰아쳐 신선한 공기를 만들어 주었다.

그다음 날, 두 사람의 눈은 훨씬 더 푸르고, 몸도 더 풀어져 있었다. 조르주의 눈은 고뱅을 향해 끝없이 솟구치는 욕정 때문에 반짝였다. 이상한 나라의 앨리스처럼 그녀는 법칙이 통하지 않는 삶의 저 반대편으로 건너갔다. 그녀는 고뱅이 믿고 싶어 하는 것을 전부 부정했지만 그는 싸우기를 포기했다. 두 사람이 서로에게 집착할 날은 아직 구 일이나 남아 있었다. 그들은 이제야 서로를 알아본 듯한 눈빛으로 서로를 쳐다보았다.

하지만 두 사람이 너무 오래 떨어져 있었다는 사실은 변함이 없었다. 그들은 매번 0에서부터 다시 사랑을 시작했고, 이제 좀 다 들어졌다 싶으면 또 헤어져야 했다! 고뱅 앞에서 조르주는 가장 기본적인 애무에도 흥분하는 병적 허기증에 시달리는 애인일 뿐이었다.

어느 날 밤 그가 망설이며 말했다.

「그거 알아, 카레딕? 내가 이상해 보일지 모르겠지만……, 난 섹스를 하고 난 뒤의 우리 냄새가 좋아. 당신이 바로 씻지 않고 그냥 그대로 함께 있는 법을 가르쳐 준 이후로…….」

조르주는 웃음이 나오려는 걸 참았다. 그녀는 어린 새를 날려 보내는 어미 새처럼 부드러운 표정을 지어 보였다.

「우리 가마우지, 겁내지 마. 우린 이렇게 계속 갈 테니까.」

이튿날부터 그들은, 콜라와 핫도그를 들고 다니는 상인들과 정오부터 바에서 흘러나오는 음악 소리로 시끌벅적한 해변으로는 가지 않았다. 대신 사람들의 발길이 닿지 않은 섬 구석구석을 찾아다녔다. 그들은 섬 끝에 있는 니그랭이란 곳을 발견했다. 그곳 해변에서는 돈을 내지 않아도 되었고, 파라솔이나 비치용 의자를 대여하라고 강요하는 사람도 없었다. 그들은 망그로브 나무가 드

리운 해변의 그늘 아래 누워 레스토랑에서 제공해 주는 맛있는 수프를 맛보았다.

저녁이면 방에서 음식을 만들어 먹고 야외로 춤을 추러 나갔다. 그럴 때면 티 슈펜 그웬에서의 첫 춤이 떠올라 모든 게 처음부터 다시 시작되는 느낌이었다. 섹스는 새벽 다섯 시에 이미 한 번 했고, 이제 한밤중에 할 생각이므로, 저녁에 콘도로 돌아올 때면 섹스를 하지 않겠다고 결심했다. 하지만 그런 결심은 번번이 무너져 내렸다.

아침이면 조르주는 침대에 그대로 누워 있고, 고뱅이 콘플레이크와 계란, 베이컨을 준비했다. 그러고는 전통 가옥 단지나 와일드 리버 투어 같은 몇 가지 관광 코스를 신청했다. 수다스러운 미국 사람들은 고뱅에게 조르주를 가리키며 '당신 아내'라고 말해 그의 기분을 돋워 주었으며, 캐나다 사람들은 아침부터 맥주에 잔뜩 취해 있었고, 반바지 차림에 카메라를 든 독일인들은 가이드의 설명을 하나도 놓치지 않고 주의 깊게 들었다.

그들은 정말 이상한 현상을 경험했다. 함께 지낸 시간이 얼마 되지 않아, 노부부들만큼이나 서로가 허물없이 느껴졌던 것이다. 예를 들면 조르주는 어떤 남자와도 생리에 관한 주제로 이야기를 나눈 적이 없었다. 하지만, 고뱅에게는 생리가 시작되기 전 며칠, 그리고 심지어는 생리 중에 욕구가 더 커지기도 한다는 사실을 고백했다. 그녀는 남자들에게는 그런 이야기를 절대로 해서는 안 되며, 생리 중이라는 표시조차 내서는 안 된다고 교육받았다. 하지만 이토록 솔직할 수 있었던 것은 고뱅이 조르주를 정말 무조건적으로 사랑하기 때문이었든지 아니면 고뱅이 늘 자연과 가까이 살아서 여자의 몸속에서 일어나는 일에 대해 조금도 혐오감을 느끼지 않았기 때문일 것이다. 그는 그녀에 대한 것이라면 뭐든지 알고 싶어 했고, 그녀는 생각지 않았던 이야기들까지 털어놓게 되었다. 많은 사람들을 만나 사랑하면서도 그 단계까지 이르지 못하는 경우도 많다. 그녀는 고뱅에게는 생리혈도 보여 줄 수 있었고, 또 보여 주고 싶었다. 그만큼 그녀는 고뱅의 애정을 확신했다. 아무리 그녀가 변덕을 부리거나 뾰로통해 있어도, 어떤 행동을 하고, 어떤 잘못을 해도 그는 한결같았다. 고뱅은 늘 그녀를 애무하고, 끌어안고 사랑을 속삭이고 싶은 욕구로 가득 차 있는 보기 드문 남자였다. 아주 가끔은 못 견딜 때도 있지만…….

조르주가 갑자기 엄지손가락으로 고뱅의 가랑이 사이를 가리키며 물었다.

「로즈렉, 대답해 봐. 혹시 우리가 이렇게 먼 곳까지 날아와 만나는 게 '그거' 때문이라고 생각해? 원초적 본능? 우리 육체와 살갗의 욕정에 굴복했기 때문일까?」

「그보단 훨씬 더 먼 곳에서 시작되는 것 같은데. 무언가 훨씬 더 깊이 있는 것 말이야.」

「좀더 깊은 곳에서 원하는 그게 살갗이 아니라면? 몸은 적어도 스스로 원하는 것을 알고 있어. 거기에 이성이 파고들어 갈 틈은 없다고. 몸은 마음대로 달랠 수 있는 게 아냐. 이런 생각이 맘에 안 들어? 그보다는 영혼에서 시작되는 거라고 말하고 싶지?」

고뱅은 자신의 생각을 설명하려는 듯 덥수룩한 머리카락에 손가락을 가져다 댔다. 그는 생각에 잠길 때마다 머리카락을 만지작거리는 버릇이 있었다.

「난 이해할 수 없는 무언가로부터 명령을 받고 있다는 생각이 들어. 그게 다야.」

「당신은 사랑을 이해한다고 생각해? 뭐가 그렇게 미치게 만들지?」

「아니, 정말 모르겠어. 당신과 함께 있을 땐 항상 좋아. 그래서 아무 질문도 하지 않지. 하지만 혼자가 되고 나면 그런 생각이 드는 거야. 더 이상 내 함선의 주인이 내가 아닌 것처럼 느껴진다고나 할까!」

「난 정반대야. 우리의 결합은 그 어떤 신비보다 강력한 것 같아. 우리가 받아들이고 있는 건 자연법칙과 같은 거라고.」

고뱅은 충격을 받은 듯하면서 믿지 않는다는 표정으로 듣고 있었다. 조르주는 그럴 듯한 말로 그를 구슬러 대답을 이끌어 내는 중이었다. 그는 망설이다가 그녀가 자신의 삶에 소금 같은 존재라고 고백했다.

며칠 후, 인조 바다처럼 만든 수영장에서 주황색과 밤색이 섞인 펩시콜라 광고가 프린트 된 파라솔 밑에 앉아 있을 때, 고뱅이 물었다.

「조르주, 언젠가는 우리 이야기를 글로 쓰지 않을래?」

그날 저녁, 분홍색 면 폴로 티셔츠와 시어서커 바지를 입은 고뱅은 잘생긴 미국 남자 같아 보였다. 그는 여태까지 한 번도 분홍색 옷을 입을 생각을 못했었다. 바지도 조르주가 강요하다시피 해서 겨우 입은 것이었다. 어쨌든 만족스러운 분위기와 반복되는 섹스, 브르타뉴식으로 '슈~' 발음을 섞어 '조르슈'처럼 부르는 그의 발음 때문에 그런 생각이 들었을 것이다.

「언젠가는 쓰지 않을래, 응?」

「뭘 쓰길 바라는데? 그들은 침대에 누웠다, 침대에서 일어났다, 침대에 누웠다, 섹스를 했다, 또 했다, 그는 그녀를 만족시켰다, 그의 눈빛이 반짝거렸다, 그는 탈진한 대구 같은 눈빛으로 그녀를 쳐다보았다…….」

「선원이니까 당연하지!」

「당신 눈엔 물고기 눈만 빼고 다 들어 있는 것 같아.」

「참치도 눈은 예뻐. 검은색 눈동자 주위로 은색 테두리가 쳐져 있지. 물속에서 말이야. 살아 있는 참치를 한 번도 본 적 없어서 모를 거야.」

「그럴지도 모르지. 하지만 적어도 당신 눈이 물에서가 아니라 공기 중에서 얼마나 음흉해 보이는지는 잘 알아. 어쩌면 나랑 있을 땐 그럴지는 몰라도. 하지만 당신의 그런 눈을 보고 있으면, '당신이 원할 때, 당신이 원하는 곳에서, 당신이 원하는 대로……'라고 소리치고 싶어. 이런 내 마음을 들킬까 봐 두렵기도 하지만 말이야.」

「그럼 그것도 써. 그런데 그러면서 어떻게 날 계속 사랑할 수 있는지 이해가 안 돼. 어떻게 그렇게 되었는지, 뭐 그런 설명도 해야겠다. 방법은 당신이 잘 알잖아.」

「그렇지 않아! 사랑 이야기를 쓰는 게 얼마나 힘든 일인데. 게다가 난 소설가가 아냐.」

「역사 이야기를 들려주는 사람이니까 마찬가지지. 이유는 모르겠지만 우리 이야기를 쓴 책을 보고 싶어. 그래야 '당신이 정말로 존재했었고, 내가 그런 경험을 했었다는 확신을 가질 수 있잖아! 누구에게도 그런 이야기를 할 수 없기 때문이기도 하고.」

「그래, 털어놓으면 한결 마음이 놓이는 건 사실이야. 난 프레데릭과 이야기했어. 프랑수아하고도. 당신도 알지? 그리고 시드니도 당신 존재에 대해 알고 있어.」

고뱅이 갑자기 어두운 얼굴로 말했다.

「아내가 알게 되면 날 야비한 인간으로 생각할 거야. 당신과 함께 있을 때면 난 내가 아닌 것처럼 느껴져. 그러다 당신이 그렇게 싫어하는 샌들을 신을 때면 이제 집으로 돌아온 걸 실감하게 되고! 사람들은 지금 이런 내 모습을 상상조차 하지 못할 거야. 나 역시 어색하기 짝이 없는걸.」

「우리 다른 거 주문할까?」

조르주는 고뱅의 눈이 흐려지는 것이 싫었다. 그가 우는 모습은 보고 싶지 않았다. 고뱅은 있는 힘을 다해 참고 있었다.

「당신을 다시는 보지 않는 편이 낫겠다는 생각도 들어. 그런데 당신과 헤어지는 그 순간부터는 정말 머리가 돌아 버릴 것 같아서…… 견딜 수가 없어.」

침묵이 흘렀다. 조르주는 항상 자신을 애무해 주던 고뱅의 굵은 손목 위에 손을 올려놓았다. 그의 털이 손에 닿자 감미로운 전류가 흘렀다.

그가 낮은 목소리로 물었다.

「당신을 너무 갖고 싶어. 죽을 때까지 나와 함께 해줄 거지?」

그들은 석양과 그들에게 주어진 자유, 사치를 만끽하며 잠시 입을 다물고 있었다. 아직은 무슨 말을 해야 할지 몰랐다. 아직 그들에겐 여러 낮과 여러 밤이 기다리고 있었고 부드러운 바닷물이 그들을 에워싸고 있었기 때문이었다.

조르주가 물었다.

「이걸 끝낼 수 있는 가장 좋은 방법이 뭔 줄 알아?」

고뱅이 순진하게 왼쪽 눈썹을 치켜세웠다.

조르주가 말했다.

「완전히 함께 사는 거겠지. 난 당신에게 금세 신경질이 날 테고 당신은 나에게 화를 내고…….」

고뱅은 그 말에 상처받은 것처럼 반박했다.

「당신은 늘 그렇게 말하지. 난 당신을 평생 사랑할 수 있다고 확신해. 그렇지 않으면 이미 오래전에 당신을 떠나 버렸을 거야. 아는지 모르겠지만 난 한 번도 행복했던 적이 없어. 그래서 마리 조제를 배신한 것 같아. 나도 나한테 적응이 안 돼. 어떻게 해야 할지도 모르겠어. 할 수만 있다면 당장 이혼하고 싶을 뿐이야.」

조르주는 부드럽게 미소 지었다. 그는 항상 '할 수만 있다면'이라는 조건법을 사용했다. 하지만 조건법 뒤에는 반드시 반과거 시제를 써야 하는 거라고 지금 문법 설명을 해주어야 할까? 그의 사소한 실수들을 계속 지적해 줄 수는 없었다. 그녀는 그가 적절치 못하게 사용하는 단어들이 싫었다. 하지만 아무리 잘못을 지적해도 그는 뭐가 문제인지 도무지 이해하지 못했다. 사회 계층과 편견, 문화 차이 때문에 생기는 문제들은 더더욱 설명할 수 없었다.

고뱅이 부드러운 목소리로 다시 말했다.

「당신이 진정 참을 수 없어 하는 건 바로 나야. 나도 내가 수준이 안 맞는다는 거 알아. 하지만 그게 그렇게 큰 문제야? 난 당신이 내 실수를 고쳐 주는 것도 좋아. 그게 당신 직업이기도 하니까. 당신은 내게 여행하는 법도 가르쳐 줬고, 사물을 새롭게 보는 법도 알려 줬어. 당신과 함께 있으면 시간이 가는 줄도, 살고 있는지조차도 인식하지 못할 정도야.」

「그래, 로즈렉. 시간 얘기가 나왔으니 말인데……, 우리 다섯 시간 동안 섹스 안 한 거 알아? 어디 아픈 거 아니지?」

남자들과 지내는 데 익숙한 고뱅은 갑자기 너무 크게 웃음을 터뜨렸다. 두 사람이 영원히 함께 살 수 없을 거란 사실을 외면하기 위해서는 웃는 방법밖에 없었다. 그리고 아주 저속한 말들을 포함해서……. 고뱅은 조르주가 가끔씩 외설적인 농담을 하는 게 좋았다. 훨씬 더 인간적이고, 가깝게 느껴지기 때문이었다. 하지만 때때로 그녀가 이방인처럼 느껴졌다.

그들은 허리에 팔을 두르고 1718호실로 향했다. 이제 해변에는 사람들도 떠나고 펠리컨들만 끽끽거리며 날개를 퍼덕였다. 조르주는 갑자기 다시 모래사장으로 달려가고 싶어졌다. 고뱅은 방파제 위에 섰다. 그는 운동할 생각은 한 번도 해본 적이 없었고, 다른 사람들이 운동하는 모습을 보면 우습다고 생각했다. 그녀는 젖은 모래사장 위를 달려갔다. 그러고는 파도의 신비로운 리듬에 맞춰 물속에 들어갔다 나왔다를 반복했다. 마치 그들이 사랑하는 것처럼······.

샤프롱이 말했다.

「넌 그 생각밖에 안 하는구나.」

「그렇지 않아. 모든 게 사랑으로만 보이는 특별한 순간도 있다고.」

사랑은 태양과 같아서 손으로 붙잡을 수 없다. 매 순간이 유일하며 바다의 품으로 돌아가는 파도처럼 사라져 버린다.

고뱅은 방파제 끝에 앉아 다리를 흔들며 기다리고 있었다. 배가 없는 바다는 지루했다. 바캉스도 지겨웠다. 시간을 보내는 방법이자 그가 이곳에 와 있는 유일한 이유는 조르주였다.

그가 그녀를 품에 안으며 말했다.

「인어처럼 흠뻑 젖었네. 발에 묻은 모래 털어 줄까? 수건 여기 있어.」

「아냐, 그냥 묻어 있는 게 좋아. 파리가 아닌 곳에 와 있다는 증거니까······.」

파리 사람들의 생각이란! 고뱅은 그녀에게 바짝 몸을 붙였다.

178

두 사람은 잠자기 전 시간이 참 좋았다. 고뱅이 먼저 침대에 눕고 조르주는 서성거리고 있었다.

그가 소리쳤다.

「언제까지 그렇게 돌아다닐 거야!」

그녀가 서둘러 달려가 그에게 안겼다. 그 순간 꼭 콘센트에 몸이 닿은 것처럼 전류가 흐르고 몸에 불이 켜져 깜빡거리는 느낌이 들었다. 그녀는 전에 소설에서 그런 비슷한 내용을 읽은 적이 있었지만 진짜 그런 일이 있으리란 생각은 하지 않았다. 그런데 실제로 그런 일이 일어난 것이었다. 그녀는 고뱅이 감전되지 않게 하려고 당장 그에게서 떨어졌다.

그녀가 아직 몸이 진정되지 않았다고 느끼고 있을 때 자신의 몸에서도 전류를 느낀 고뱅이 제정신이 아닌 듯 달려들었다. 그는 그녀의 치골을 문지르고 키스를 하다가 골짜기 사이에 몸이 닿자 거의 기절할 지경이 되어 버렸다. 도대체 이 남자는 그녀의 질만 보면 이렇게 황홀해하면서도 왜 피카소에는 관심을 보이지 않는 것일까? 그녀와 섹스를 하러 오천 킬로미터를 날아오면서도 노트르담을 보지 못한 것은 왜 아무렇지도 않게 여기는 걸까?

샤프롱이 약 올리듯 말했다.

「네 질을 더 좋아하는 거지. 그뿐이야! 아! 누군가를 뼛속까지 사랑한다는 건……!」

샤프롱이 가래를 캑 뱉어 냈다.

「로즈렉, 그 안의 느낌이 어떤지 말해 봐. 다른 사람들은 어떤
지, 나와 뭐가 다른지 얘기해 줘.」

그는 그녀의 다리 사이에 루나파크나 디즈니랜드 같은 환상의
공원이 있어서 거기서 후룸라이드나 허리케인 같은 놀이 기구를
타는 느낌이라고 했다. 그래서 새로 커브를 돌 때마다 그를 더 미
치게 만든다고 했다. 결론을 말하자면 그녀에게 질리지가 않는다
는 얘기였다. 그녀는 고뱅이 끝없이 발기할 수 있는 건 자신의 매
력 때문이라고 생각했지만 실은 그의 이례적인 성적 특징이 그녀
를 통해 발현되는 것뿐이었다. 아무튼 그래서 그녀는 엘렌 프라
이스가 '질의 기능을 향상시키기 위해' 제안한 방법도 자신은 행
할 필요가 없다고 생각했다. 엘렌은 반드시 운동이 필요하다고
말했다.

「매일 아침, 괄약근 수축 운동을 이삼십 회씩 시작해. 아니면 가
령 미용실에 앉아 있으면서 하든가 버스를 기다릴 때 서서 하는
거야. 그렇게 점점 늘려서 하루에 이삼백 번 정도 하면 완벽하
게 처음 상태로 돌아갈 수 있어. 네 질이 올림픽에 나가도 될 정
도가 되었는지 확인하려면(그 부분에서 조르주는 한번 해보고 싶
은 생각을 떨칠 수 없었다) 소변을 볼 때마다 여러 번 물줄기를
끊는 연습을 해봐.」

고뱅은 웃었다. 그런 주제로 진지하게 글을 쓸 수 있다는 것에 놀라워하며, 지식인들은 모두 어딘가 이상하다고 생각했다.

그가 단호하게 말했다.

「어쨌든 당신은 그런 거 할 필요 없어.」

그가 '여성들의 술책'을 무시하는 덕분에 그녀는 훨씬 편했다.

하지만 예의 그 도덕성이 다시 고개를 들기도 했다.

「그렇게까지 하면서 남자를 만족시켜 주려 한다는 건 비정상 아니야?」

「어떻게 그걸 비정상이라고 할 수 있어?」

키스를 하면서 두 사람의 치아가 부딪쳤다.

고뱅이 말했다.

「그만하자. 계속하면 당신한테 또 큰 상처를 받게 될 테니까.」

「그래, 좋아, 그만하자. 난 운동 안 했더니 치골근에 경련이 일어.」

그러다 잠시 후 그녀가 책을 집어 들자 그는 여자애들처럼 토라져서 잠이 들었다. 그러나 잠귀가 밝은 그는 무슨 소리라도 들리면 잠에서 깨어서는 한쪽 눈을 살짝 떠보는 것도 아니고 벌떡 일어나 물었다.

「무슨 일이야?」

조르주는 로익이 악몽을 꾸어 잠에서 깨었을 때처럼 부드럽게 쓰다듬으며 말했다.

「아무 일도 아냐.」

그러면 그는 이렇게 대답하곤 했다.

「아무 일도 아니긴. 당신이 여기 있는데!」

한밤중에 깨어난 고뱅은 몇 시간 동안이나 자신의 이야기를 들려주었다. 갑자기 달변가가 된 그는 어린 시절과 청년 시절의 애인, 용감한 선장에 대해 이야기했고 바다에서 생활하면서 있었던 큰 사건들, 선원들만 아는 이야기, 재미있었던 순간들을 이야기했다. 작년 여름, 그와 선원들은 휴가 때 아프리카에서 비행기를 타고 돌아온 일이 있었는데, 그들 대부분은 비행기를 처음 타본 것이었다.

「그런데 모두들 트롤선에서 지독한 폭풍우와 싸우는 것보다 비행기 엔진을 더 두려워했어! 도착해서 보니 전부 다 순대처럼 탱탱 불어 있는 거 있지! 내 얘기 안 듣고 있구나. 지루해?」

「아냐, 듣고 있었어. 순대처럼 탱탱 불어 있다고 했잖아.」

「내가 왜 이런 얘기를 당신한테 하는지 모르겠다…….」

말하는 내내 그는 그녀를 부드럽게 애무해 주었다. 그러면 그녀도 자신이 좋아하는 길을 따라 산책을 시작했다. 그러다가 두 사람은 다시 불을 끄고 한몸이 되었다. 그 둘은 배의 갑판 위에 올라가 깜깜한 밤에 세상 끝으로 향하는 길을 지키는 불침번이 되었다.

* * *

플로리다에 있으면 디즈니랜드를 빠져나갈 수 없다. 미국 사람 중에 그곳에 가보지 않은 사람이 없었고, 한번 방문한 사람은 모두 열광했다. 고뱅도 그곳에 가보고 싶어 했다. 그가 미국 땅에 세워진 것에 관심을 보인 것은 이번이 처음이었다. 유럽으로 돌아가는 일정을 늦출 수는 없었기 때문에 그들은 자메이카 체류를 줄이기로 했다. 에버글래이드 국립공원의 거대한 늪과 박물관 한두 곳, 그 유명한 세인트버나드 수도원 영내에 있는 '클로이스터' 박물관도 구경할 생각이었다.

「클로이스터는 1141년 세고비아에 지어진 것을 랜돌프 허스트가 돌을 하나씩 분리해 미국으로 옮겨다 놓은 것이에요.」

여행사 가이드는 돌을 분리해서 옮겨 왔기 때문에 이 걸작의 가치가 더 높다는 듯 존경 가득한 표정으로 설명했다.

그 가이드는 월트 디즈니의 환상의 세계를 구경하려면 아무리 못해도 서른여섯 시간은 투자해야 한다고 명령하듯 말했다. 그래서 이들은 마이애미 공항에 도착해 커다란 리무진에 탔다. 리무진은 파리의 원룸처럼 에어컨이 갖춰져 있고, 유리는 시퍼런 빛이 감돌았다. 주변 경치와 바람, 냄새, 하늘의 진짜 색깔은 철저하게 차단된 리무진에 올라타자 조르주는 숨이 막힐 것 같았다. 고뱅은 영어를 한 마디도 할 줄 몰랐다. 그래서 어떤 정신 나간 작자가 고안했는지 모르지만 출구가 어딘지 알 수 없는 거대한 인터체인지하며 비슷비슷한 수천 대의 리무진이 똑같은 속도로 달리는 팔차선 도로가 늘어선 이 악몽 같은 세계에서 조르주는 혼자서 모든 일을 해결해야 했다. 리무진은 그저 존재감만 과시하려는 속셈인지 시속 오십 마일(약 시속 팔십 킬로미터) 정도로만 달렸다. 탬퍼, 클리어워터, 보니타 스프링스, 네이플, 밴더빌트 비치 등 하나같이 똑같아 보일 뿐인데 뭐하러 이 도시에서 저 도시로 옮겨 다니는 것일까? 조르주는 이 초현실적인 분위기에 억눌려 누군가는 미치고 말 거라고 생각했다. 어쩌면 분위기 때문이 아닐 수도 있다. 성당 종루나 식당으로 떼로 몰려다니는 유럽 관광객들, 길거리에서 마주치는 술꾼들과 빵집에서 풍겨 나오는 뜨거운 빵 냄새, 너 나 할 것 없이 회색 점퍼를 입은 나이 든 상인들, 구불구불한 전찻길을 연상시키는 괴물처럼 복잡한 도로망, 타지마할이라도 되는 듯 큰 쇼핑센터에서 벅적거리는 수천 명의 사람들 때문일 수도 있다. 거기다 대리석 분수와 어디서나 똑같은 영화를 상영하는 극장, 어제 막 공사를 마친 것처럼 보이는 주거지와 인위적으로 보이는 잔디, 게다가 도심 한복판에서 호사스런 죽음을 기다리는 수백만 쌍의 은퇴한 노부부 받을 준비를 하는 삼십 층 높이의 공동 분묘도 조르주를 숨 막히게 했다.

그 주위로는 개인 저택들이 늘어서 있었는데 세 개나 되는 정면 차고 앞까지 도로가 포장되어 있어 사람들은 정원을 밟지 않고 바로 차고로 가 자동차에 타게 되어 있었다. 그나마 있는 정원도 설계도에 만들어진 것일 뿐, 꽃도, 긴 벤치도, 아이들이 넘어뜨려 놓은 자전거도 보이지 않았다. 스프링클러는 돌아가는 시간이 정해져 있어 비 오는 날에도 하루에 두 번씩 물을 뿜었다. 정원이라는 건 그저 녹색 공간에 지나지 않았다. 저 멀리 마천루 사이로 보이는 희미한 대지를 보고 있자니 아직 자연이라는 것이 존재했던 시절, 풀을 모조리 깎아 버리지 않던 시대에 어지럽게 널려 있었을 가시덤불과 귀리의 모습이 그려졌다.

하지만 플로리다에 있으면 테마 파크에 둘러싸여 있다는 사실을 잊을 새가 없다. 오륙 킬로미터 거리마다 있는, 세계에서 가장 영리한 바다표범과 가장 사나운 호랑이와 가장 인디언다운 인디언들을 보고 가라는 위협적인 표지판 앞에서 운전자들은 속도를 늦출 수밖에 없다. 히스패닉 아메리칸 스타일의 정문 안으로 들어가면 아즈텍 신전이나 신고딕풍 요새가 나타난다. 그곳에서 정글 가든이나 와일드 애니멀 파크, 악어 농장으로 들어가는 표를 판다. 조르주와 고뱅 역시 정글 가든이나 악어 농장, 호랑이 정원 등을 구경하러 오긴 했지만 요란한 형광색 벽보를 들여다보고 있자니 당장 그곳을 빠져나가고 싶었다.

스페인이 이 거대한 늪지나 다름없는 플로리다를 미국에 판 것은 불과 백오십 년밖에 되지 않았다! 조르주는 이런 복잡한 마음을 고뱅과 함께 나누고 싶었지만 로즈렉 집안의 아들은 다양한 볼거리에 사로잡혀 잔뜩 신이 나 있었다.

그들은 스탠더드 정유 회사의 공동 창립자인 하크니스 플래글러의 검소한 집을 구경하려고 걸음을 멈췄다.

가이드는 대단히 오래된 건물이라도 되는 듯 이야기했다.

「플래글러 박물관은 1906년 당시의 모습을 그대로 보존하고 있어요.」

응접실은 만토바의 후작 저택처럼 분리되어 있었고, 천장은 베니스의 지우데카에서 그대로 옮겨 놓은 것이었다. 벽은 라파엘풍에 욕실은 폼페이식이었다. 모든 게 진짜 모자이크에 오리지널 그림 그대로였지만 영혼만은 이곳까지 오는 길에 잃어버린 것 같았다. 모두 다 모조품처럼 우스꽝스럽기 짝이 없었다.

「이 안내 책자 좀 봐. 이건······.」

하지만 조르주는 하려던 말을 그만 두었다. 공연을 한 번도 본 적 없는 사람에게 뒤필로의 목소리를 어떻게 설명할 수 있단 말인가? 고뱅은 베니스도, 만토바도, 폼페이도 가본 적이 없었다. 그런데 거기서 무슨 충격을 받겠는가? 그는 고대의 유적은 하나같이 먼지 쌓이고 훼손되어 있을 것이라고 생각하던 사람이었다. 그래서 도금되고 흠집없는 이 조각들을 보며 처음으로 옛것도 멋

있을 수 있구나 생각하고 있었다.

　로즈렉과 이런 곳에 올 생각을 했다니! 조르주는 그와 사랑을 나눌 때만 관계가 좋았다는 사실을 깜빡 잊고 있었다. 두 사람은 침대 가까이에 있어야 했다.

　그들은 다시 걸음을 옮겼다. 조르주는 흥미로울 것 같은 박물관 두세 곳을 발견했지만, 이미 두 사람은 따분한 길을 사이에 두고 수십 마일은 떨어져 있는 것 같았다. 시드니와 함께였다면 재미있었을 것이다. 시드니는 분명 이런 모습을 보고 플로리다를 문명화된 미국 지도에서 지워 버리려 할 것이다. 하지만 고뱅은 특별한 점을 조금도 알아채지 못했다. 그에게 풍경은 그저 풍경일 뿐이었다. 그에게 생각 같은 것은 없었다. 그는 침묵을 깨고 조르주를 재미있게 해주려고 했다.

　「내가 재미있는 얘기 하나 해줄게. 맥주를 마시면 왜 바로 소변이 나오는 줄 알아?」

　아니. 조르주는 몰랐다.

　고뱅은 그녀의 반응을 살피며 유쾌하게 말했다.

　「색깔을 바꾸지 않아도 되니까.」

　조르주는 미소조차 짓지 않았다. 한번쯤은 고뱅에게 브르타뉴 술주정뱅이들이나 좋아할 만한 이런 농담 따위에는 관심 없다는 걸 보여 주고 싶었다. 하지만 이렇게 해봤자 그는 조르주에게 유머 감각이 없다는 결론만 내릴 게 뻔했다. 언젠가는 그에게 설명할 수 있을까? 그런 건 유머가 아니야. 진짜 유머는⋯⋯. 아니, 그런 건 아무 짝에도 도움이 되지 않을 것이다. 유머의 의미 같은 건 조금도 민감하게 받아들이지 않을 테니까.

고뱅이 분위기를 전환하려고 먼 곳을 가리키며 말했다.

「저기 좀 봐. 오른쪽에 새집을 새로 짓고 있어.」

조르주가 무뚝뚝하게 말했다.

「헌 집을 새로 짓지는 않겠지.」

「그렇지.」

고뱅은 시무룩하게 말하고 나서 침묵에 잠겼다.

다행히 허기가 두 사람을 도왔다. 그들은 '진짜 신선한 해산물'이라고 쓰인 문구에 끌려 '어부 별장'이라는 식당 앞에 발길을 멈췄다. 아니 '해적 동굴'이었던가 아니면 '선원 동굴'이었던 것 같기도 하다. 어쨌든 '진짜 어부'는 이곳에서 사라진 지 오래였고, 동굴도 이십 층 건물로 바뀌어 있었다. 그곳에서는 고기잡이배가 들어오는 항구도 볼 수 없었다. 심지어는 머리와 꼬리가 온전히 달린 물고기를 볼 수 있는 어시장조차 없었다. 보이는 거라고는 비닐 팩에 포장되어 슈퍼마켓 냉장고에 보관된 생선 살이 전부였다.

그들은 점심에 바닷물로 깨끗이 헹궈 낸 굴을 먹었다. 미리 잘라 놓아 색도 바래고 미끌미끌해진 굴이었는데, 살이 하도 통통해

188

서 왠지 씹기가 미안할 정도였다. 식사를 하고 나서는 플로리다 연안에 몇백 킬로미터에 걸쳐 펼쳐진 커다란 해변에서 해수욕을 했다. 해변에는 온통 캐러멜 색 옷을 걸치고 접이식 의자에 앉아 있는 노인들뿐이었다. 그후에는 조르주가 저녁이 되기 전에 클로이스터 박물관을 관람하고 싶어 했기 때문에 서둘러 떠났다. 클로이스터 박물관은 스페인에 세워진 수도원의 뼈대를 분해해 이곳까지 가져와 거대한 현대식 건물들 사이 손바닥만 한 땅에 다시 조립한 건물이었다. '진짜' 세인트 버나드 수도원은 시토 수도회 수도원이지만, 이런 곳에서 '진짜'란 말을 들으니 정말 웃겼다. 이곳의 돌은 스페인에서 직접 가져온 게 맞지만 멕시코식으로 붙였고, 바닥은 남프랑스식 육각 타일로 되어 있었다.

수도원 안을 걷다가 고뱅이 물었다.

「여기에 수도사도 있어?」

「아니. 이건 처음부터 끝까지 인위적으로 만들어진 수도원이니까. 이 건물이 여기에 있는 건 백만장자 랜돌프 허스트의 변덕 때문이야. 〈시민 케인〉 봤어?」

「아니, 들어본 적도 없어.」

「허스트의 삶을 그린 오슨 웰스의 영화야. 언론계의 거물이지……. 오늘 저녁에 이야기해 줄게.」

조르주는 그에게 설명할 생각을 하니 한숨부터 나왔다. 제대로 설명하려면 메이플라워 이야기부터 시작해서 스페인 정복자들, 인디언 학살까지 거슬러 올라가야 했다. 게다가 모든 사건이 꼬리에 꼬리를 물고 있기 때문에 끝이 없었다. 십 년 혹은 그 이상 역사와 문학, 지리 등의 교과 과정에 친숙해져야 하는 일이었다. 이렇게 메마른 삶을 살고 있다니!

저녁이 되자 조르주는 기분이 언짢아졌다. 그를 원했던 게 후회되기도 했다. 게다가 자금 사정상, 시설이 형편없는 하워드 존슨 호텔로 옮겨야 했다.

밤에는 '바다가 내려다보인다'는 그 호텔은, 고객을 끌기 위해 '바다가 보인다'고 광고했지만 안내서 사진을 교묘하게 옆면으로 붙여서 자세히 볼 수 없게 만들었다. 실제로는 위쪽에 붙어 있는 좁은 창문으로만 겨우 바다가 보였다. 큰 창문은 주차장 쪽으로 나 있었는데, 그나마 완전히 열 수도 없었다! 게다가 그들 방 옆에는 얼음 기계가 있어서 밤낮으로 얼음을 만들고 갈아 대는 소리가 들렸다. 에어컨을 틀면 달콤한 바닷바람을 느낄 수 없었지만, 그래도 얼음 기계의 윙윙거리는 소음과 저녁마다 해변의 모래를 고르는 불도저 소리는 어느 정도 덮을 수 있었다.

트윈 침대 사이에는 움직일 수 없게 고정된 탁자가 놓여 있었다. 이 나라에서는 함께 잠을 잘 수도, 오후 섹스를 할 수도 없었다. 심지어는 비데도 없었다. 그래서 일을 치르기 전후에…… 매번 샤워실로 가야 했다! 아니면 세면대를 이용해야 했는데, 세면대 옆에는 커튼도 없어서 어디서나 다 들여다보였다. 미국인들은 여자가 선 자세로 무릎을 구부리고, 다리를 벌린 채 뒤를 닦는 것만큼 추해 보이는 게 없다는 사실을 모르는 걸까? 변기를 욕조 옆에 딱 붙여 놓은 것은 변기 청소를 손쉽게 하려고 그런 것 같은데, 조르주는 도무지 이 나라의 위생 시스템이 어떻게 되어 있는 것인지 이해할 수가 없었다.

고뱅이 말했다.

「브르타뉴도 여기보단 나아. 정원 구석에 따로 있는 화장실이라도! 미국 사람들은 생선도 틀니도 전부 세면대에다 씻나 봐. 이것 좀 봐!」

화장실을 소재로 농담을 하면 쉽게 어린 시절로 돌아갈 수 있다. 조르주는 마침내 웃음을 터뜨렸고, 교양 없는 고뱅의 모습도 새까맣게 잊어버렸다. 심지어는 그와 섹스도 나눴다.

조르주는 잠시나마 그를 나쁘게 생각했던 것에 속죄하는 심정으로 그의 정액을 삼켰다.

하지만 기분은 영 별로였다. 그녀는 정액 냄새를 좋아하지 않는 건 진정한 사랑이 아니라고 생각했기 때문에 바로 입 안을 헹구러 가지 않으려고 애썼다.

샤프롱이 말했다.

「여자들이 좋아하는 건 정액 냄새가 아냐. 거기서 안정을 얻을 뿐이지. 여자들은 남자들이 느끼는 쾌감의 냄새를 좋아하는 거라고. 그건 달라!」

게다가 말라붙은 정액은 그다지 유쾌한 느낌을 주지 않는다. 조르주는 허벅지에 붙은 정액은 그나마 참을 수 있었지만 턱에 풀처럼 딱 붙은 정액은 질색이었다. 수백만 명의 아이들을 삼키다니 끔찍했다. 물론 진짜 사람이 되려면 나머지 반쪽이 필요하겠지만…… . 위 속에서 올챙이들이 꼬물거릴 거라 생각하면 진저리가 쳐졌다.

＊ ＊ ＊

그날 밤은 길지 않았다. 다음 날 새벽 여섯 시에 일어나야 했기 때문이다. 이제부터 이틀 동안은 디즈니랜드를 관광하기로 되어 있었다. 그것도 바벨탑에서 빠져나온 듯한 각국의 부모들 한 부대와 벌써부터 미키마우스나 도널드 가면을 쓰고 있는 아이들과 함께.

가속 장치가 달려 있고 멀어지는 지구의 모습이 보이는 진짜 같은 로켓을 타고 항성 간 여행을 하는데 삼 분 삼십 초. 화성까지 가는데 이 분. 바닷속 이천 마일을 여행하는 데 육 분 십오 초. 그리고 미국 역대 대통령들의 모습을 큰 화면에 짧게 비쳐 주는 애니메트로닉. 그중 링컨 대통령은 도덕주의자다운 긴 담화 모습이 흘러나왔는데 아이들에게 충격을 주지 않으려고 그런 것인지 암살당했다는 내용은 나오지 않았다. 결론을 말하자면 미국 국기 뒤로 역대 대통령들의 모습을 보여 주며 자유를 만들어 낸 아름다운 나라에서 착하게 살아야 한다는 내용이었다.

조르주는 아침부터 심한 말을 퍼붓기 시작했다. 그녀의 눈에는 아무것도 아닌 것에 대해 고뱅이 너무 감탄한 것이 문제였다. 그는 전 세계에서 온 어린아이들처럼 눈을 동그랗게 뜨고, 입을 헤벌린 채, 팝콘을 먹는 것도 잊고, 몸에 해로운 색소가 잔뜩 들어간 아이스크림이 점퍼에 떨어지는 것도 모르고 돌아다녔다. 게다가 일단 그 안으로 들어가면 다시는 빠져나올 수가 없었다.

관광객들은 똑같은 프로그램에 따라 백여 개의 소포 꾸러미처럼 한데 몰려다녔다. 빅 브라더의 절대적인 목소리를 따라 빠져나갈 수도 없는 일방통행 복도를 이동했다. 빅 브라더의 말은 곧 명령이었다. 사람들은 그 명령에 따라 휴식을 취하고, 휴게실에서 발에 난 물집을 살폈다. 이미 초콜릿과 주스 얼룩으로 범벅이 된 아이들은 또다시 사탕 가게 앞에서 눈을 떼지 못하며 부모들을 졸라 댔다.

유령의 집이나 캐리비안 해적의 소굴을 빠져나갈 방법은 없었다. 그런 장소는 거짓 진실에 관한 환상만 심어 줄 뿐이었다. 약

탈된 도시, 여기저기서 위협을 가하고 저속한 노래를 개작해서 불러 대는 주정뱅이들, 보물 가득한 동굴, 바위에 매달린 난파선, 조각나 걸려 있는 해골, 관광객의 마차가 지나갈 때마다 자동으로 턱을 움직이는 플라스틱 악어······. 기술은 봐줄 만하지만 감동은 주지 못하는 의미 없는 물건들이었다. 그저 이 무대에서 저 무대로 밀려다니고 구경하며 시간이나 죽일 뿐, 생각이 끼어들 틈은 전혀 없었다.

고뱅은 관광을 하는 내내 기분을 망치는 유일한 사람이 조르주라는 사실에 가장 화가 났다! 미국 부모들은 다들 즐거워 보였고, 폴리네시아에서의 생활이나 정글, 천체 간에 발사되는 로켓 등에 관한 설명을 전부 듣고 나서야 자리를 떴다.

조르주가 말했다.

「저 사람들 좀 봐. 양심에 가책도 없이······. 미국인이라는 사실이 만족스럽다는 저 표정들. 디즈니랜드가 무슨 샤르트르 성당이라도 되는 것처럼 자랑스러워하고 있잖아!」

고뱅이 말했다.

「그래서? 저 사람들이 만족스러워하는 게 네 비위에 거슬려? 당신은 당신이 관심 없는 일에 사람들이 관심을 보이면 모두 바보 취급하지. 난 이렇게 멋진 곳은 처음 봐. 난 기델 동물원이나 마르티네즈 서커스밖에 본 적 없고, 매년 여름이면 피니스테르 해변을 벗어난 적이 없었기 때문에 정말 즐거웠다고!」

조르주는 '넌 정말 아무것도 본 게 없어' 하고 말하려다가 꾹 참았다. '게다가 더 끔찍한 건 넌 앞으로도 전혀 보지 못할 거라는 거야.' 그녀는 고뱅이 무척 행복한 어린아이 같은 얼굴로 디즈니랜드를 돌아다니는 게 싫었다. 그들은 끔찍한 서른여섯 시간 관광 코스를 선택했기 때문에 그다음 날에도 관광을 계속해야 했다! 이제 그들 눈 앞에는 컨템퍼러리 월드 리조트의 천이백여 개 객실이 펼쳐져 있었다. 고뱅은 그곳도 마음에 들어할 게 뻔했다. 공중에 떠다니는 지하철 같은 모노레일이 호텔을 가로지르고 있어서 홀과 그랜드 살롱을 팔 분마다 지나다니며 고객들의 짐 가방을 옮기고 있었기 때문이었다.

「월드 서커스나 머린랜드는 나 없이 혼자 즐기는 게 나을 거야. 보나마나 내일도 사람들은 미키마우스 인형을 머리에 쓰고 나올걸.」

고뱅은 처음으로 조르주가 가증스럽게 느껴질 수 있다는 것을 깨달았다. 황당한 그는 무슨 대꾸라도 하려다가 그냥 하지 않는 편이 낫겠다고 생각했다.

그가 점잖은 말투로 덧붙여 말했다.

「당신은 당신과 다른 사람들을 바로 경멸해 버리지. 하지만 세상에는 별별 사람들이 다 있어.」

「그렇겠지.」

고뱅은 갑자기 입술을 깨물었다. 그는 선주에게 모욕을 당해 대꾸조차 할 수 없을 때 이런 프롤레타리아 같은 표정을 짓곤 했다. 내일 아침, 그는 혼자서 관광을 계속할 것이다. 어쨌든 표 값은 지불했으니까!

조르주가 말했다.

「그런 데다 돈을 낭비하다니 참 유감이네!」

고뱅은 그녀가 자신을 불쾌하게 만들려고 작정을 한 것은 아닌지 의문이 들었다. 두 사람은 특히 돈에 관해서는 견해가 달랐다. 그는 그녀가 즐거워할 때 왜 좋은지 이해하지 못할 때가 많았다. 문제가 심각했다.

그날 저녁, 고뱅과 조르주는 무거운 피로를 느꼈다. 디즈니랜드는 정말 사람을 지치게 만드는 곳이었다. 적어도 두 사람은 그 점에 대해서는 동의했다.

다시 방으로 들어왔을 때, 고뱅이 부드럽게 말했다.

「기분 좋아지게 따뜻한 목욕물 좀 받아 줄까?」

조르주가 대답했다.

「아니, 기분 나빠지게 차가운 물에 샤워할래.」

「왜 그렇게 못되게 구는 거야? 가끔씩.」

「가끔씩 당신이 하는 말 때문에……, 화가 나.」

「당신이 화가 나는 게 항상 나 때문이다 이거군. 나는 아무것도 이해 못하는 인간이고, 당신은 잘났고…….」

「우리 두 사람 모두 서로에게 화가 난 거야. 게다가 오늘은 정말 피곤했잖아. 난 완전히 지쳤다고.」

그녀는 외음부에 딱딱한 돌기가 생겨서 너무 아프다는 말은 하지 않았다. 종기가 난 것 같았다.

샤프롱이 말했다.

「아냐, 네가 화가 난 건 바르톨린 선염 때문이야. 너무 많이 문질러 대서 염증이 생긴 거라고. 다리를 살짝 벌리고 약간 휴식을 취해야 해! 그리고 네 입 봤어?」

윗입술에 헤르페스 포진이 생겨 있었다. 그 때문에 옆모습이 우스꽝스런 토끼처럼 변해 있었다. 그놈의 월트 디즈니! 자신의 입이 고뱅과 함께 본 도널드와 비슷하다는 생각이 들자 그녀는 신경이 더 예민해졌다.

그들은 서로를 만난 이후 처음으로 그들이 함께하는 것에 대해 의문을 갖게 되었다. 그들은 각자의 집으로 돌아가 각자의 가족들과 같은 부류, 같은 언어로 이야기하고 같은 것을 좋아하는 사람들과 함께 있고 싶었다.

그날 저녁, 잠자리에 들자 조르주는 가방에서 책을 한 권 꺼냈다. 고뱅도 공항에서 산 추리 소설 한 권을 집어 들었다. 그는 엄지손가락에 침을 발라 페이지를 넘기다가 종이가 잘 떨어지지 않으면 입김을 불었다. 조르주는 그런 모습도 거슬렸다. 그는 한 줄 한 줄 읽을 때마다 고개를 왼쪽에서 오른쪽으로, 다시 오른쪽에서 왼쪽으로 움직이며 무슨 암호 해독이라도 하는 것처럼 눈썹을 잔뜩 찌푸렸다. 그러니까 이마의 주름이 더 깊어 보였다. 고뱅은 세 쪽쯤 읽고 나자 하품을 하기 시작했다. 하지만 그녀보다 먼저 잠을 자고 싶진 않았다.

조르주가 불을 끄자 고뱅이 참지 못하고 서서히 다가갔다.

「그냥 안고만 있을게……. 괜찮지?」

조르주는 그의 배에 등을 댔다. 그러자 그가 뒤에서 그녀를 꼭 끌어안았다. 고뱅의 팔이 안전벨트처럼 몸에 닿자 조르주는 부드러운 평온이 느껴졌다. 고뱅은 말한 대로 손가락 하나 까딱하지 않았다. 심지어 물건을 다리 사이에 끼운 채 꼭 조이는 것만으로 만족했다. 그들의 몸은 닿기만 해도 활활 불타오른다는 사실을 그는 모르는 걸까? 조르주가 갑자기 그를 향해 얼굴을 돌렸다. 그리고 두 사람은, 한 번도 그들을 실망시킨 적이 없었던 길을 향해 나아가는 것보다 중요한 일은 없는 것처럼, 갑자기 욕구에 휩싸였다.

마지막 날, 이제 에버글래이드를 구경하는 일만이 남아 있었다. 적어도 이 수천 헥타르에 달하는 습지와 움직이는 거대한 늪 같은 땅에는 콘크리트 벽을 세우는 데 성공한 사람이 아무도 없었다.

미국의 다른 곳보다 특히 이곳은 경관을 바꾸는 일이 쉽지 않았다. 멕시코 만에서부터 애틀랜타 해변에 이르는 긴 거리는 작은 나무들이 늘어선 우울한 늪지대였고, 단조롭게 달리는 조용한 리무진과 커다란 트럭 외에 살아 있는 것은 새들뿐이었다. 백로와 학, 왜가리, 말똥가리, 독수리, 야생도 아니고 길들여지지도 않은 펠리컨…… 선창가 기둥 위에 앉은 새들은 지루하고 긴 여행을 마치고 온 듯한 모습이었다. 이 새들의 유일한 즐거움은 관광객들이 찍는 사진의 모델이 되는 일이었다. 모르긴 해도 아마 하루 육백 번쯤은 찍히지 않을까.

그들은 에버글레이드 시티에서 점심을 먹었다. 이름이 끌려서 가긴 했지만 그곳은 그저 어설프게 도시화된 지역일 뿐이었다. 촌락이라고 부를 수도, 마을이라고 부를 수도 없는 그냥 거대한 반도 끝에 위치한 장소였다. 스위스 오두막처럼 생긴 식당 메뉴에는 '플로리다에서 제일 신선한 씨푸드'라고 쓰여 있었다. 제일이라고? 신선하다고! 세상에! 이곳은 세계에서 가장 오염이 심한 곳인데도 말이다. 하지만 분위기는 활기차고 그런대로 괜찮았다. 미국인들은 종이 접시에 케첩을 잔뜩 뿌려서 가져온 냄새나는 음식도 열심히 먹는다. 작은 새우와 개구리, 대합조개 등이 주 메뉴였다. 하지만 프랑스인들이 특히 음식에 까다롭다는 사실은 유명하지 않은가.

「디즈니랜드의 플라스틱 동물들을 씹어 먹는 기분이야. 안 그 래?」

고뱅이 조심스럽게 고개를 끄덕이며 말했다.

「'프리암' 포장지 봤어?」

「프리암? 아! '프림' 말하는 거지?」

「내가 브르타뉴 억양이 있다는 거 잘 알잖아.」

「'우유가 섞이지 않은 거품 나는 프림', 적어도 이건 훌륭하지 않아?」

「이곳에서나 유럽에서나 우유 분말을 섞어 먹는 건 마찬가지인 가 봐.」

「성분도 봤어? 들어 봐. 내가 번역해 줄게. 부분적으로 수소 화 합된 코코넛 기름, 나트륨 카세인, 디글리세리드, 인산염, 나트 륨, 인공 향료와 인공 색소! 흰색으로 만드는 데 무슨 인공 색소 를 쓴 걸까?」

고뱅이 대답했다.

「어쨌든 나쁘진 않아.」

「으음. 특히 디포타슘. 이건 훌륭해. 안 좋은 건 미국 커피 맛이 그대로 난다는 거야.」

「버터도 봤어? 꼭 크림 같아.」

그나마 그뤼에르 치즈는 오스트리아산, 와인은 이탈리아산이었다. 그들은 유럽인이라는 사실, 나아가 프랑스인, 혹은 브르타뉴 인이라는 사실이 기뻤다. 그것은 그들에게 함께하는 즐거움을 되 돌려 주었다.

말 많고 불평 많은 프랑스인의 진면목을 확인한 두 사람은 의견 이 일치된 데 의기양양해져서 다시 몇 시간 동안 늪과 망그로브, 백로, 왜가리, 학, 말똥가리, 펠리컨과 마을 두세 곳을 구경하러 다 녔다. 그리고 고속도로 가에 있는 마을로 들어가 진짜 오두막에 서 살고 있는 인디언들의 생활을 구경했다. 그곳에는 호기심을 자극하는 기념품점이 있었는데, 가죽 벨트와 바느질이 엉망인 모 카신을 팔고 있었다. 하긴 재봉틀을 사용한다면 그건 이미 '원시 미개 문화'가 아니겠지만.

대나무 울타리 뒤에는 텔레비전 안테나가 달린 현대식 주거용 트레일러가 보였다. 밤이 되면 관광객들에게 전통 생활을 보여 줄 필요가 없으므로 인디언들은 그곳으로 자리를 옮겼다.

마지막 날 저녁, 고뱅은 돈을 약간 쓰기로 결심했다. 그는 요리 책에서 소개하는 고급 레스토랑에 자리를 예약했다. 하지만 월트 디즈니의 악몽은 여전히 그들을 따라다녔다. 이번에는 어린아이 들 때문이 아니라 노인들 때문이었다. 고뱅과 조르주를 빼고는 모두들 지팡이나 T자형 손잡이를 짚고 다니고 손과 턱을 덜덜 떠 는 사람들뿐이었다. 입을 벌릴 때마다 새로 박아 넣은 치아가 드러났다. 조르주는 오백 달러나 하는 바지 속에 쭈그러져 있을 페니스와 메마른 음부를 상상했다. 뻣뻣하게 굳은 손과 닳은 팔꿈치, 군데군데 비어 있는 머리카락, 얼굴 여기저기 보이는 노인성 반점……. 조르주는 갑자기 고뱅의 왕성한 기운이 이 죽어 가는 존재들 사이에 걸린 구명대처럼 느껴졌다. 삼백구십구 프랑 오센트짜리 바지 안에 들어 있는 그의 물건은 죽음에 대한 유일한 해독제 같았다.

무대에서는 댄서들이 몸을 흔들어 대고 있었다. 시간의 흐름을 비껴간 듯한 그들의 검은 피부와 우아한 매력, 유연한 몸놀림은 나날이 움직임이 둔해지는 사람들의 마음을 더 후벼 파는 것 같았다.

고뱅이 말했다.

「정말이지 깜둥이들은(아, 젠장! 제발 그런 표현은 쓰지 말아줘!) 타고난 리듬감이 있어. 몸에 배어 있지.」

샤프롱이 비웃었다. 샤프롱이 나타난 것은 꽤 오랜만이었다. 그녀는 디즈니랜드에 온 후, 모습을 드러내지 않았지만 사건이 사건이니만큼 나타나지 않을 수 없었을 것이다.

샤프롱이 말했다.

「자, 봐, 벌써 십이 일이야. 너무 길다고. 섹스가 기본이 되는 만남은 이렇게 길어지면 삐걱거리게 되어 있어.」

202

「그런 식으로 말하지 마. 넌 그냥 고약한 늙은이일 뿐이야. 네가 뭘 안다고 그래?」

「불쌍한 것. 녀석이 애무를 하기 시작하면 네 질은 금세 자극받아 벌렁거리기 시작하지. 그건 그저 분비샘에서 액이 분출되는 것뿐이야. 단순한 신체적 쾌감에 지나지 않아.」

잠시 후, 맛있는 록펠러 굴이 식탁에 놓이며 미각을 자극했지만 고뱅은 나이 걱정을 떨칠 수 없었다.

「이제 몇 년 후면 난 은퇴를 할 거야! 연금이 충분히 모이면! 그럼 지금처럼은 아니라도 먹고살 만한 일을 찾아봐야 해.」

「하지만 집에서 어떻게 견디려고? 배가 없는 당신 모습을 상상하기 힘들어.」

「그래, 집에만 있는 건 나도 생각 안 해봤어. 어쨌든 요트를 하나 살 거야. 그럼 뭐라도 잡을 수 있을 거야. 정원에서 채소나 기르고 있을 수는 없어.」

선원들은 대부분 땅을 지루해한다.

그가 접시에 있는 티본스테이크를 전부 작은 조각으로 잘라 놓으며 말했다.

「그전에 한 가지 계획이 있어. 이제 너한테도 말해야 할 것 같아. 정말 미쳤다고 할걸.」

「무슨 계획인데? 물고기 잡는 일은 그만두는 거야?」

「무슨 소리! 지금 당장은 연금에 들어가는 돈 때문에 할 수 없지만 조만간 할 생각이야. 거기서라면 돈을 많이 벌 수 있을 거야. 조엘이 일을 할 수 없기 때문에 돈이 더 많이 필요하거든.」

그는 망설였다. 그는 눈을 내리깔고 조르주를 쳐다보지 않은 채 냅킨 위에 빵을 부서뜨리고 있었다.

「우리한텐 쉽지 않은 문제일 수도 있어. 나, 남아프리카 연안으로 떠날 거야.」

「쉽지 않다니, 무슨 말이야?」

「음…… . 오랫동안 보지 못할 수도 있어.」

「그런데도 망설이지 않고 결정했다고?」

「무슨 소리야, 그건 내 직업이잖아?」

「물고기를 좀더 많이 잡겠다고 더 먼 나라로 간다고? 지금 그 얘기 하는 거야?」

잠자러 갔던 샤프롱이 물기둥을 타고 레스토랑 테이블로 떨어졌다. 스포츠 경기라도 하는 얼굴이었다.

「지금 네 목소리 어땠는 줄 알아?」

고뱅이 말을 이었다.

「그건 내 직업이라고. 한번 이 직업을 선택했으면 더 이상 선택의 여지가 없어. 해야 하면 하는 거야. 그게 전부라고.」

「뭐라고? 지금도 충분히 벌잖아.」

「그럴지도 모르지. 하지만 거기에 가면 더 많은 이익을 볼 수 있어. 사람들은 닭고기를 더 좋아하지 이젠 생선을 많이 먹지 않아. 불경기라 참치 가격도 폭락했다고. 다른 걸 찾아야 해.」

「그래서 언제 떠날 건데? 난 알아야겠어. 당신은 내 인생 따위는 별로 신경 쓰지 않는 것 같지만.」

「세상에. 그게 그렇게 쉬운 결정이었을 것 같아? 난 부잣집 자식이 아냐. 불구인 아이가 있고, 건강하지 못한 아내가 있어. 난 공무원이 아니라고. 책임을 다해야 해. 내겐 그들이 우선이야.」

점점 화를 낼수록 그는 점점 더 말을 더듬었다. 연금 생각만 하고 있는 남자와 도대체 난 뭘 하고 있는 거지?

「들어 봐……. 당신이 어떻게 생각하는지는 알겠지만 나한테도 그렇게 간단한 문제는 아니었어. 내가 다 포기하면 마음이 편하겠어?」

「그래 좋아. 상황이 명확해진 것 같네. 더 이상 날 보고 싶어 하는 것 같지 않으니까. 이제 당신을 성가시게 하지 않을…….」

고뱅이 말을 잘랐다.

「그런 말이 아냐. 게다가 바로 가는 것도 아니잖아. 내가 왜 당신한테 이런 이야기를 했는지 모르겠다.」

계산서가 나오자 고뱅은 엄지손가락에 침을 바르며 한참 동안 달러를 셌다. 그런 다음 어두운 표정으로 재킷을 걸쳤다. 조르주는 이 레스토랑에 조금만 더 있다가는 죽을 것 같았다.

밖으로 나오면서 두 사람은 대머리 아내를 데리고 있는 백 살은 된 듯한 노인과 마주쳤다. 조르주는 자기도 모르게 고뱅에게 달라붙었고, 아무 말 없이 방으로 돌아왔다. 그들은 내일 떠날 예정이었다. 벌써부터 고아가 된 기분이었다.

잠시 후 고뱅이 자기 전에 조르주의 귀에 대고 속삭였다.

「계획일 뿐이지 아직 아무것도 정해진 것 없어. 그냥 생각일 뿐이야.」

그들은 두 마리 문어처럼 서로 엉겨 붙은 채 잠이 들었다.

다음 날, 알람은 다섯 시에 울릴 예정이었다. 게다가 두 사람은 함께 떠날 수도 없었다. 조르주는 몬트리올로 갔다가 다시 보스턴으로 가서 엘렌과 하루를 보낼 계획이었다. 이번에는 엘렌이 괄약근을 팽팽하게 만들어 자메이카로 날아갈 차례였다. 고뱅은 아침부터 파리로 떠나기로 되어 있었다. 그는 슬픈 표정으로 다시 고무 깔개를 댄 샌들을 신고 점퍼의 지퍼를 올리고 마리 조제가 짠 파란색 선원 모자를 쓸 것이다. 이제 다시 선원 복장을 하게 될 그는 더 이상 그녀의 것이 아니었다. 그러나 이건 조르주가 바란 일이 아니었던가? 그녀의 음부는 밤사이 염증이 생겨 완전히 흉하게 변해 있었다. 그렇게 추하게 변해 버린 성기를 보니 그녀는 더 이상 고뱅을 사랑하지 않는 것처럼 느껴져 갑자기 얼른 그를 떠나보내고 싶어졌다.

그는 그녀의 입술 안쪽 구석까지 키스를 했고, 그녀는 팔을 겨우 두를 수 있는 그의 탄탄한 상체를 마지막으로 꼭 끌어안았다. 이 남자와 헤어질 때마다 왜 눈물이 나려고 하는 걸까? 그는 뒤도 돌아보지 않고, 마이애미 국제공항으로 가는 버스에 올랐다. 그는 택시를 싫어했고, 몽파르나스 역까지 조르주가 처음 배웅했던 때 이후로는 늘 그녀가 배웅하는 것을 사양했다. 그는 아직까지도 몽파르나스 역 플랫폼의 냄새를 잊을 수가 없었다.

조르주는 짐을 마저 꾸리려고 다시 방으로 올라갔다. 마지막으로 수영을 하러 가려고 할 때 전화벨이 울렸다.

「조르주……, 나야.」

전화를 그렇게 혐오하는 그가 전화 거는 방법을 찾아낸 것이다. 사용법도 영어로 쓰여 있고, 센트도 구해야 했을 테고, 호텔 방 번호도 기억해야 했을 텐데……. 그녀의 마음은 눈 녹듯 녹아내렸다.

「알아? 지금 다 큰 남자가 울고 있어.」

「…….」

「그래, 어제 내가 한 말은 잊어. 다르게 말했어야 했는데……. 당신과 헤어질 때마다 내 안의 무언가가 하나씩 죽어 가는 것 같아. 당신을 미워하고 있을 때조차 사랑해. 이해하겠어?」

조르주는 목이 메어 왔다.

「조르주? 듣고 있어? 거기 있는 거야?」

「응. 하지만 난……」

「아무것도 아냐. 그냥 내가 한마디 더 하고 싶은 말이 있었던 것뿐이야. 어제 내가 남아프리카로 떠난다고 말했을 때 당신이 싫은 표정을 지어서 사실은 기뻤어. 참 우습지! 당신이 내 아내라도 되는 것처럼!」

늘 그랬듯 고뱅은 불행할 때 더 지적인 사람처럼 보인다. 하지만 아무 일 없고, 즐거워하며, 농담을 할 때면 그렇게 무식해 보일 수가 없었다. 아, 사랑이란!

「자, 이제 가봐야겠어. 웃지 마. 이번엔 정말이야. 달러도 남은 게 없어!」

그는 그녀가 좋아하는 웃음소리를 내며 웃었다. 두 사람에겐 그들만의 암호가 있었다. 그들만의 농담, 암시, 공모, 어린 시절의 기억……. 그마저 없었다면 그 둘의 사이는 사랑이 아닌 한낱 정사에 불과했을 것이다.

「편지해.」

두 사람이 동시에 말했다.

베즐레*

나는 고뱅과의 결혼을 준비하고 있었다. 만찬은 파리에 있는 우리 부모님 댁의 거실에서 열렸다. 그곳에는 다 알아보지도 못할 만큼 많은 예술 작품과 수집품들이 놓여 있었다. 그 집은 장식이 지나치게 많은 이탈리아의 바로크풍 성당 같았다. 누군가 계속해서 고뱅에게 흥미로운 작품들을 가리키며 이야기하고 있었다.

---

* 인구 오백칠십 명의 작은 도시. 막달라 마리아의 성해를 간직한 성스러운 땅이며, 중세 시대에는 세계의 중심이었다. 베즐레 교회는 십이 세기 로마네스크풍의 걸작으로 꼽히며, 베즐레 언덕은 십이 세기에 영국의 사자왕 리처드 1세와 프랑스의 필리프 2세가 삼 차 십자군 전쟁에 나서기 전에 이곳에서 만났던 역사적인 장소이며 '성령이 머무는 언덕'이라고도 불린다. ─ 옮긴이

「저런 꽃병이나 조각, 그림이 얼마나 하는 줄 아나? 거의 이만 달러나 나간다네!」

고뱅이 믿을 수 없다는 표정으로 말했다.

「저런 엉성한 그림이 말입니까?」

그는 달러 시세가 얼마나 되는지는 몰랐지만 화를 내며 예술은 전부 속물들이 만들어 낸 사기라는 생각을 하는 것 같았다.

그의 옷차림은 평범했지만 여전히 선원 모자를 쓰고 있었고, 나는 그걸 벗으라고 말하지 못했다. 손님들이 그의 모자를 보고 웃음을 터뜨렸다.

나는 중얼거렸다.

'우리가 이혼하게 된다면 절반은 당신이 그렇게 싫어하는 그 '엉성한 그림' 때문이야! 내가 어떻게 이 사람과 결혼할 생각을 했을까?'

더군다나 그는 우스꽝스러운 바다표범이 조각된 작은 파이프를 피우고 있었다.

나는 다시 생각했다.

'어머, 파이프를 피우는 줄은 몰랐네. 피운다는 말 안 했잖아!'

그는 갑자기 거실 구석으로 와서는 내 뒤에 있는 쿠션 의자에 털썩 주저앉았다. 그러더니 자기 가슴을 부드럽게 내 머리에 갖다 대는 것이었다.

나는 생각했다.

'그래, 이제 기억나지. 바로 이것 때문에 이 사람과 결혼하려고 했던 거야. 바로 이것 때문에.'

하지만 나는 여전히 결혼하는 건 우스운 일이라는 생각이 들었다. 우리 나이에 그냥 함께 살면 될 것을 무슨 결혼이란 말인가!

결혼식이 진행되는 동안 그것 말고도 여러 사건이 있었다. 내 친구들은 나의 이 '배신' 행위에 모두 놀라워했다. 나는 그동안 있었던 일들을 세세하게 들려주려고 했지만 내가 말을 하려고만 하면 모두들 흥미를 잃어버렸다. 꿈이었다.

모두들 꿈에 나오는 인물들답게 꿈꾸는 당사자가 무슨 생각을 하든 전혀 신경 쓰지 않았다. 그 꿈 덕에, 친구가 전화를 걸어왔을 때, 나는 거의 공황 상태였다. 친구는 자신이 지난밤에 너무 이상한 꿈을 꿔서 내게 꼭 그 이야기를 해야겠다고, 들으면 나도 깜짝 놀랄 거라고 말했다. 그러면서 아무 의미도 없는 에피소드와 지루한 묘사만 가득 늘어놓았다. 그러고는 거기에 특별한 관심을 보이며 꿈을 해석하려고 들었다.

「분명히 우리 집이었는데, 전혀 알아볼 수가 없는 거야. 무슨 말인지 알겠니?」

혹은

「글쎄 내가 세상에 너무 당연한 일인 것처럼 공중을 날아다니

이토록 지독한 떨림　211

는 거야. 알겠어? 넌 그때 내가 느낀 행복감을 상상도 못할 거야…….」

아니, 나도 안다. 그래, 충분히 상상이 간다. 우리는 누구나 꿈에서 하늘을 날고 집 밖으로 나가서 모르는 동네를 발견하게 된다. 몇 가지 예외는 있지만 대부분 진절머리 날 정도로 똑같다.

하지만 아무리 별것 아닌 꿈이라도 그 꿈을 꾼 사람의 머리에는 깊이 각인되어 며칠 동안 사라지지 않는 향기를 남긴다. 누군가가 시간과 공간 밖으로 튀어나와 자신에게 인사를 한다. 그날 밤, 고뱅은 나를 팔로 꼭 끌어안았고, 나는 그도 나를 꿈에서 보았을 거란 확신이 들었다.

그에 대한 기억에 마음 한쪽이 아려 오면서 나는 평소보다 더 부드러운 어조로 그에게 편지를 썼다. 그러고는 그 편지를 부친 것을 바로 후회했다.

왜냐하면 이제 나는 그 어느 때보다 더 치열하게 살아야 할 시기였고, 사랑을 나누고픈 욕구 때문에 내게 주어진 기회를 잃고 싶지 않았기 때문이었다. 그냥 '사랑해'라고만 쓸 걸 그랬다는 생각이 들었다. 나는 그 무렵 이미 시드니에게 '사랑해'란 말을 하지 않았다.

그후로 몇 년 동안 나는 내 가마우지를 거의 볼 수 없었다. 그가 다카르에서 비행기를 타고 돌아올 때, 나는 오를리 공항으로 그를

212

맞으러 갈 수 없었다. 그의 선원들이 함께 있었기 때문이었다. 그는 바로 그날 저녁 일행이 로리앙으로 떠날 예정이며 팽폴의 선원들이 란비우에서 그들을 기다리고 있기 때문에 파리에는 이틀도 머물 수 없다고 했다. 그리고 마리 조제에게 통할 만한 거짓말도 없다는 것이었다! 나는 일종의 배신감을 느꼈다. 우리는 그가 떠나기 전에 함께 점심을 먹기로 했다. 하지만 레스토랑에 나타난 사람은 고뱅이 아니라 로즈렉이었다. 그는 선원 모자에, 늘 입고 다니는 앞면은 바둑판무늬, 뒷면은 단색인 점퍼를 입고 있었다. 우리는 몸이 닿을 때마다 어색해졌다.

나는 그에게 내 여행 이야기를 들려줄 때 그가 나폴리와 트리폴리, 에트나와 후지산을 헷갈려하는 것에 적응이 안 되었다. 그는 자랑스럽게 아프리카 사진을 지갑에서 꺼냈다.

「보이지. 이게 내 차야. 트럭 뒤에 가려서 반밖에 안 보이네.」

「저 기중기 사이에 트롤선 뒷부분 보이지?」

「이 사람이 내가 말했던 욥이야. 저 두 사람은 당신이 모르는 사람들이고.」

그리고 비가 오던 날 찍은 다카르 법원 건물의 사진도 보여 주었다.

그리고 우리는 정치 이야기를 조금 나누었다. 그러다가 그의 입에서 결정적인 말들이 튀어나왔다. "그놈들은 모두 사기꾼이야!"

라든가 "병신 같은 놈들……", "그런 버러지들은 나오지 못하게 막아야 해" 등등.

우리의 유일한 대화거리를 벗어나면 그렇게 친밀하던 관계는 금세 시들어 버렸다. 이제 세상 사는 이야기밖에 남은 게 없었다. 그는 이본이 과부가 되었고, 사내아이들 때문에 골치를 썩고 있다고 했다. 둘째 아들이 어리석은 짓을 해서 지금 교도소에 있다는 것이었다. 그의 아이들은 별문제 없이 잘 크고 있고, 첫째와 둘째 녀석은 학위를 받았다고 했다. 그는 이제 더 이상 무슨 이야기를 해야 할지 몰랐다. 나는 로익이 대학 입학을 거부하고 좌파와 환경론자 입장에 서서 비폭력 운동을 하고 있지만 환경을 오염시키지 않고 소비와 낭비 사회를 부추기지 않는 회사에서 일하려다 보니 아직도 일자리를 찾지 못하고 있다는 말을 그에게 할 수 없었다. 나는 로즈렉에게 환경오염의 책임이 우리의 안락한 물질문명 때문이라는 사실을 설명하기 힘들었다.

「옛날에 우리 옆집에 살던 르 플록 있잖아. 아버지가 콩카르노 부두에서 낚시 용품 가게 하던……. 당신도 알지? 그 사람 지난달에 죽었어.」

「그게 우리 모두의 운명이지, 카레딕, 언젠가는…….」

「한 번이라도 좀 다르게 얘기할 수 없어?」

「그게 사실인걸, 조르주. 마음으로야 르 플록이 불쌍하지. 하지만 괴롭진 않아. 여기 남은 사람들에겐. 그게 더 나을지도⋯⋯.」

어느 것 하나 맘에 드는 구석이 없었다.

나는 종종 이렇게 열악한 상황에서 왜 우리가 계속 만나고 있는지 자문해 보았다. 하지만 고뱅은 매번 바다에서 돌아올 때마다 내게 전화를 걸어 항해 중에 있었던 일을 알려 주었다. 그러면 난 어떤 약속이든 취소하고 자유의 몸이 되고 싶어졌다. 마치 그 무미건조한 만남을 넘어서야만 우리가 접촉을 유지할 수 있기라도 한 것처럼⋯⋯. 나는 어떤 미래가 닥칠지도 모른 채 마음속 깊이 우리의 비밀을 간직하고 있었다.

인생의 어느 단계에서는 사랑을 나누는 것이 가장 중요한 일처럼 여겨진다. 하지만 또 다른 순간에는 그보다 지식이나 일, 성공이 더 중요하다고 생각되는 것이다. 내가 시드니와 팔구 년 동안 동거하는 동안 최근의 몇몇 사건을 제외하고 고뱅과의 격정적인 사랑을 잊을 수 있었던 건 시드니와의 온화한 관계가 당시 내 직업을 더 잘 수행할 수 있게 해주었고, 내 새로운 일에 대한 열정이 최우선이었기 때문이었다. 나는 사십 대라는 위험천만한 마젤란 해협을 건널 준비가 되어 있었고, '지금 아니면 안 된다'는 생각이 내 귀에 경종을 울리기 시작했기 때문에 다시 시드니를 일부분 받아들였던 것이다. 스무 살에는 모든 것을 원하고 모든 것을 희망할 수 있다. 서른 살에는 아직도 그것을 가질 수 있을 거라 믿는다. 하지만 희망하는 모든 것을 갖기에 마흔 살은 너무 늦어 버렸다. 그건 우리 자신이 늙어서가 아니다. 정말 늙어 버린 건 희망 자체다. 난 이제 청소년 시절의 꿈이었던 의사도, 소녀 시절의 꿈이었던 이집트 고고학자도, 생물학자도, 민속학자도 될 수 없을 것이다. 그 모든 꿈이 있었기에 난 뜨거웠고, 내 안의 풍경을 풍요롭게 만들 수 있었다. 늙는다는 것은 아주 조금씩 그런 풍경들이 사막화되어 가는 것이다. 나는 어느 역사와 민속학 관련 잡지사에서 제안한 기자직 덕분에 내가 좋아하는 분야를 파헤치고 다닐 기회를 얻게 되었다.

나는 의학과 여성의 역사에 관한 책을 쓸 계획도 세웠다. 그렇게 해서 예전처럼 세 가지 일을 섭렵하며 만족스럽게 지낼 수 있었다. 어쨌든 가장 아름다운 나이는 가장 많은 꿈을 품고 그중 몇 가지 꿈을 여전히 실현시킬 수 있는 나이다.

나는 〈어제와 오늘〉이란 잡지에 쓸 기사 때문에 여행을 다녀야 했다. 그래서 대학교에는 이 년 동안 무급 휴가를 신청했다.

고뱅도 삶에 변화를 겪었다. 삶이라고 할 것까진 아니었고 배속이 바뀌었다. 콩카르노 선단은 세이셸에 기지를 두고 참치잡이 사업을 하기로 했다. 그래서 그는 '라그네스'라는 이름의 거대 선박 공장 중 하나를 관리하는 책임을 맡았다. 처음 육 개월은 실망스러웠다. 나는 고뱅이 보낸 편지에서 그가 행복하지 않다는 것을 알 수 있었다. 다카르는 프랑스의 지점 같은 곳이었다. 브르타뉴 사람들로 가득했고 브르타뉴어를 썼다. 하지만 마에 섬은 공용어가 영어였기 때문에 그는 세상 끝에 고립된 느낌이었다. 그는 '아메리카의 겨울'이 오기 전에 서둘러 돌아오고 싶은 마음을 숨기지 않았다.

프랑스의 봄은 애절하게 아름답다. 가장 치열한 사랑이 꿈틀거리고, 사람들은 새가 되어 삶의 쾌락만을 쫓아 날아오르고 싶어 한다. 그것이 덧없는 행복이라 할지라도……. 그 무렵이 되면 가끔씩 불어오는 산들바람만으로도 스무 살로 돌아갈 수 있었다.

나는 저녁에 오를리 공항까지 고뱅을 배웅했다. 점심을 먹고 나서도 여전히 허기가 가시질 않았다. 내 딱정벌레 차 안에서 그의 다부진 몸과 가장자리에 닿은 큰 무릎, 여전히 마을 전체에서 가장 클 것 같은 손이 내 안의 추억들을 되살려 냈다. 작은 공간 안에서 우리 마음이 둥글게 소용돌이치며, 공기는 억눌린 우리의 욕정을 두껍게 에워쌌다. 고뱅이 내 허벅지 위에 손을 올려놓았을 때 무슨 말이든 하고 싶었지만 나는 적당한 단어를 찾아내지 못했다. 그의 손은 떨렸다.

내가 중얼거렸다.

「그래.」

그 '그래'라는 말에는 많은 의미가 담겨 있었다. '그래, 아직도 당신을 사랑해.' '그래, 너무 늦었어.' '그래, 평생 이렇게 살 수는 없어. 우리 삶은 우스워질 거야, 안 그래?'

그는 관자놀이를 내 볼에 가져다 댔다. 우리는 아무 말 없이 지하 주차장으로 내려갔다. 갑자기 삶이 너무 잔인하게 느껴졌다. 봄도 아무 소용없었다.

지옥 같은 지하 삼 층 주차장 구석에 내 차를 주차하는 동안 그가 불쑥 내 손을 잡았다. 다른 때처럼 갑자기 내 곁을 떠날 수 없다는 듯…….

「내 말 좀 들어 봐. 이런 말은 하고 싶지 않지만 때때로 당신을 다신 볼 수 없을 거란 생각이 들어. 결국 이렇게 다시 보게 되지만……. 내 말 이해해? 그래서 말인데 생각한 게 있어. 정확히 언제 마에 섬으로 떠날지는 모르겠지만 그 직전에 오륙 일 정도는 시간을 낼 수 있을 거야. 배를 새로 칠해야 하니까 그럴 땐 항상 늦어지거든. 당신만 좋으면…… 함께 보낼 수 있어. 시간 되면……. 그리고 아직 그럴 마음이 있다면…….」

그럴 마음이라고? 그의 눈동자 위로 내가 사랑했던 모든 것이 스치고 지나갔다. 불을 켜 놓은 것처럼 희망으로 빛나던 그의 얼굴, 햇빛을 받으면 붉은빛을 내던 숱 많은 눈썹, 내게 끝없는 쾌감을 발견하게 해주던 그의 입술……. 하지만 갑자기 권태감이 나를 엄습해 왔다. 늘 그랬던 것처럼 그 시간들이 끝나고 나면 다시

218

일상으로 돌아오기까지 끝없이 솟아나는 흥분을 억누르고 재 속에 묻어 두려 갖은 애를 써야 하기 때문이었다. 이제 그런 유희를 즐길 나이는 지난 게 아닌가?

고뱅이 내 생각을 읽고 불쑥 말을 꺼냈다.

「당장은 아니라고 말하지 마. 당신이 무슨 말을 할지 아니까. 나도 내게 이 모든 걸 그만 두라고 말하는 사람들에게 백 퍼센트 동감해. 하지만 그건 내 힘으로 어쩔 수 있는 게 아냐.」

그의 거친 손이 부드럽게 내 얼굴을 문지르기 시작했고, 시베리안 허스키 같은 그의 눈은 한없이 촉촉해졌다.

「당신을 보고 있으면 당신이 내 사람이 아니라는 게 안 믿겨. 그러면 안 되는데 자꾸 당신이 내 아내 같다는 생각이 들어. 처음부터 내 아내였다면……」

손 하나 까딱할 수 없을 만큼 감동의 파도가 빛의 속도로, 아니 기억의 속도로 내 몸속을 빠르게 파고들었다. 오를리 공항의 지하 삼 층 주차장 한구석으로 갑자기 봄이 밀려왔다. 나는 봄기운에 조금도 저항할 수가 없었다.

「그럼 이 바보짓을 다시 시작할까? 불행해질 위험을 감수하면서?」

「불행해지는 건 상관없어. 한 번도 행복했던 적이 없는 사람에겐……」

「로즈렉, 이제 사랑 얘기나 하고 있을 시간이 없어. 시계 봤어? 나도 이제 일하러 가야 해.」

나는 알레지아에서 멀지 않은 곳에 재건할 계획인 갈루아 마을을 취재하러 가야 했다. 그러고 보니 베즐레로 고뱅을 데려가 함께 지내면서 일하지 못할 이유가 없었다. 갑자기 그와 나눌 사랑에 대한 생각에 몸이 달아올랐다.

「그럼 한 번만 프랑스에서 만나자. 어쨌든 취재하려면 방을 잡아야 하니까 침대가 하나든 둘이든 상관없고, 식도락 여행과 역사 여행을 함께할 수 있을 거야. 그 밖의 것도…….」

「좋아. 난 특히 그 '그 밖의 것'이 맘에 들어! 하지만 필요하다면 역사 여행도 좋아.」

그는 완전히 흥분해서 날 꼭 끌어안았다. 그는 비좁은 차 안에서 몸을 쭉 뻗어 뒷좌석에 있는 가방을 집어 들고는 어깨를 흔들며 멀어져 갔다. 내 몸에서는 이미 파도가 번져 가고 있었다. 나는 바깥으로 나와 벅찬 가슴으로 격납고와 교차로의 공기를 들이마셨다. 그러면서 이런 강렬한 삶을 버린 채 어떻게 살아가려 했을까 하는 생각을 했다.

* * *

그렇게 해서 몇 주 후, 나는 처음으로 프랑스 땅에서 내 가마우지를 다시 만났다. 하지만 이상하게도 가마우지는 기운이 하나도 없이 기름 범벅이 된 새처럼 날개를 질질 끌고 다녔다. 며칠 동안 날 안을 수 있다는 기쁨도, 그의 불행과 이제 곧 세이셸로 출발해야 하는 불안감을 덮어 주지 못했다.

그는 평소답지 않게 예민한 자신을 변명하려는 듯 내 차에 타며 말했다.

「나흘은 너무 짧아. 안 만나느니만 못한 것 같아. 난 그렇게 서
두르며 사는 방법을 모른다고!」

그가 맨 처음 잘 익은 밀밭 사이 손수레 위에서 웃통을 벗은 모습으로 내 안에 들어온 이후 처음으로 우린 고통과 시간의 장벽을 예민하게 느끼고 있었다. 그의 눈은 더 작아지고, 강렬한 푸른 빛도 퇴색된 것 같았다. 그의 관자놀이 부근에는 곱슬곱슬한 흰 머리 몇 가닥이 눈에 띄었다. 그의 피부는 늘어지기 시작했고, 눈 주위는 불룩해지고, 주름은 깊어져 있었다. 항상 잘생겨 보이기만 하던 그의 얼굴에 처음으로 노화의 징후가 드러난 것이다.

여름이 끝나 가는 어느 날 아침 우리는 내 애마 딱정벌레 차를 타고 파리를 떠났다. 쑥부쟁이와 해바라기, 국화뿐 아니라 봄으로 착각한 듯한 등나무와 장미까지 활짝 피어 있었지만 벌써부터 그 뒤에는 가을이 숨어서 기다리고 있었다. 하지만 땅은 쟁기 날에 가슴이 파헤쳐진 채 누워 있었고, 수확으로 곡식이 다 베어지고

난 자리에 잡초들이 어지럽게 널려 있었다. 부르고뉴의 포도나무들만이 자라날 준비를 하고 있었다.

매년 여름이 끝나 갈 때쯤에 늘 나를 중독시키는 건 겨울의 전조였을까? 아니면 고뱅과의 끝없는 거리 때문이었을까? 내 영역인 북반구로 넘어온 고뱅은 숨조차 제대로 쉬지 못했다. 자신의 영역인 적도 아래에서 그는 어떤 모습일까? 우리가 서로를 끌어당기기 위해 던진 밧줄은 허공 속으로 떨어졌고, 그보다 더 질긴 무언가가 우리 사이에 자리 잡았다. 우리는 하나가 되지 못한 채 삼백 킬로미터를 달려갔다. 나는 그의 삶에서 내 자리를 찾을 수 없었다. 그보다는 내 안에 또 다른 꿈을 그렸던 게 아닐까? 고뱅도 편해 보이지 않았다. 나는 그가 자동차 안에 오랫동안 앉아 있지 못한다는 걸 알았다. 그는 우리에 갇힌 곰처럼 계속해서 목을 좌우로 움직이고 엉덩이를 들썩거리며 다리를 꼬았다 풀었다 하면서 어느 쪽을 위로 올려놓을지 몰라 했다. 그렇게 참지 못하는 모습을 보니 아들 생각이 났다. "엄마, 아직 멀었어요? 엄마, 언제 도착해요?" 하지만 그의 크고 두꺼운 손은 무슨 약속이라도 한 것처럼 내 오른쪽 허벅지 위에 올려져 있었다. 물론 고뱅은 항상 약속을 지켰다. 하지만 우리는 두 번째 만남에서부터 일상과는 거리가 먼 여행을 해왔기 때문에 그사이에서 중립을 이끌어내지 못했다. 그는 거의 매번 사랑을 갈구하는 자신에게 지쳐 있었고, 약간의 애정의 손길만 닿아도 금세 눈물을 쏟을 것 같았다. 그는 이제 축제 때처럼, 안절부절못하며 하던 열정적인 섹스가 아니라 물에 빠진 사람처럼 복수를 하듯, 잔뜩 취한 상태에서 하는 섹스밖에 할 수 없었다. 그는 자신을 졸라 오는 무언가에서 벗어나려 애쓰면서 일종의 분노를 동반한 혼란을 끄집어내려고 했다. '우울'이란 단어는 그의 사전에는 들어 있지 않았다. 그의 인생에서도 마찬가지였다. '의기소침'이란 말도 가소롭게 여겼다. '실존의 불안'이란 표현도 할 수 없었다.

모리타나나 코트디부아르에서보다 일이 훨씬 더 고됐고, 항구로 올라와 있는 짧은 시간도 그다지 즐겁지 않았다. 그나마 아프리카에서는 친구들이 많았지만 그곳은 달랐다. 게다가 삼십 일 동안 계속 바다에서만 지냈으니 그럴 만도 했다.

그는 살면서 처음으로 확신을 갖게 되었다. 하지만 그 확신은 그를 더 피곤하게 만들었다. 그래도 그는 그런 확신 없이는 살 수 없었고, 그걸 바꿀 수도 없었다. 그는 우리가 그 지방에서 맛있기로 소문난 음식점에서 부르고뉴의 달팽이 요리나 야생 버섯 스튜를 먹을 때에도 자신의 문제에 고집스럽게 집착했다. 밤에 사랑을 나눈 후에도 잠을 이루지 못했다.

나는 그의 오만을 발견했다. 그는 자신의 직업에서 더 이상 존경받지 못하는 것을 참을 수 없어 했던 것이다. 그에게 멸종되어

가는 '야크'를 구하기 위해 목숨을 바치라고 요구할 수는 있을지 언정 그가 하는 일에 문제를 제기해서는 안 되었다.

「세이셸 사람들은 우리가 애쓰는 모습을 보면서 비웃지. 그들은 그렇게 멀리서 수십억 하는 배를 끌고 와서는 매일 똑같은 일을 하는 게 멍청이 짓이라고 말해. 자기네들은 언제든 원할 때 마음껏 먹을 수 있는데, 힘들게 잡은 참치를 상자에 넣어 모두 프랑스로 보내니 말이야. 우리 참치잡이 어선이 얼마나 하는 줄 알아?」

아니, 난 그게 얼만지 몰라. 알고 싶지도 않고. 오늘은 우리 첫날밤이야. 난 자고 싶고, 키스하고 싶고, 침대에서 음탕한 말들을 나누고 싶어. 냉동고를 갖춘 참치 어선이 얼마인지 알고 싶지 않다고!

「몰라? 엄청나다니까!」

그는 아무 느낌 없이 수십억이라고 말했다. 내 계산 범위를 넘어서는 수치였다.

「이제 알겠지? 그래서 선주들은 걱정이 끊일 날이 없어. 선주들을 정말 지치게 하는 건 일이 아니라 걱정이야. 게다가 전자 장비와 복잡한 기계들은 어떻고. 당신은 그 가격을 상상도 못할 걸. 부서지거나 고장이라도 나면 큰일이지. 한 번 고장 날 때마다 엄청난 돈이 들거든. 선원들도 마찬가지야. 일손이 늘 부족

하니까. 게다가 그 멍청한 나라에서는 아무것도 고칠 수가 없어. 아무도 신경을 안 쓰고 일하는 방법도 몰라. 도무지 경쟁의식도 없고, 다들 머리가 돈 것 같아!」

「그러다 당신들 머리가 도는 거 아냐?」

「그럴지도 모르지. 하지만 다른 방법을 못 찾겠어. 정말 모든 게 귀찮아. 내가 원한다 해도 직업을 바꿀 수는 없어. 다른 건 할 줄 모르니까.」

나는 그에게 그가 하는 일과 일하는 방식을 모두 좋아한다고 말해 주었다. 그러고는 남자의 힘겨운 삶을 이해하지 못한 채 애무받기만 바라는 《베카신(Bécassine)》의 주인공처럼 행동했다. 보통 때 그는 그런 종류의 행동에 기력을 회복하곤 했다. 아니면 그런 종류의 여자로부터였을까? 그에게는 하찮은 짓거리가 필요했다. 솔랑주 당딜로와 프로카는 결국 사랑을 나눴다.

내 젊은 시절을 모욕하려는 것은 아니지만 나는 내가 사랑하는 사람으로부터 문 앞에서 버림받은 앙드레 에크보 같다고 생각했다. 연작 소설 《젊은 처녀들(Les jeunes filles)》*에서 몽테를랑은 주인공 여자들을 아름다움도, 지성도 어둠 속에 던져 버린 채 신성한 페니스만 갈구하는 존재로 묘사했다.

나는 고뱅 옆에서 두 가지 역할을 모두 연기할 수 있었다. 하지만 그가 바다를 잊게 하려고 살랑거리고 재잘거리던 나는 솔랑주였다.

고뱅은 섹스는 그저 막간 휴식에 불과하다는 듯, 하던 이야기를 이어서 했다.

「정말 최악인 건 그게 고기 잡는 일과는 아무 관계도 없다는 거야. 완전히 다른 직업인 거지. 지금 당신 눈앞에 물고기가 있다고 생각해 봐. 서둘러 잡고, 바로 내장을 꺼내서 또 바로 냉동시키는 거야. 공장과 다를 바가 없어. 참치를 잡자마자 바로 상자에 넣어서는……」

솔랑주 당딜로는 이제 참치 이야기라면 지긋지긋했다. 그 더러운 물고기가 그들의 차에 올라 식사할 때도, 여행할 때도 따라다녔고, 이젠 침대에까지 올라온 것이다! 그가 도무지 잠잘 생각을 안 했기 때문에 이제 로즈렉의 품에 안겨 이런저런 대꾸를 해주는 수밖에 없었다. 하지만 도대체 무슨 질문을 할 수 있단 말인가? 나는 안락한 생활이나 건강에 관한 내 기준이 그의 삶에도 적

---

* 프랑스의 소설가 몽테를랑의 사부작 소설 ≪젊은 처녀들≫(1936), ≪여성에의 연민≫(1936), ≪선량한 악마≫(1937), ≪나병을 앓는 여인들≫(1939) 가운데 첫 번째 소설이다. 자기중심주의자인 작가와 그를 둘러싼 수명의 여성과의 관계를 그린 것으로서 여성의 타고난 결점이나 약점을 익살맞은 필치로 그렸다. 그동안의 프랑스 소설에서는 쉽게 찾아볼 수 없는 대담한 테마를 과감하게 제시했기 때문에 발표 당시 여성들뿐 아니라 남성들에게도 비난 여론이 높아 일대 선풍을 일으켰다. ― 옮긴이

용될 수 있을 거라고 고집스럽게 믿어 왔다. 하지만 침대나 책장 같은 아주 일상적인 물건도 배에서는 더 이상 침대나 책장이 아니었다. 바다라는 끔찍한 기준은 모든 걸 왜곡시켜 버렸다.

「처음에는 아일랜드에서 트롤망으로 고기 잡는 이야기를 하면서 '감옥 같다'고 그랬잖아. 그래도 열대 지방에선 그보다 덜 힘든 거 아냐? 이제 관처럼 좁은 간이침대에서 자지 않아도 되고. 샤워 시설도 있고.」

「거긴 감옥보다 더해.」

그는 자세한 말은 하지 않았지만 과중한 작업 때문에 기운이 빠지는 모양이었다. 그는 그냥 푸념하듯 말하는 것으로 만족했다.

「그곳 생활을 제대로 설명할 사람은 아무도 없을 거야.」

난 그 틈에 닻줄을 풀어 버리려고 했다. 하지만 고뱅은 거기서 그치지 않았다. 그는 머리 뒤로 팔을 두르고, 먼 곳을 응시하면서 자신만의 독백을 이어 갔다. 그러면서도 마음은 다른 곳을 헤매고 있지만 몸은 나와 함께 있다는 것을 보여 주려는 듯 허벅다리를 내 다리 사이에 끼워 넣고 있었다.

「지금은 너무 할 얘기가 없어. 하지만 내가 거북스러운 건 그 때문이 아냐. 그래도 난 선원이었어. 지금은 낚시질을 해도 내가 잡는 건 물고기가 아냐. 은행 수표지. 이제 명령을 내리는 건 선장이 아니라 기계야. 난 꼭 노동자가 된 기분이라고!」

「하지만 바다 한가운데서 바람과 파도를 맞으며 일하는 노동자 잖아.」

「파도? 당신이 그 소리를 못 들어 봐서 그래!」

고뱅이 웃고 나서 다시 말했다.

「당신에게 배 타는 걸 보여 주고 싶어. 일주일이면 되는데! 스물네 시간 모터 돌아가는 소리에, 참치를 쌓아 놓는 냉동 창고를 가동하는 소리하며! 바깥 온도는 40°나 되는데 소금물로 계속 얼음을 만들어 내야 하거든! 또 그 위에는 선박 엔진이 돌아가고 있지. 이천 기통이나 된다니까! 소란도 그런 소란이 없어. 그러다 보면 내가 어디에 있는지조차 잊어버리게 돼. 더 끔찍한 건 기계실 온도는 45°나 되는데 냉동 창고 벽에는 서리가 끼어 있다는 거야. 그러다가 항구로 돌아오면 또 에어컨 모터 돌아가는 소리에, 이천 킬로그램 되는 참치 상자를 선창에서 꺼내는 기중기 모터 소리까지 나지. 난 상자를 직접 만지면서 물고기를 갈고리로 찍어 넣는 작업이 더 익숙해. 기계로 하는 일은 별로 맘에 안 들어. 그런 조건에서 일하다 보면 미치지 않고는 못 배길걸. 어쨌든 난 이제 나이가 너무 많아. 게다가 거긴 이제 참치가 많이 잡히지도 않고……. 뭐, 상관없어. 곧 은퇴할 거니까.」

나는 그만 잠들기를 포기하고 다시 불을 켰다. 밤공기가 부드러웠다. 우리는 조용한 언덕 위, 베즐레의 복잡하게 얽힌 지붕들 쪽으로 난 작은 방 창문에 기대어 섰다. 그 고요한 풍경이 고뱅의 눈 아래 조용히 펼쳐졌다. 이 평화로운 시골 마을을 보며 고뱅은 때때로 폭풍우가 몰아치던 밤들을 떠올리는 것 같았다. 그는 재킷 주머니에서 담배를 꺼냈다. 처음 보는 모습이었다.

그가 물었다.

「피워도 돼?」

「불행해?」

「그런 건 아니고.」

그날 저녁 그에게 필요한 건 섹스가 아니라 그의 말을 주의 깊게 들어주는 귀였다.

그다음 날, 고뱅은 어느 정도 짐을 벗어 놓은 것 같았다. 우리는 점심에 잔디밭에서 빵과 소시지, 치즈, 과일을 먹었다. 나는 그의 표현대로 '오래된 돌들'이 있는 곳으로 그를 데리고 다녔다. 우리가 함께 프랑스를 여행한 건 그때가 처음이었다. 시기만 잘 맞았다면 고뱅도 좋아했을 것이다. 나는 그의 관심을 끌어 보려고 내 직업과 관련된 모든 수단을 동원했다.

서로의 존재에 대해 안도감을 느끼면서 육지만 보이는 풍경을 따라 오랫동안 걷다 보니 내 바닷새의 영혼도 조금씩 안정을 되찾았다. 그의 얼굴은 어릴 적 모습을 되찾았지만 눈빛만은 예전만큼 푸르러 보이지 않았다. 그의 눈 속에 담긴 바닷물은 땅에서는 색이 바래져 버렸다. 그의 두 눈이 바다의 푸른빛을 머금었을 때 그는 가장 활력이 넘쳤다.

사흘째 되던 날 밤, 다음 날이면 우리는 또다시 헤어져야만 했다. 부재의 시간이 서서히 다가오고 있었다. 고뱅은 앞으로 닥칠 몇 달을 생각하니 갑자기 마술이 풀린 것 같은 기분이 들었다. 완전히 헤어질 수도 그렇다고 같이 살 수도 없는 우리 사랑의 운명 앞에서 갑자기 무슨 생각이 떠오른 것 같았다.

먹고 나면 훨씬 더 지적인 사람이 되어 있을 것 같은 아주 훌륭한 식사를 마치고 나자 그가 말했다.

「물어볼 게 있어. 한 번 더 마에 섬으로 오지 않을래? 계절풍 불기 전까지 약간 시간이 있을 것 같아. 너무 멀긴 하지만……」

그는 한숨을 내쉬고 나서 다시 말을 이었다.

「거기서 당신 생각을 정말 많이 했어. 당신이 어땠었는지, 우리가 함께 뭘 했었는지……. 당신이 없는 섬은 그때와 같은 섬이 아니더라. 당신이 와주면 다음 주에 정말 편안한 마음으로 떠날 수 있을 것 같아.」

「세이셸에서 보낸 날들은 내게도 최고의 추억이야. 하지만 난……」

내가 거절할 틈도 없이 고뱅이 재빨리 말했다.

「이제 당신에게 그런 거 물어보기도 지겨워. 나도 알아. 경비가 너무 비싸다는 거. 하지만 칠월부턴 국제공항이 생겨서 가기도 훨씬 쉬워졌어. 그리고 코낭의 집에서 지낼 수 있을 거야. 그 친구 기억나지? 이번에는 돈을 쓰지 않아도 돼. 내가 초대하는 거야. 하지만 여행을 해야 하니까. 당신이 오면……. 그거 알아? 우리 이십 주년인 거? '라그네스' 함선 위에서라면 그다지 멀리 온 느낌이 들지도 않을 거야!」

샤프롱이 말했다.

「이십 년이나 된 사람들이 섹스를 하러 만 오천 킬로미터를 날아간다고? 다이아몬드 몇 캐럿 값은 나갈걸.」

그렇다. 그곳에 한번 가려면 금방 계산이 안 될 만큼 돈이 많이 들었다. 내가 생각에 잠겨 있을 때 고뱅이 그의 손을 내 손에 얹었다. 그는 그 커다란 손을 어디에 두어야 할지 몰랐다. 그 손은 늘 그의 뱃전에 아니면 내 위에 올려져 있었으니까.

「그래, 정말 복잡한 문제네. 스물네 시간을 비행기 타고 날아가야 하니까. 하지만 내 책이 잘되면 출판사에서 가불을 해서 어떻게 해볼 수 있을 거야. 여름 동안은 로익이 자기 아버지와 휴가를 떠날 테니까 난 완전히 자유야. 잘 들어. 비용은 당신한테 청구할 거야. 장부도 만들어서 들이댈…….」

고뱅은 내가 망설인다는 걸 알아차리고 말했다.

「와줘. 제발.」

그 짧은 한마디가 날 뒤흔들었다. 그는 내게 모든 걸 주면서도, 아무것도 요구한 적이 없었다. 그는 내가 즉시 '그래' 하고 대답하기만 바라고 있었다. 웬만해선 잘 볼 수 없는 그의 우울한 모습에 나는 가슴이 아렸다. 내가 고뱅을 계속 사랑할 수 있는 건 그의 순수한 마음 때문이라는 생각이 들었다. 진실한 사랑만이 모든 장벽을 뛰어넘을 수 있다. 교양 있고, 점잖고, 시간이 자유롭고, 파리에 살면서 돈도 많고, 똑똑한 남자와 사랑하기는 훨씬 쉬웠을 것이다.

내가 그를 만나러 가겠다고 약속하자 우리 사이에 다시 따뜻한 바람이 불었다. 우리는 부부처럼 자동차를 타고 파리로 돌아갔다. 그리고 우리는 각자 다른 삶 속으로 들어가야 했다. 그것이 그의 미래였다.

그가 약속했다.

「정말 멋진 기념일이 되도록 해줄게. 그곳 사람들이 잘 하는 게 그거니까. 괜찮으면 내 부선장인 윤도 데려갈게. 그 사람이 그 섬의 좋은 곳을 잘 알거든. 우리 이야기도 했어. 그 친구도 로리앙에 여자 친구가 있어. 오래전부터 사랑한 여잔데, 아내가 정신 병원에 있어서 이혼을 못하고 있대.」

나는 그 순간 로즈렉이 홀아비가 된다면 내가 어떻게 할지 생각해 보았다. 배신당한 아내들은 자신이 얼마나 다른 사람의 사랑에 큰 영향을 미치는지 모른다. 어떤 남편들에게는 그럴듯한 알리바이가 되기도 하고, 또 다른 남편들에게는 보호대 같은 역할을 하며 절망에 빠질 뻔한 진실을 시기적절하게 건져 내는 역할도 한다. 내가 고뱅에게 두 번째 상처를 주지 않고 그를 사랑할 수 있었던 것도 마리 조제 덕분이었다. 그녀가 가진 것과 그녀가 갖지 못한 것 때문에…….

세상과 격리된 비좁은 자동차 안에서 우리 몸은 하나로 뒤엉켰다. 움직이는 건 우리가 아니라 주변의 풍경 같았다. 여느 때처럼 우리는 헤어지기 전에 사랑을 확인하고 싶어 했다. 심지어는 쾌감이 극에 달한 순간에도 우리는 서로의 얼굴에서 눈을 떼지 않았다.

「참, 라그네스 섬 위에 있던 오두막 무너진 거 봤어? 이제 그 안으로 들어갈 수 없어. 그 오두막이 없었다면 지금 우리가 함께 있지 않을지도 모르는데!」

고뱅이 또다시 운명과 우연을 언급하며 말했다.

「내 생각엔 그건 미리 정해져 있었던 거야. 오두막이 없었더라도 우린 거기서 벗어날 수 없었을걸.」

사랑에 빠진 사람들은 누구나 아이 같다. 늘 같은 이야기를 하면서도 지루해하지 않는다. '한 소년과 한 소녀가 섬으로 숨어들어 갔지.' 우리는 꿈만 같았던 1948년의 어느 날 밤 이야기를 다시 꺼냈다. 우리에게 끝나지 않을 비밀을 만들어 준 그때의 이야기를……. 나는 그에게 옆집 살던 관광객 소녀에 대한 그의 애증을 자꾸만 다시 묘사하도록 부추겼고, 그는 내게 시골뜨기 소년이 어디가 그렇게 마음에 들었는지 되물었다. 그는 파리에서 내가 미국 영화에서처럼 반짝이는 크리스털 샹들리에 아래 포마드를 바른 총각들의 팔에 안겨 드레스를 입고 왈츠를 추는 모습을 상상했다고 했다. 나는 고뱅에게 모로코 이불 위에서 오두막집과 해변 냄새를 떠올리며 근시에 여드름투성이였던 수학과 학생과 섹스를 하고 있었다고 고백할 수가 없었다.

라디오에서 〈프랑스 샹송 삼십 년〉이란 프로그램이 방송되고 있었다. 고뱅은 노래를 다 따라 불렀다. 선원들은 일하면서 라디오를 많이 듣기 때문에 그는 가사를 거의 다 알고 있었다. 하지만 이본의 결혼식 날, 사랑의 묘약처럼 내 온몸에 퍼졌던 그의 낮은 목소리마저도 이제 예전 같지 않았다.

팔 개월 후에 빅토리아 섬에서, 카레딕?

발딱 서!

시드니와 나는 힘겨운 겨울을 보냈다. 그의 소설은 완전히 실패했다. 하지만 정말 힘든 건 저주받은 작가를 추켜세우고, 성공하지 못한 사람을 존중해 주는 일이었다. 또 한 가지 힘든 일은 대중에게 무관심한 척하고, 반응 없는 언론에 적응하는 것이었다. 시드니에겐 무엇보다 강한 정신력과 대중에 대한 무관심이 필요했다.

반면 특별 역사 총서에 포함된 내 두 권의 저서는 예상치 않게 성공을 거두었고, 우리 관계는 미묘하게 변했다. 시드니는 내 작업을 여전히 '밥벌이용'으로 여겼지만 나는 시드니가 대중의 관심에서 멀어질수록 그에게 더 많은 관심을 쏟았다. 이제 쉰 살이 넘은 시드니는 밤에서조차 품격을 찾으려 하는 나이가 된 것이다!

그해 나는 고뱅 생각을 자주 했다. 항구에서 뱃머리에 서 있는 파란색 선원 모자가 보일 때, 콩카르노 거리에서 브르타뉴 억양이 들려올 때, 로즈렉 부인의 집에 찾아가 선원이나 교사가 되어 멀리 사는 자식들 때문에 버려진 농장을 볼 때, 내 자전거 타이어에 구멍을 뚫고 나를 조르주 산체스라고 불렀던 어린 소년에 대한 애정이 내 안에서 솟구쳐 올랐다. 나는 죄수와 결혼해 늙기만 기다리는 아내 같았다.

밤이면 시드니 곁에서 다른 남자를 떠올렸다. 지겨운 섹스보다는 엄청난 쾌감을 자주 상상했다. 이제 다시 두 육체가 만날 때가 된 것이다.

나는 여행 계획을 세우느라 바빴다. 나이 탓이었을까? 세이셸로 떠날 필요를 느꼈다. 고뱅을 보고 싶기도 했고 애정이 가득 담긴 눈빛을 받고 싶기도 했다. 내 피부는 그의 촉촉한 눈빛을 받지 못해 쭈글쭈글해져 갔다. 나는, 끝없는 전투를 벌였지만 세월의 흐름 앞에 조금씩 무릎 꿇고 자신의 영역을 포기하고 좋아하는 활동을 포기하면서도 자신의 패배를 인정하고 싶지 않아서 관심 없는 체했던 엄마의 모습을 내게서 보고 있었다. 이제 포기한 영역은 더 이상 돌이킬 수 없는 나이가 된 것이다. 엄마는 내가 늘 바라 왔던 인생의 맛을 잃지 않고 살아가도록 충고했다.

「네가 그 '브르타뉴 친구'를 포기했을 때 잃게 될 것에 대해 생각해 봐. — 엄마는 그를 그렇게 부드럽게 불렀다. — 열정은 다른 것과 바꿀 수 없는 거야. 지식이 육체를 풍요롭게 해주진 않아……」

엄마는 슬픈 표정으로 결론짓듯 말씀하셨다.

「여자들에겐 두 종류의 연극이 필요해.」

사실 엄마는 시드니를 그렇게 좋아한 적이 없었다.

나는 셋째 주에 프랑수아와 뤼스를 세이셸로 초대하기로 했다. 뤼스의 건강만 허락된다면 우리는 함께 프랑스로 갈 예정이었다. 내가 세이셸 섬이 얼마나 아름다운지 하도 자랑을 늘어놓는 바람에 프랑수와 부부는 늘 그곳에 갈 기회를 기다려 왔다. 하지만 뤼스는 수술을 받은 지 얼마 되지 않았고, 지금은 항암 치료를 받고 있었다. 용기와 긍정적인 사고 덕분에 그녀는 일시적으로 차도를 보여, 우리는 정말로 병이 완쾌된 것은 아닌가 생각할 정도였다.

* * *

마에 섬에 도착했을 때, 세이셸은 기념일 축제로 들썩이고 있었다. 우리도 세이셸의 첫 독립 기념일을 이용해 우리만의 기념일을 즐겼다. 우리는 기념할 일이 너무 많아 갑자기 노부부가 되어 버린 느낌이었다.

「내가 지네한테 물린 일 기억나?」

「프라슬린에서 만난 그 두 부부와 바다코코넛 기억나?」

'그거 기억나?'란 말로 의구심을 잠재우며 서로의 마음을 확인하려 들면서…….

우리는 야자수가 심어진 길과 나이트클럽, 레스토랑을 전부 돌아다니면서 춤추고 첫날밤을 보냈다.

영국의 흔적은, 공식적으로는 사라졌지만 아직도 세이셸 곳곳에 남아 있었다. 자정에는 연주자들이 〈신께서 여왕을 지켜 주시네(God save the Queen)〉를 연주하던 것과 마찬가지로 경건하게 새로운 국가를 연주했다.

벌떡 일어나, 용감한 세이셸

모두에게 평등을

언제나 자유를!

프랑스도 혁명을 겪고 혁명의 대 원칙을 알리는 행렬이 지나다니던 시기에 이곳과 비슷한 모습이었다.

나는 내가 직접 개작한 찬가를 고뱅에게 불러 주었다.

「발딱 서, 용감한 콩카르노.」

우리는 그날 밤, 세이셸의 국가에 외설적인 노랫말을 붙이며 놀았다.

우리의 축제는 새벽녘, 미지근한 바닷속에서 끝이 났다. 하지만 이번에는 둘 다 소심하게 행동하지 않았다. 스무 살 때처럼 주어진 기회를 포기하는 사치를 부릴 수는 없었다.

내리는 비를 맞으며 보낸 밤을 뭐라고 묘사할 수 있을까?

샤프롱이 말했다.

「아! 그만 좀 해. 세이셸은 벌써 많이 써먹었잖아. 지겹다 지겨워! 섹스는 더 이상 흥분되지 않으면 이미 지루해진 거야. 그 중간은 없어.」

셋째 날, 고뱅은 왼쪽 눈을 조금 다쳤다. 그는 아파하지 않았지만 나는 그를 쳐다볼 때마다 상대방의 상태야 어떻든 상관하지 않고 잠자리를 하고 나서 피를 빨아먹는 흡혈귀가 된 기분이었다. 그래도 어쨌든 나는 계속했다. 나는 항상 시동이 걸려 있는 것 같았다. 모터가 멈춰도 꺼지는 법이 없었다. 초록색 손길이 식물을 자극하듯 고뱅의 푸른 손은 늘 내 몸을 흥분시키고 계속 새로운 성감대를 발굴해 냈다. 때로는 딱 한 번 쾌감이 느껴졌다가 그 뒤로는 전혀 찾아오지 않는 곳도 있었고, 숨어 있거나, 혹은 오선지의 줄처럼 늘 같은 음악을 연주해 주는 익숙한 곳도 있었다. 고뱅은 그 경계를 자세히 설명할 수 없냐고 물었다. 나는 이미 충분히 쾌감을 느끼고 난 뒤라 이제 엘렌 프라이스식 오르가슴에 대해 이야기하는 게 좋겠다고 생각했다.

고뱅이 말했다.

「당신은 좋아하는 걸 다 말하지 않았어. 아직 내게 해달라고 말하지 못한 곳도 있지?」

「거의 없어. 안심해. 난 '거의 없다'는 말이 좋아. 그렇지 않다면……. 당신이 곧 나란 얘기잖아! 어휴, 끔찍해!」

「하지만 난 당신이 제일 좋아하는 게 뭔지 정확히 모르겠어. 그래서 걱정돼. 내 생각엔…….」

「생각하지 말고 나한테 물어. 섹스는 사람들이 말하는 것처럼 그렇게 성기로만 하는 게 아냐. 당신만큼 해주는 사람은 없어. 물론 오르가슴은 느낄 수 있지만, 거기에 특별한 의미는 없어.」

나는 어렵게 그 단어를 꺼냈다. 하지만 우리는 어둠 속에 있었고, 고뱅은 거기에 대해 이의를 제기하지 않았다. 그는 대단하지 않은 일에 겁먹지 않았고, 나도 이 남자와 함께라면 더 이상 아무것도 두려울 게 없었다. 나는 그 앞에서라면 혼자 있을 때처럼 노래하고 춤추며 어떤 환상도 품을 수 있었다. 나는 일상으로 돌아가면 조심스럽게 감추고 다녀야 할 부위도 당당하게 드러내 보였다. 게다가 도시에서 살 때만 해도 걸치고 다닐 엄두조차 내지 못했던, '날 따먹어 주세요!'하고 말하는 것 같은 새틴 블라우스도 입고 다녔다. 정말, 내가 얼마나 비난하고 경멸하던 것들인데!

심지어 나는 그의 아내처럼 행동하며 처음으로 고뱅의 배까지 따라가 그의 선실에 들어가고, 그가 자는 곳, 내 사진과 편지를 숨겨 둔 곳도 구경했다. 라그네스 호가 출항할 때는 부둣가에 서서 손을 흔들다가 그 모습이 점점 작아지고, 항구에 모여 있던 사람들이 하나 둘 집으로 돌아갈 때면 부두를 따라 달리기도 했다. 그리고 남편을 바다로 내보내는 모든 아내들처럼 눈물을 글썽였다.

다행히 프랑수아와 뤼스가 전날 섬에 도착해 우리는 항구 근처에서 넷이 함께 마지막 밤을 보냈다. 고뱅은 그들과 있는 것이 편한 것 같았다. 나는 두 사람이 고뱅을 '미개인' 취급하지 않고, 그냥 우리와는 다른 경험을 가진 사람으로 봐주어서 고마웠다. 나는 그동안 몇몇 친구들에게 로즈렉을 소개했지만 그들은 모두 로즈렉이 말을 할 때면 에스키모인이나 터키인이 이야기하는 것처럼 들었다. 특히 바다 이야기라도 할 때는 억지로 웃음을 참는 모습이 역력했다. 그의 억양이 우스운 데다 행동도 촌스러워 파리인들에게는 놀림감이 될 지경이었다. 게다가 지금은 피에르 로티(《로티의 결혼》 등으로 알려진 프랑스의 시인 겸 소설가로, 터키와 터키 여인을 사랑했다고 한다 — 옮긴이)의 시대도 아니다.

반면에 프랑수아는 지방색보다는 영혼의 가치를 중요시했다. 그날 저녁 우리 넷은 친구가 된 기분이었고, 고뱅은 이제 '농장에서 나온 이상한 놈' 취급을 받지 않아도 되었다.

우리는 코낭의 집으로 편지를 주고받기로 했다. 그를 통해서 편지를 부치거나 받으려면 몇 주가 더 걸리겠지만 그래도 할 수 없었다. 바다는 그에게서 서로를 위로하고 소식을 전하는 그 평범한 즐거움마저도, 전화로 사랑하는 사람의 목소리를 들을 수 있는 즐거움마저도, 세상 모든 사람들이, 심지어 죄수들조차 누릴 수 있는 그 즐거움마저도 앗아 가 버렸다.

그는 첫 편지에서부터 마에 섬에서는 내게 말하지 못했다며 이제 세이셸에서 참치잡이를 하지 않게 되었다고 고백했다. 그는 남아프리카에서 알 수 없는 계획을 실행할 예정이었다. 그는 그곳을 활용할 시간이 '삼사 년밖에' 남아 있지 않다고 했다. 말도 안 되는 일이었다!

이 사람들은 주당 사십 시간 근로 시간도, 휴일도, 월차 휴가도 알지 못했다. 그들에게 시간이란 우리가 생각하는 의미와 전혀 달랐다. 삼 년이란 시간은 내겐 세상의 끝이었다. 고뱅이 가족과 일 때문에 사랑을 망명 보내고 추방시켜 버렸다는 생각에 나는 기운이 쭉 빠져 버렸다. 게다가 내 머릿속에는 중요한 계획들이 자리 잡고 있었다. 프랑수아의 제안으로 의학과 여성의 역사를 집필하기로 했고, 이제 구체적인 틀이 잡힌 상태였다. 산부인과 의사인 프랑수아는 나를 지지하는 소중한 존재였다. 내 생활은 내게 아주 잘 맞았다. 나는 내가 번 돈을 내 마음대로 쓸 수 있었고, 친구를 만나고, 여행하고, 내가 원하는 아파트에서 살 수 있었다. 그런데 이제 나와 로즈렉 사이에 깊은 바다가 자리 잡았다. 그는 그렇게 힘들여 번 돈을 늙어서야 쓸 수 있을 것이고, 아름다운 집에서는 거의 살아 보지도 못하고, 그러다가 정말로 땅에서 사는 법을 잊어버릴 나이가 되어서야 돌아올 것이었다.

한 달에 한 번씩 편지를 주고받긴 했지만 그렇게 몇 달을 지내고 나니 고뱅의 모습은 저 멀리 수평선까지 멀어져 있었다. 나는 정말로 그에게서 벗어나려고 했다. 하지만 마음은 그를 변함없이 사랑하고 있었다. 시간이 흐르면서 정말로 내가 벗어난 사람은 시드니였다! 이미 그의 소지품은 쓰레기통에 갖다 버린 물건들처럼 나와는 아무 상관없는 것들이 되었다. 나는 고약하게도 두 남자를 비교하기 시작했다. 그러면서 시드니는 내 몸을 특별하게 여기지도 않고, 나를 다른 여자와 대체할 수 없는 존재로 여기지도 않는다는 사실을 깨달았다. 게다가 그놈의 이성! 나는 이제 이성적인 감정만으로는 살 수 없게 되었다.

미국에서 보낸 처음 몇 년 동안 나는 전위적 지식인의 연애 습관을 공유하는 게 즐겁다고 느꼈었다. 나는 사랑에도 전위적인 것이 존재한다고 생각했다. 엘렌 프라이스와 알렌 그리고 치료사나 섹스 치료사, 애널리스트, 섹스 애널리스트인 우리 친구들은 사랑과 쾌감에 대해 훌륭한 논평을 했지만 실제로 섹스를 하는

데 도움을 주지는 못했다. 알렌은 엘렌의 책이 성공한 이후, 매춘부들과 할 때를 빼고는 성 기능을 발휘할 수 없게 되었다. 그건 방탕한 아내에 대한 그 나름의 복수였다. 반면에 시드니는 다시 열정적으로 박차를 가하기 시작했다. 전에는 나도 그런 도락가의 자유로운 삶을 동경했지만 이제는 우아한 사람이라기보다는 어딘가 불구로밖에 보이지 않았다.

나는 공동생활을 할 때 과연 어디까지를 시각의 문제로 볼 수 있는지 따져 보았다. 같은 행동을 해도 함께 살 사람인지, 아니면 떠날 사람인지에 따라 화를 낼 수도 있고, 너그럽게 받아들일 수도 있기 때문이었다. 나는 이제 시드니의 행동 하나하나에 머리털이 곤두섰다.

여러 다른 이유 때문에 그는 이제 나와 결혼하고 싶어 했지만 나는 그럴 마음이 조금도 없었다. 이제 와서 내 나이에 미국인의 이름을 달고 살아야 하다니! 게다가 결혼이란 이름에 팔려 앞으로 몇 년을 더 늙어 가면서 그에게 헌신해야 한다고 생각하면 나도 모르게 거친 콧방귀가 새어 나왔다. 하지만 시드니는 그 어느 때보다도 부드럽고 친절한 사람이 되었다. 그동안 살면서 그는 나에게 보조를 맞춘 적이 거의 없었다.

그의 사소한 행동에서 매정한 면을 가끔 발견하는 것만으로도 나는 모든 게 끝났다는 사실을 깨달을 수 있었다. 언젠가 섹스를 나누고 나서 시드니가 내 눈을 보며 이렇게 말한 적이 있었다. "오늘따라 당신 눈빛이 정말 부드러워!" 사실 나는 섹스하는 내내 전날 쇼윈도에서 본 신발을 살걸 그랬다는 생각을 하고 있었다. 그리고 이 침대를 떠나자마자 당장 그 신발을 사러 가야겠다고 결심했던 차였다.

그렇게 일 년 만에 나는 두 남자와 다소 거리를 두게 되었다. 미국으로 돌아가야 했던 시드니와는 완전히 헤어졌고, 고뱅은 아직 내 마음에 남아 있었다. 우리 사이에 서로의 존재가 진짜 빈자리로 남았던 적은 한 번도 없었기 때문이었다. 하지만 나는 불가능한 꿈을 꾸며 살아가고 싶지 않았다. 사십 대를 넘어서면서부터는 일 년에 십 개월이나 비어 있는 그의 자리를 계속 기다리고 싶지 않았다.

나도 이제 사랑보다 우정이 훨씬 편하고 소중하게 느껴지는 우울한 나이가 된 것일까?

남위 50° 해역의 거센 풍랑

나는 점점 더 더딘 걸음을 내딛으며 오십 대를 향해 다가서고 있었다. 이 시기부터는 놀랄 만한 일이란 건 온갖 나쁜 소식뿐이다. 그나마 현상 유지를 기대할 수 있다면 다행이다. 처음에 여기저기 악화되는 모습이 관찰되면 대수롭지 않은 것에도 화가 나고 괴롭다. 하지만 눈가의 잔주름이나 쉽게 커버할 수 있었던 작은 잡티도 어느 날 갑자기 심해진 것을 보면 원망스럽다. 이제 해마다 지난여름에 찍은 사진을 들여다보며 '어머! 작년만 해도 정말 괜찮았네!' 하고 생각한다. 그리고 그다음 해에는 또 전년도에 찍은 사진을 보며 그때만 해도 정말 괜찮았다고 생각하게 될 것이다. 그런데 나는 이제 그 '지난해'마저도 괜찮지 않게 느껴졌다.

그나마 유일한 출구는 더욱더 불안한 미래 앞에서도 현재를 충분히 음미하려고 노력하는 것이었다.

나는 지난 삼 년 동안 내 가마우지를 거의 만나지 못했다. 나는 우리의 불가능한 미래에 대해 생각하려고 노력했다. 나는 관대한 편이었다. 더 이상 원치 않으면, 다시 말해 원하는 대상이 너무 멀리 있으면 그렇게 갈구하던 존재를 탐낼 생각조차 하지 않게 된다.

내가 고뱅을 거의 만나지 않았던 건 그가 납득하기 어려운 계획을 감행했기 때문이었다. 그는 한 번도 세이셸 섬에 적응하지 못했다. 지나치게 아름다운 그곳 경치가 길들여지지 않은 그의 영혼과 맞지 않았던 것이다. 그리고 그는 시월부터 오월까지, 일 년에 팔 개월을 본에스페랑스 만에서 오백 마일이나 떨어진 얕은 여울에서 보냈다. 그곳은 촌락도 아니고, 섬도 아니었다. 그곳은 단지 남위 31°40, 동경 8°18의 교차점이라는 추상적인 좌표로만 설명할 수 있었다. 가장 가까운 육지는 사흘을 가야 도달할 수 있었고, 바람이 거세기로 유명한 남위 45° 해역에서 거센 파도가 몰려오는 곳이었다. 육 마일 폭에 걸쳐 낮게 펼쳐진 산호초와 오천 미터 깊이에서부터 갑자기 솟아올라 표면으로부터 백 미터가 채 안 되는 곳에 만들어진 좁은 화산 평야, 그리고 수백만 마리의 바다가재가 그의 세계의 전부였다. 그는 떠나기 전에 내가 그곳의 위치를 알 수 있도록 어부용 지도 위에 이십팔 미터짜리 옛 참치

어선인 그의 배 '바다의 제국'을 그림으로 그려 보냈다. 그 배는 밖으로 드러난 땅도 없이 온통 푸른 그곳에서 유일하게 생명의 냄새를 풍기는 물체였다.

몇 년 전에 그 땅을 발견한 사람은 고뱅의 사촌 윤으로, 대대로 바다가재를 잡아 온 집안사람이었다. 그는 그 축복받은 장소에서 바다가재를 잡으며 그곳에서 살기로 결정했다. 하지만 배에서 떨어져 몇 번이나 경부 골절을 입는 바람에 완전 회복이 불가능해졌고, 더 이상은 일을 할 수가 없었다. 그래서 하는 수 없이 자신의 뒤를 이어, 불법으로 그 금맥을 발굴할 배를 찾기로 했다. 아무도 그의 제안을 받아들이려고 하지 않았지만 로즈렉은 항상 불가능을 시도하는 사람이었다. 그는 그 일이 젊은 시절의 강한 감정을 되찾고, 자신의 인생을 아름답게 마감할 수 있는 기회라고 생각했다. 하지만 그와 나 사이에는 또 다른 제약이 될 수 있었다. 그는 스스로를 벌해야 할 새로운 이유를 찾았지만 자신의 감정을 제어할 수 없게 되자 우리 사이의 거리를 멀어지게 하려고 한 것이다. 그의 아내 마리 조제가 최근에 받은 암 수술 때문이었다. 마리 조제의 표현대로 그녀는 자궁을 '완전히 들어내야' 했다. 아무튼 여전히 그녀는 로즈렉의 아내였고, 그 때문에 고뱅의 죄책감은 더욱 커졌다.

한편, 내가 '의학과 여성'에 관해 쓴 책이 마침내 출간되었다. 프랑수아와 나는 삼 년에 걸쳐 집필 작업을 마쳤다. 하지만 삼 년이라는 집중 작업 기간이 끝나자 우리는 이상하게도 공허감을 떨쳐버릴 수가 없었다. 처음에 우리는 이제 그 시간에 달리 할 일이 없어졌기 때문이라고 생각했다. 하지만 우리가 그리워하는 것은 일이 아니라 몇 년 동안 거의 매일 함께 했던 서로의 존재였음을 점점 더 명확히 깨닫게 되었다. 우리에게 주어진 단 하나의 해결책은 바로 한 지붕 아래 함께 사는 것이었다. 프랑수아의 아내 뤼스는 이제 겨우 열다섯 살 된 딸을 남겨 두고 세상을 떠났기 때문에 이제 그도 혼자였다. 병원에서 강의를 하고 사춘기 딸을 돌보며, 그렇게 사랑했던 훌륭한 아내를 잃어버린 슬픔을 힘겹게 견뎌내고 있는 그를 나는 안타깝게 지켜보고 있었다.

이미 '일생일대의 결혼'과 지극히 육체적이라 말하는 열정을 경험해 본 사람들에게도 자연스럽게 마음이 맞아 함께 사는 것이 달콤한 경험이 될 수 있다. 그런 시기에는 사랑이 전부이면서 동시에 아무것도 아닌 것이다! 우리가 결혼을 결정하게 된 배경에는 이 부조리한 말 속에 들어 있는 열정과 가벼움이 한데 뒤섞여 있었다.

나는 한 단계를 넘어섰다거나 과도한 위험을 감수했다거나 하는 느낌은 없었다. 프랑수아는 어느 정도는 늘 가족의 일원이었기 때문에 다만 이제 좀더 공식적으로 가족의 대열에 들어선 것

뿌이라고 느껴졌다. 우리는 여태까지 살면서 정말로 열 번 정도는 사랑에 빠졌었지만 그때마다 기회를 놓쳤다. 1950년에도 프랑수아와 결혼할 수 있었다. 하지만 한창 의학 공부를 하던 그는 생 일레르 뒤 투베의 전지 요양소에 이 년간 머물러야 했고, 그가 돌아왔을 때 난 장 크리스토프와 결혼한 상태였다. 그리고 내가 장 크리스토프와 이혼했을 때 그는 뤼스와 결혼해 있었다. 오 년 후, 뤼스가 세상을 떠났을 때는 내가 미국에서 시드니와 함께 살고 있었다!

이번에는 우리 두 사람 모두 혼자였고 자유로웠으며 건강했기에 그 기회를 잡은 것뿐이다. 내가 스무 살에 프랑수아와 결혼했다면 로즈렉은 내 삶에, 아니 내 기억에 남아 있지 않았을지도 모른다. 내 곁에 있던 사람이 장 크리스토프였기에 내 욕정은 항상 일정 부분 남아 있었고, 나의 어릴 적 추억도 손대지 않은 채로 보존될 수 있었다. 그렇게 해서 몇몇 남자들이 경쟁자를 밀치고 침대로 파고 들어온 것이다.

게다가 프랑수아는 아주 보기 드문 표본 같은 사람이었다. 뛰어난 교수에 재능 있는 시인이었으며, 썩 훌륭한 화가이자, 소질 있는 피아니스트였다. 게다가 거부할 수 없는 매력남이기까지…….
그는 모든 장점을 갖고 있었다. 사실상 모든 걸 갖춘 사람이지만 성격상의 아주 작은 결함 혹은 몇 가지 우연 때문에 큰 성공을 거두지 못했다.

그는 진짜 잘생기거나 매력적인 외모는 아니었지만 천성적으로 우아한 매력을 갖고 있어서 다른 결점이나 여러 장점에 어울리지 않는 소극적인 모습 같은 건 아무런 문제도 되지 않았다. 이제 오십 줄을 넘어선 데다 경험도 많았지만 그는 아직 청년기를 벗어나지 못한 것 같았다. 아직도 모든 것에 매혹되는 사람이었기 때문이다. 그는 신생아들을 보면 한 명 한 명이 다 하나의 온전한 세계인 것처럼 놀라워했고, 친구들이나 그의 딸 마리, 여행, 음악, 우리 결혼까지도 세상의 이치라고 받아들였다. 그는 질병이나 죽음을 겪게 되더라도 세상은 근본적으로 살아 볼 만한 것이라고 여겼다. 그는 삶을 사랑했고 그 삶을 사는 사람들도 사랑했다. 그리고 그는 나와 로즈렉과의 모험도 좋아해서 고뱅에게 '가마우지 선장'이란 별명까지 지어 주었다.

나는 고뱅이 떠나기 전에 내게 주었던 선원용 지도를 사무실에 붙여 두었다. 거기에 고뱅이 세심하게 그린 배 그림과 앞 돛대와 뒤 돛대, 갈색 가로돛에 대해 써준 자세한 설명이 없었다면 그 지도를 한 번도 자세히 보지 않았을 것이다. 내 가마우지는 여덟 명의 선원들과 함께 매일 끌어올려 비우고, 다시 낚싯밥을 넣고, 또 물속에 집어넣어야 할 칠백 개의 통발과 사십에서 팔십 미터 길이에 달하는 그물 속에서 우글거리는 문어와 커다란 곰치, 끝없이 넘실거리는 파도 속에서 파묻혀 지냈다. 나는 험한 해역을 항해한 사람들이 쓴 책이나 그가 내게 정기적으로 보내오는 선원 신문을 통해 그런 그의 모습을 상상할 뿐이었다.

고뱅이 오랫동안 내 곁을 비운 사이, 나는 마리 조제를 여러 번 찾아갔다. 그녀의 수술 후, 내 안에 솟구치는 시커먼 욕심을 품은 채로 말이다. 하지만 로즈렉의 아내와 그의 집을 보고 나서는 오히려 우리 사이의 거리가 더 확실하게 느껴졌다. 나는 그런 환경에서 평생 살 생각을 하고, 마리 조제가 자랑스럽게 말하는 '시골풍'으로 요리한 음식을 먹고사는 그 남자의 '또 다른 여자'가 나라는 사실이 믿기지 않았다.

'나의' 고뱅은 머리가 희끗희끗하고 항상 약간 땀 냄새가 나는 아내 옆에 누워 낡은 분홍색 새틴 이불을 덮고, 그들의 결혼사진과 타원형 액자에 끼운 양가 부모의 초상화 아래서 잠을 자고 있었다. 게다가 그 위에는 플라스틱에 은색을 칠해 만든 고사리 다섯 줄기가 늘어져 있었고, 크리스털 꽃병 안에는 오랑캐꽃 다섯 송이와 보라색 튤립 세 송이가 들어 있었다.

하지만 왜 내가 자꾸 로즈렉과 고뱅을 일치시키려 할까? 나는 더 이상 고뱅을 그녀와 그의 집, 그의 가문과 일치해 생각하고 싶지 않았다. 사람들은 모두 마리 조제의 꽃병처럼 다면적인 부분으로 이루어져 있기 때문이다.

로즈렉은 그곳에서 보낸 첫 이 년 동안 평생 번 것만큼의 돈을 벌었다. 그는 어선의 활어 수조가 가득 차면 로리앙으로 가서 생선 도매상에게 수톤의 바다가재를 산 채로 넘겼다.

그는 이제 '산다'라는 말의 의미와는 너무나 동떨어진 삶을 살고 있었다. 바닷속만 들여다보고 그물을 감시하면서, 이런 환경에서 미치지 않으려 노력하면서 은퇴할 날만 기다리고 있었다.

바다가재는 그의 가족들의 삶을 뒤바꿔 놓았다. 집 크기를 늘렸으며, 화학 교수 자격증을 가진 큰아들을 이 년간 미국 연수를 보냈다. 조엘은 장애인용 이 기통 자동차를 갖게 되었다. 그의 딸 한 명은 렌에서 교사를 하고 있었고, 다른 딸은 스튜어디스였다. 마리 조제는 앞니 세 대를 금니로 박아 넣었다. 결국 모두가 바다가재의 혜택을 받았다.

나는 고뱅에게 내가 프랑수아와 재혼한 사실을 알릴까 말까 오랫동안 망설였다. 하지만 그가 아내에게서 그 이야기를 듣는 게 더 두려웠다. 고뱅도 내게서 멀어지는 쪽을 택하긴 했지만 내 재혼 사실을 일종의 배신으로 받아들일 게 틀림없었다. 게다가 그는 얼마 전부터 내게 편지도 쓰지 않았다. 그것이 사적인 감정 때문인지, 그가 좋아하던 프랑수아에 대한 예의 때문인지는 알 수 없었다.

나도 프랑수아에 대한 예의 때문에, 그렇게 해야 한다는 압박감이 있었던 것은 아니지만 언젠가부터는 현재가 아닌 과거의 고뱅에 대해서만 생각하는 습관이 생겼다.

하지만 그런 삶에 대해 또다시 의구심을 갖게 하는 사건이 발생했다. 내 어머니가 파리의 대로 한쪽에서 트럭에 치여 세상을 떠난 것이었다. 엄마는 늘 정해진 시간에 그 길을 지나다녔다. 빨간불이나 횡단보도는 아랑곳하지 않고 운전자들에게 속도를 늦추라고 한 손을 들어 보이며 느긋하게 건너곤 했다. 하지만 그 트럭 운전사는 속도를 늦출 수 없었고, 엄마는 트럭에 끼어 차도를 질질 끌려 다녔다. 여러 군데 골절상을 입은 며칠 후 사망 판정을 받았다. 엄마는 예순여덟 살이라고는 믿기지 않을 만큼 건강했고, 아직도 얼마든지 더 살 수 있었다. 그래서 나는 한참을 지나서야 엄마가 나와 같은 하늘 아래 살고 있지 않다는 사실을 깨달았다. 엄마가 혼수상태로 아무 말 못하고 누워 있는 며칠 동안, 엄마 곁에 앉아 있자니 그렇게 오랫동안 내가 해왔던 "여보세요! 엄마?"라는 말을 이제 다시는 할 수 없을 거라는 두려움이 엄습해 왔다. 엄마는 세상을 떠나면서 내 삶을 든든히 지켜 주던 가장 기본적인 언어까지 가져가 버린 것이었다. 그런 식으로 아무 예고 없이 떠난 것은 엄마란 존재의 처음이자 유일한 배신이다.

프랑수아가 "당신 어머니"라고 말할 때마다 나는 눈물이 고였다. 그래서 나는 그 단어를 말하지 않으려고 피하곤 했다.

나는 엄마의 사망 소식을 알리려고 고뱅에게 편지를 썼다. 예전에 엄마는 고뱅의 귓불을 잡고 그를 '어린 망나니' 취급했었다. 하지만 시간이 흐르면서 그도 우리 엄마에게 어느 정도 애정을 갖게 되었다.

엄마가 돌아가시자 나는 내가 가진 것들을 다시 한 번 정리하게 되었다. 아직 이 땅에는 내게 무조건적인 사랑을 주는 한 남자가 있다. 그런데 나는 그마저도 이대로 그냥 잃게 될지 모른다. 이제 그가 은퇴하고 나면 우리의 모든 계획은 물거품이 될 것이기 때문이다. 그러자 갑자기 그를 추억의 사진첩 속에서나 꺼내 보고 있을 수는 없다는 생각이 들었다. 프랑수아와 나는 사이가 아주 좋았지만 내 안에는 아직도 죽음과 반대되는 사랑과 닮은 '열정'을 되찾으러 섬을 향해, 세상의 끝에 있는 섬을 향해 미친 듯이 달려가는 한 소녀가 살아 있었다. 나는 엄마가 나의 그 두 모습을 모두 용인해 주었다는 걸 알고 있었다. 엄마도 삶의 강렬한 욕망을 품고 있었고, 어느 한쪽도 체념하지 않았다. 바로 자기 자신에게 성실하기 위해서 가끔 다른 사람에게 불성실할 줄 알아야 한다는 것이 엄마의 원칙 중 하나였다.

내 상황도 맞아떨어져 이상적인 기회를 만들 수 있었다. 나는 이 년 전부터 매년 가을에 한 달씩 퀘벡에 있는 몬트리올대학에서 강의를 하고 있었다. 나는 거기서 지내는 동안 작은 아파트에서 머물렀고, 누구든 그곳에서 함께 지내는 건 문제가 되지 않았다. 지난해에는 아들 로익과 함께 갔다. 로익은 TV 연출을 공부하고 '라디오 캐나다'에서 일하고 있었다. 가장 힘든 건 고뱅을 설득해 불평 많고 의심 많은 아내에게 거짓말할 용기를 내게 하는 것이었다. 이미 너무 자주 집을 비우는 선원이 은퇴를 앞둔 상황에서 집 밖에서 휴가를 보내다니 당치도 않은 일이었다.

나는 그에게 엄마가 돌아가신 후 달라진 내 생각을 이야기하면서 그를 다시 만나야 할 필요를 느꼈다고 설명했다. 나는 그에게 남은 사랑의 상처를 되살려 내려고 했다. 나는 그의 딱딱한 등껍질 중에서 어느 곳에 단도를 찔러 넣어야 하고, 어느 방향으로 단도날을 돌려야 할지 파악할 수 있을 만큼 그를 너무나 잘 알았다. 그는 다시 한 번 선과 악의 개념을 잊어버리고 다른 고민 없이 날 끌어안을 욕구만 떠올리게 될 것이다.

내가 이런 감정 상태에서 그를 필요로 한다는 사실은 그를 뒤흔들기에 충분했다. 우리 편지는 옛날에 대한 향수에서부터 시작해 조금씩 애정 섞인 말을 하다가 열정을 표현하기에 이르렀다.

사랑을 편지로 쓴다는 것 자체가 기쁨이고 세련된 예술이다. 편지 하나, 가끔 주고받는 전화 한 통, 사랑한다는 말 한 마디가 내겐 노화와 죽음의 힘에 맞서 싸워 일궈 낸 승리 같았다.

고뱅을 육체적, 감정적으로 원하는 수준까지 끌어올려 그가 스스로 다음 번 만남을 제안하게 만드는 일도 내겐 기쁨이었다. 한편 나에 대한 그의 감정의 깊이는 그의 재능에도 변화를 일으켰다. 내게 편지를 쓰는 데 시적인 문구를 찾아 쓰는 걸 쓸데없는 노동이나 숙제쯤으로 여겼던 그가 나를 '나의 숨결', '나의 생명', '나의 진실'이라고 부르기 시작했다.

어머니가 돌아가시고 육 개월이 지난 후, 우리는 다음 가을에 몬트리올에서 만나기로 했다. 그는 거기서 바로 겨울 시즌을 위해 출발할 예정이었다. 고뱅은 이제 돈 걱정은 하지 않아도 되었다. 그는 충분히 벌고 있었기 때문에 캐나다 여행 경비에 대해 가책을 느끼지 않고도 지갑을 열 수 있었다.

말은 하지 않았지만 그는 육지로 돌아오는 것에 두려움을 느끼고 있었다. 바다 생활을 은퇴하고 나면 육지에서 할 수 있는 일이 없었기 때문에 더 빨리 늙어 갈 거라고 걱정했다. 그런 두려움 때문에 그는 아내에게 뻔뻔한 거짓말을 할 수 있었다. 그는 마리 조제에게 어이없을 만큼 대담한 설명을 늘어놓았다. 배에서 만난 퀘벡 친구에게 초대받아 캐나다 여행을 할 계획이라고 했다! 때로는 이런 어마어마한 이야기가 고심해서 만들어 낸 그럴 듯한 알리바이보다 더 잘 먹혀들었다.

그렇게 해서 계획이 진행되었다. 나는 프랑수아와 행복했지만 그 행복에 이제 내 어릴 적 희열까지 한데 뒤섞였다. 내 삶은 낭만의 색깔을 되찾았고 나는 이십 년은 젊어진 것 같았다.

역설적으로 그가 남아프리카에서 일하게 된 뒤로, 나는 예전에 그랬던 것보다 더 많이 고뇌과 일상적인 감정을 함께 나누었다. 그는 밤에 잠을 자려고 배를 정박해 두거나 파도가 세지 않은 얕은 여울에 멈춰 서 있을 때, 거의 매일 저녁 내게 편지 쓰는 습관이 생겼다. 그는 '좋은' 날씨라고는 할 수 없어도 '항해하기 적당한' 날씨가 될 때마다 그날그날 있었던 일을 보고서 쓰듯 썼다. 그리고 그곳을 벗어날 때마다 내게 모눈종이 편지지 한 다발을 보내 왔다.

몇 주가 지나 그가 남아프리카에서 보내 온 편지 다발은, 그에게는 작업 현장이자 금광 같은 산호초 지옥에서 보낸 나날을 아무 기술이나 기교 없이 기록한 상세한 자료가 되었다.

하지만 육 개월 후, 여느 때처럼 공항에서 본 그의 모습은 내겐 큰 충격이었다. 오십 년 동안의 힘겨운 삶은 이제 그의 몸에 흔적을 남기기 시작했다. 로즈렉은 구릿빛 피부라기보다는 햇볕에 훈제된 것 같았고, 그냥 주름이 졌다기보다는 끌로 파놓은 것 같았으며 기운이 넘친다기보다는 억세 보였다. 딱딱한 등껍질 같은 근육으로 뒤덮인 그는 이제 바다가재와 닮아 가고 있었다. 하지만 그의 눈 속에만은 여전히 생생한 바닷물이 담겨 있었다.

내게도 사십오 년이란 세월의 흔적이 여실히 남아 있었다. 한 달 동안 강의와 컨퍼런스를 하면서 얼굴이 많이 상했다. 나무꾼 같은 학생들은 늘 기다렸다는 듯 나를 정기적으로 벌목하고, 내 수액을 다 빨아먹는다. 이곳 학생들은 프랑스 학생보다 배움에 대한 열의가 훨씬 강하고 토론을 좋아하며 덜 공손하고, 더 친밀하며, 미국 학생처럼 요구 사항도 많다. 그런 학생들을 만족시키려면 밑이 빠질 만큼 준비하고, 멀리서 돈 받고 날아올 만한 사람이라는 걸 보여 줘야 한다. 이제 나이 든 유럽은 노력 없이도 내 지식을 팔아먹을 수 있을 정도여서 상대적으로 충분한 매력이 없었다. 그래서 나는 프랑수아가 항상 놀려 대는 대로 올림픽을 준비하는 운동선수처럼 이 특별한 축제 기간 준비에 온 힘을 쏟았다.

원칙 1: 경기 중에 생리를 해선 안 된다! 그래서 나는 육 주 연속 피임약을 복용해야 했다. 고맙다, 핀커스.

원칙 2: 조금이라도 몸이 안 좋으면 바로 관리에 들어간다. 이 나라에서 기관지염이라도 걸리면 미리부터 오십 대처럼 보일 수 있었다. 이곳의 겨울은 이미 가을부터 시작되어 봄까지 잠식해 버리기 때문이었다.

나는 고뱅이 좋아하는 파마를 하기로 했다. 하지만 내 머리는 이 지방의 너무 건조한 공기와 과도한 난방에 노출되다 보니 꿰벡 미용사들이 전기로 하는 머리 손질을 견디기 힘들었다. 이곳 미용실은 미국 미용실과 비슷하게 자동식 세탁소처럼 십팔 분 만에 세척, 헹굼, 건조까지 마친다. 느린 손놀림으로 쾌감을 느낄 수 있는 프랑스의 미용실과는 전혀 다르다. 원하는 미용사에게 손질을 받기 전에 머리를 감겨 주는 종업원들이 샴푸를 하며 손가락으로 툭툭 두드리고 마사지하는 게 아니라 단두대 날을 거꾸로 돌려놓은 것 같은 틀을 목덜미에 가져다 대고, 빳빳한 플라스틱 테두리로 목을 조른다. 하지만 마흔을 넘어서면 머리에서 쾌감이 시작되는 경우는 극히 드물다.

동독 출신의 원반던지기 선수 같은 미용사는 머리가 다 뽑힐 만큼 조심성 없이 손을 놀리며 말했다.

「어머 이렇게 머리카락이 많이 빠지는 경우는 처음 봐요.」

내가 말했다.

「가을이라서요. 피곤하기도 하고…….」

「아무리 그래도 이 정도면 정상은 아니죠.」

그 말을 들으니 이제 탈모가 빠른 속도로 진행되어 어울리지도 않는 가발을 쓰고 다녀야 할 때가 된 것인가 하는 끔찍한 생각이 들었다. 그래서 나는 어쩔 수 없이 멕시코제 연고를 바르기로 했는데 연고에서 소독약 냄새가 난다는 사실은 나중에서야 알게 되었다. 하지만 이미 미용사는 큰 빗으로 생기 없고 푸석푸석한 내 머리카락에 연고를 바르고 있었다.

이제 두 시간 후면 고뱅이 탄 비행기가 착륙할 예정이었다. 시간이 없었지만 나는 머리를 말고, 지지고, 파마 약 바르고, 코팅하면서 머리를 '약간이라도 부풀려야' 했다. 이번에는 택시에서 사용하는 데오드란트 냄새가 났다. 미용사는 그 말을 하면서 날 불쌍한 눈빛으로 쳐다보았다. 나는 그대로 있을 수 없어서 나도 스무 살 때는 허리까지 오는 긴 머리를 타히티 여자들처럼 하고 다녔다고 말했지만 전혀 믿지 않는 것 같았다. 젊었을 때 내가 어땠노라고 말하면 어떤 사람들은 조금도 믿지 않는다. 아니, 다른 사람도 마찬가지다. 그냥 예의상 믿는 척하는 것이다.

한참 지나서야 미용실을 빠져나올 수 있었다. 대신 머리는 마흔 일곱 살의 멋진 인형처럼 변신해 있었다. 다행히 고뱅은 인형만 보고 마흔일곱 살은 보지 못할 것이다. 그의 시력도 조금은 나빠졌을 테니 그것도 행운이라면 행운이었다. 게다가 남위 30° 해역의 파도 속에는 인형들이 떠다니지는 않을 테니까!

나는 이제 한 시간도 지나지 않아 내 가마우지가 표면 위로 올라와 세상에서 가장 아름다운 여인을 향해 날개를 활짝 펼칠 생각을 하면서 택시 안에서 혼자 웃었다. 나는 남편을 맞이할 때보다 연인을 기다릴 때 얼굴빛이 훨씬 밝았고, 택시 바퀴가 돌아갈 때마다 조금씩 더 아름다워지는 기분이었다. 아! 하지만 파리발 몬트리올행 비행기가 두 시간 연착되면서 일시적인 나의 아름다움은 다시 사라져 버렸다. 공항 거울에 비친 모습에는 조금 전에 보았던 복슬강아지 같은 머리는 더 이상 남아 있지 않았다. 다크서클에, 칙칙한 피부, 조금 전에 내 혈관과 피부에 흐르던 즐거운 쾌감은 온데간데없이 사라져 버렸다.

마침내 고뱅이 모습을 드러냈다. 그는 다른 사람들보다 땅 위에서 훨씬 더 무게가 나가 보였고, 너무 오랫동안 바다를 고향으로 알고 살아 온 선원이 잠시 유배 온 듯한 느낌이었다. 그를 보자 내 마음속 근심은 모두 비워지고 그에 대한 애정만 콸콸 샘솟았다. 그는 걱정 어린 눈빛으로 군중들 사이에서 나를 찾았다. 나는 잔뜩 흥분되어 그에게 달려가 입술을 내밀었다.

미라벨 공항에서 내내 곁에 꼭 붙어 있던 샤프롱이 웃으며 말했다.

「이봐, 사십팔 시간만 지나면 거품처럼 사라져 버릴 거라고!」

그녀는 내 나이가 마흔다섯이 되면서부터 날 '이봐'라고 불렀다. 하지만 나는 이제 나이나 겉모습에 연연해하지 않는다. 나는 곧 고뱅의 눈에서 내 모습을 보게 될 것이기 때문이었다. 내 나이가 몇 살이더라? 그건 사랑받는 사람이기에 가능한 일이었다!

이번엔 정말로 다시 보지 못할까 두려웠기 때문에 무척 감격해서 서로를 바라보았다. 서로를 포기할 뻔했다가 다시 한 번 더 되찾아온 것이었다. 그는 위험한 곡예를 감수하면서, 나는 복잡한 이면공작을 시도하면서……, 약간만 어긋나도 모든 게 물거품이 될 수 있었다. 그 때문에 우리는 어린아이들처럼 즐거워했다. 다시 한 번 더 생명을 얻은 기분이었다. 우리는 고뱅의 짐을 기다리는 동안 미국인들처럼 팔로 끌어안고 있었고, '집으로' 가는 택시 안에서 연신 키스를 해댔다. 부엌과 먹을 것이 가득한 냉장고, 텔레비전, 전축, 침대가 있는 집에서 생활하기는 이번이 처음이었다. 우리는 서로의 성기가 예전처럼 기능하는지 확인해 보려고 도착하자마자 옷을 벗기기 시작했다.

아, 난 아직도 내 남자의 애무를 꿈꾸고 있었다! 그래, 모든 게 그대로다. 강약이 한데 뭉쳐 있는…….

「그렇게 멀리서 날아올 만큼 내 생각이 많이 났나 보지?」

「오지 않고는 못 배겼을 거라 이거지?」

우리는 있어야 할 곳에 와 있다는 깊은 안도감을 느꼈다. 나는 그의 팔뚝에 난 털을 쓰다듬다가 뻣뻣한 흰 털 몇 개를 발견했다. 그는 내 치골이 자기 것이라도 되는 양 그 위에 떡하니 손을 올려놓았다.

「이제 우리는 이 병에서 치유될 수 없을 거야. 이젠 희망이 없어!」

「그건 병이 아니란 증거야. 당신이 항상 말하던 대로 그게 인생이야. 무슨 질병처럼 얘기하는 건 싫어.」

「꼭 열이 날 때 같은 느낌이라서 그래. 한번 열이 내리고 나면 다시는 오지 않을 것 같은 생각이 드니까.」

「당신만 그렇지. 난 아무래도 상관없어. 그냥 당신과 함께한다는 사실만으로 족해.」

그는 젊을 때처럼 크게 웃었다.

이제 안심한 두 사람은 두 번째 단계로 들어섰다. '돌아온 선원.' 고뱅이 짐을 푸는 동안 나는 따분한 표정과 유혹의 몸짓으로 그를 바라보았다. 모두가 오늘 저녁 '날 사랑해 줘'라는 뜻이었다. 나는 그가 케이프타운에서 마셔 보았다는 위스키 한 병, 잔 두 개 그리고 아침에 그를 위해 준비해 둔 음식을 차렸다. 나는 오랜 여행에서 돌아온 남편을 상냥하게 맞는 헌신적인 아내 행세를 하면서 요부 같은 행동도 잊지 않았다. 그것은 아주 기초적인 기술이었다. 고뱅에게 시바의 여왕과 저녁 식사를 하고 있다는 착각이 들게 하고 싶었지만 그는 전혀 그런 것 같지 않았다. 내가 이제 더 이상 강렬한 관능적인 힘을 어느 누구에게도 보여 줄 수 없다는 사실을 알고는 있었다.

디저트를 먹을 때 그가 갑자기 일어나 정중하게 빨간색 보석 상자 하나를 내 접시 위에 올려놓았다. 고뱅이 내게 보석을 준다는 것은 상황이 심각하다는 뜻이었다.

그가 흥분되면서도 혼란스러운 듯한 미소를 지으며 말했다.

「남아프리카에서 당신에게 주려고…… 다이아몬드 말고 금으로 샀는데 맘에 들지 모르겠네?」

상자 안에는 닻줄처럼 굵고 규칙적인 고리로 이어진 기다란 금목걸이가 들어 있었다.

「그냥 체인만 있는 것보다는 보석을 고르고 싶었는데 취향이 어떤지 몰라서……. 그래서 생각했는데, 나랑 할 때마다 이걸 차고, 그다음엔 바구니에 처박아 두고 싶으면…….」

「뭐! 겨우 생각한 게 그거야?」

「웃지 마!, 내가 선물을 건넬 때마다 당신 미소를 지었어. 그걸 미소라고 부를 수 있는지는 모르겠지만, 눈에는 경멸의 빛이 어려 있는데도 말이야……. 하지만 이 가죽 보석함은 마음에 들 것 같아서……. 그런 건 처음 보는 거라.」

나는 대답하지 않고, 웃기만 했다. 그가 준 선물을 스페인 수위 아주머니에게 주었다는 사실은 털어놓지 않았다. 주황색 줄무늬 안감을 댄 손가방도 내 옷장에서 잠자고 있었다.

「난 당신이 어떻게 아직까지 날 사랑할 수 있는지 이해가 안 돼. 내 복잡한 취향과 지적 편집증에다 '속물근성'까지. 다행히 당신처럼 나도 섹스에 집착하는 사람이라서야?」

「그 목걸이 한번 해봐, 카레딕. 알몸에 채워진 걸 보고 싶어. 내
년엔 닻 모양 펜던트도 사줄게. 다시는 날 떠나가지 못하게.」

나는 몇 달 동안 여자는 본 적도 없는 해적과 첫날밤을 보낼 거
란 사실을 잊고 있었다. 하지만 삶은 우스운 선물을 안겨다 주었
다. 벌써 열 번째 첫날밤을 보내게 되었으니 말이다! 스무 살 때
그를 떠났다면 애인을 열 명 쯤은 사귀었겠다는 생각이 들었다.
하지만 그건 바람일 뿐 이런 애인은 기껏해야 평생 두 명도 만나
기 어렵다는 것을 이제 나는 안다.

욕구를 해소하기 위해선 우리에게 온전한 하룻밤이 필요했다.
엘렌의 표현을 빌자면, 우리가 내뱉는 말 하나하나, 손짓 하나하
나가 모두 '전희'였다. '모든 게 섹스를 북돋는 행동'인 것이다. 나
는 내 부드러운 입술을 그에게 내밀었고, 그는 날 으스러질 만큼
끌어안았다. 이처럼 섹스가 뇌와 긴밀하게 연결되어 있다는 사실
을 애써 외면하려 드는 소설가들은 벨트 아래서 일어나는 일을
묘사하길 꺼린다.

하지만 나는 허리 부분까지만 묘사하는 것으로 만족하지 않을
것이다. 그러려면 우리 섹스의 진짜 발화점을 고백해야 한다. 그
렇다, 그건 물론 사랑이었다. 좋다. 하지만 뭐라고 쓰는 게 좋을
까? '그는 날 사랑해 줬다?' 그날 저녁, 내가 달아오르기 시작한
건 고뱅의 엄지손가락이 내 '터널' 안으로 들어오면서부터였다.

그러는 동안 그의 가운뎃손가락은 내 클리토리스를 자극했고, 다른 한 손은 내 가슴에 올려놓았다. 반면에 그의 '벨트 버클 핀', 그의 '막대기', 그의 '쌍날 검'은 내 손이나 입술이 닿을 때마다 단단해지고 앞뒤로 끄덕거렸다. 그는 나이 들면서 점점 더 밉살스럽게 구는 내 샤프롱을 깨우지 않을 정도로 중세 시대에나 어울릴 것 같은 시적인 표현들을 살며시 속삭였다.

좀더 현대적으로, 좀더 자유롭게, 좀더 대담하게 묘사하지 않은 것에 유감스러워해야 할까? 우리가 이런 원시적인 놀이에만 파묻혀 있다는 사실에 한탄해야 할까? 에로 작가들은 그 이름에 걸맞게 주인공들이 상대방 앞에서 배설을 하거나 얼굴에 소변을 보거나 가터벨트에 연결된 검정 스타킹을 신고 섹스하는 모습을 묘사한다. 그리고 이런 유치하고 상스러운 행위를 귀족들의 향락이라고 말한다. 우리는 평민들의 유희밖에 모르지만 입술에 우리의 영혼을 불어넣는 것만으로도 충분했다. 나는 시드니와 그 친구들의 영향으로 오랫동안 그런 쓰레기 같은 작가들의 작품을 존경해야 한다고 생각해 왔다. 하지만 오늘은 거기서 벗어나 내 성기와 화해할 수 있었다. 고뱅은 한 번도 그런 책을 읽은 적이 없었기 때문에 나도 그들의 증오와 경멸 섞인 대화에 무관심해질 수 있었다. 심지어 고뱅은 프로이트도 이름만 겨우 알았기 때문에 나는 프로이트에게서도 해방되었다.

그 끝없는 싸움에는 승자도 패자도 없었다. 나는 누가 먼저 시작했는지도 몰랐고, 상대가 먼저 시작하면 늘 뒤로 내뺐다. 그러다가도 그의 몸이 조금 닿기만 하면 금세 달아올랐다. 우리는 서로 상대방이 먼저 시작했다고 싸우곤 했다.

「자는 것 같더니 왜 또 등 뒤에서 들이대. 으, 징그러워!」

「웃기네! 자려는 사람 앞에서 먼저 엉덩이를 흔들어 댄 게 누군데!」

그러다 새벽이 되자 우리 두 사람은 자리에 누웠다. 나는 여전히 통통한 나의 새를 손으로 움켜쥔 채 조용히 사랑을 속삭였다. 고뱅은 여느 때처럼 내 말을 들으며 잠이 들었고, 내 말랑말랑한 새도 정신을 잃었다. 잠에서 깨어 보니 내 손 안에 들어 있던 물건은 냄비에 오래 두어 흐물흐물해진 감자튀김같이 변해 있었다.

그다음 날, 초겨울 캐나다의 눈부신 빛 아래에서는 마법의 주문도 오래된 감자튀김처럼 효력을 발휘하지 못했다. 고뱅은 두통을 호소했다. 시차 때문이었다. 나도 보드카 때문인지 머리가 아팠다.

샤프롱이 말했다.

「허튼소리, 오십 대는 바로 그런 거야. 진열대에 놓인 너희 약들 좀 봐. 그게 바로 그 증거야. 무릎싸개와 여성 호르몬제, 변비약, 장딴지 경련……. 그게 바로 노화라는 거야. 그가 소파 깊숙이 앉아 있다가 일어날 때 '끙' 하고 신음 소리 내는 거 못 들었어?

하품을 자주 하는 걸 보니 위에 병이 있을지도 몰라. 게다가 젤러질을 복용하고 있잖아. 술을 마시게 하면 안 돼. 목은 살펴봤어? 주름이 자글자글한 게. 네 팔 좀 봐. 네 나이가 그대로 드러나 있어.」

「그건 팔 나이지 내 나이가 아냐.」

「나이 얘기가 나와서 말인데, 이제 네 성욕도 징글징글해. 호르몬 때문이 아닌가 하는 생각이 들어.」

「내 호르몬은 '사랑해'란 한 마디야. 그게 다 내가 매력이 넘쳐서 그런 거지. 도대체 무슨 소릴 하고 싶은 거야?」

「하하! 바보가 아니고서야 아직도 네가 그렇게 매력적이라고? 그런 것 말고 다른 건 안 보여?」

「몰라.」

「사람들은 그런 걸 먼저 본다고. 잘 봐. 앞쪽 어금니 하나가 빠졌잖아. 이번엔 다른 사람이랑 싸우다 그렇게 된 것도 아냐. 넌 보고 싶지 않은지 모르겠지만 난 보여.」

오랫동안 멀리 떨어져 살다 보니 우리는 정말 꿈속에서만 만나는 사람들 같았다. 존재하지도 않는 사람을 사랑하면서 욕정을 느껴 왔던 것이다. 글은 배신자다. 편지로 주고받는 사랑은 위선이다. 편지로는 사소한 신체적 이상에 관한 내용은 배제하고 고귀한 감정들만 기록하기 때문이다. 편지에 트림 소리를 적어 넣지는 않으니까. 관절이 삐거덕거리는 소리도 들을 수 없다. 그런데 이 남자는 보통 남자들보다 훨씬 더 나이의 굴레를 감출 생각을 하지 않았다.

하지만 이상하게도 그런 증상들은 내게 연민만 불러일으킬 뿐이었다. 그가 의기소침한 표정으로 경련이 이는 얼굴을 내게 기대자 다시 그에 대한 애정이 살아났다. 어둠 속에서 그가 입을 벌리자 혓바닥이 반짝거렸다.

샤프롱이 말했다.

「어머, 죽어 가는 거북이의 혓바닥 같아. 이제 젊은이의 모습은 온데간데없네. 앞으로 오륙 년쯤 지나면 너도 다시 생각하게 될 걸……. 어둠 속에서만 섹스를 한다면 모를까. 그래서 나이 들면 대낮에 섹스하는 일이 자꾸 줄어드는 거야. 방 안에서 벌거벗은 채 돌아다니는 것도 마찬가지고. 어휴, 저 걷는 모습 좀 봐. 가엾은 사람! 물론 아직도 잘생겼지. 하지만 이제 늙었어.」

그럴지도 몰랐다. 하지만 그의 다리 근육은 여전했고, 통나무에서 갈라져 나온 두 갈래 줄기 같았다. 나는 그의 넓은 어깨와 어릴 때 생긴 붉은 반점으로 가득한 등도 좋았다. 세월이 흘러도 그 모습은 구부러지지 않은 채 그대로였다. 나는 그의 입 안에서 우스운 빈 공간이 보이지 않을 때까지 눈을 반쯤 감았다. 그의 눈에서 부드러운 바닷물이 흘러나와 내 안으로 파고들었다.

나는 이제 그의 허벅지가 투우사의 다리 같지 않다고 해도 상관 없었다. 여전히 믿을 수 없을 만큼 크게 부풀어 오르고, 언제라도 다시 커질 준비가 되어 있고, 사정을 하고 나서도 절대로 쭈글쭈글해지는 일 없었던 그의 베이지색 페니스가 여전히 가랑이 사이에 매달려 있었기 때문이다.

스무 살에 나는 내 몸이 그런 물건을 받아들일 수 없을 거라고 진지하게 생각했다. 고뱅과 함께 며칠을 보내고 나면 그 부위가 화끈거리고 다리는 오랫동안 말을 탄 사람처럼 구부정해졌다. 내게는 장 크리스토프의 섬세하고 작은 막대기나 시드니의 민첩한 뱀이면 충분하다고 생각했다. 물론 결과는 그다지 만족스럽지 않았지만……. 하지만 아무리 강해도 지나칠 건 없다. 아직까지 섹스를 어느 정도까지만 해야 되는지 알아보는 실험이 사람을 대상으로는 충분히 이루어지지 않았기 때문이다. 우리 안에는 수많은 모습이 잠자고 있고 그중 대부분은 죽을 때까지 깨어나지 않을 수도 있다.

가마우지를 사랑해서 좋은 점은 사용법에 대해 걱정하지 않아도 된다는 것이다. 로즈렉이 생각하는 우습다는 의미는 나와는 전혀 달랐다. 존엄성의 의미도 마찬가지였다. 내게 아파트를 빌려 준 친구는 낡은 재즈와 오래된 샹송 디스크를 남겨 놓고 갔다. 집에서 둘이 저녁 식사를 할 때 나는 내 선장을 얼싸안고 뺨을 마주 댄 채 춤을 추며, 내 젊은 시절로의 '감각적인 여행'을 떠났다. 우리는 샤프롱의 표현대로 '바보 늙은이들'처럼 혹은 바보 젊은이들처럼 추억을 어루만졌다. 그는 규칙적으로 내 입에 그의 입술을 가져다 댔다. 그러면서도 매번 처음 대하는 것처럼 쾌감에 젖어 천천히 음미했다.

「그런 키스를 좋아하는 건 정상이 아니야, 로즈렉. 어머니가 한 일곱 살까지 젖을 물리셨나 보다!」

「내가 좋아서 그러는 게 아냐. 내가 원하는 단계까지 당신을 끌어올리려고 그러는 거지!」

우리는 바보처럼 웃었다. 나는 그를 더 강하게 끌어안았다. 나는 우리 이미지에 신경 쓰지 않아도 된다는 점이 더욱 좋았다. 로익이나 프레데릭이 유리창 너머에서 우릴 관찰하고 있었다면 뭐라고 했을까? 우리에게 어떤 평가도 내리지 않을 사람은 프랑수아밖에 없었다. 하지만 왜 내 이미지에 대해 생각해야 할까? 난 잠시 그런 생각은 접어 둔 상태였고, 어느 것 앞에서도 물러서지 않았다. 벽난로에서는 장작이, 식탁 위에는 양초가 타고 있었다. 우리는 불그스름해진 모닥불 앞에서 순록 모피 카펫 위에 누워 사랑을 나눴다. 나는 내 나이에는 감히 시도하지 못할, 한 번도 시도해 보지 않았던 방법을 시도하며 그에게 나를 바쳤다.

나는 아직 대학교 여성 연구부에서 해야 할 강의가 하나 남아 있었다. '역사와 예술 분야에서 여성들의 적합한 위상'에 관한 주제였다. 고뱅이 내 강의에 들어오지 못하게 갖은 방법을 동원해 보았다. 그가 있으면 강의를 제대로 할 수 없을 것 같았기 때문이었다. 하지만 그는 내 만류에도 불구하고 제일 앞줄에 앉아 팔을 무릎 위에 올려놓고 모르비앙에서 가장 모범생인 양 앉아 있었다. 퍼져 있거나 관심 없다는 듯한 태도를 보이는 팔십 퍼센트가량의 학생들과는 사뭇 다른 모습이었다.

나도 모르게 내가 쓰는 단어에 신경을 썼다. 그에게 본때를 보여 주되 지나치지 않게! 여성들에게 행해진 불의에 대한 일반적인 개념은 언급하되, 남녀 간의 성 전쟁을 촉발시킬 만한 발언을 하지 않도록! 내가 그런 얘길 꺼내면 그가 어떤 반응을 보일까 생각만 해도 진저리가 쳐졌다. 그런 면에서 그는 솔직히 크로마뇽 단계에 머물러 있는 것 같았다.

「위대한 화가나 위대한 음악가, 학자들 중에는 여성이 없었어요. 뭔가 그럴 만한 이유가 있었겠죠?」

학생들은 막 곤봉으로 한 대 얻어맞은 크로마뇽인들처럼 날 쳐다보고 있었다! 나는 그 문제를 끝까지 파고들 용기가 나질 않았다. 다만 고뱅이 이 문제에 대해 폭넓은 이해를 해주기 바랐다. 비록 일시적일지라도 그의 영혼을 깨우고 싶었다.

밖으로 나오면서 나는 그가 무척 감격했다는 것을 느꼈다. 그건 그가 처음 듣는 이름과 알지도 못하는 용어를 잘 이해해서가 아니라 강의 중간에 여러 번 나온 박수갈채와 내 견해에 대한 보이지 않는 동의, 웃음 등을 보며 받은 감동이었다. 한마디로 내 성공에 감동한 것이었다.

우리는 대학교 구내에서 간단하게 간식을 먹고 모든 초대를 사양한 다음 밖으로 빠져나왔다. 몬트리올에서 가장 유명한 레스토랑에서 고뱅과 단 둘이 저녁 식사를 하고 싶었기 때문이었다.

사랑할 때는 눈만 깜빡거려도 윙크처럼 보이고, 모든 우연이 예정된 운명처럼 느껴진다. 우리가 식당에 도착했을 때 펠릭스 르클레르크의 아주 오래된 샹송이 우릴 맞아 주었는데, 예전에 고뱅이 불렀던 바로 그 노래였다. 고뱅의 목소리도 그 가수처럼 깊고 높아서 아무 노랫말이나 흥얼거려도 멋있었다.

「난 아직도 당신 매력에 빠져 들 것 같아. 동생 결혼식 날처럼. 기억나?」

고뱅은 만족스러운 듯 미소 지었다. 목소리는 그가 유일하게 멋부릴 때 사용하는 도구였다. 우리 주변 공기에는 바다가재, 타라곤 쑥, 버섯, 마늘 냄새와 코냑 기운이 깊이 배어 있었고, 그 모두가 레스토랑 특유의 향기와 잘 조화를 이루었다. 우리는 이런 식당에서 고독한 겨울밤, 근사한 음식을 앞에 두고 입술에 남은 나무딸기 술 맛을 느끼면서 잠시 후면 섹스를 나눌 사랑하는 사람

앞에 앉아 있었다.

메뉴를 들쳐 보면서 나는 갑자기 마리 조제 생각이 났다. 그녀는 사랑에 빠진 남자의 눈빛을 받으며 캐비어 토스트나 시럽을 넣은 아콰비트를 맛본 적이 없을 것이다. 어느 누구와도 폭발적인 섹스를 경험해 보지 못했을 테고, 남편이란 사람은 자신의 인생에 끼어드는 것을 거절한 여자와 있을 때만 흥분했다. 그녀는 결혼한 이후로 멋있었던 고뱅의 젊은 시절만 회상하며 시간을 달래고 있을까?

고뱅은 전에도 하룻밤에 다섯 번 섹스를 한 적이 있을까? 하긴 그런 걸 알아봐야 무슨 도움이 될까? 그런 은밀한 애정 생활을 들쳐내 봐야 질투만 날 텐데…….

그래서 나는 로즈렉에게 그런 질문을 하지 않았다. 우리는 꼭 필요한 경우에만 마리 조제 이야기를 꺼냈다. 우리는 함께 있을 때면 평소 생활을 잊고 주변 사람들과 거의 관계를 맺지 않았다.

예를 들면 나는 고뱅이 내 애인이라고 알고 있는 퀘벡 친구들과 프랑수아가 만나는 게 거북했다. 고뱅과 나는 마치 다른 사람이 된 것처럼 길거리에서 손을 잡고 깔깔거리며 웃고 다녔다. 심지어 그의 곁에서는 잠을 자는 것도 새로웠다.

나중에는 몬트리올 친구들에게 고뱅을 소개시켜 주었기 때문에 우리는 거의 부부처럼 지냈다. 고뱅도 자연스럽게 퀘벡 사회에서 자신의 자리를 찾았다. 퀘벡 사람들도 특유의 억양이 있었고, 그가 직접 알아들을 수 있는 언어를 사용했기 때문이었다. 물론 프랑스에서와 다르게 쓰이는 단어도 있긴 했다. 모두들 자기보다 더 두드러진 억양으로 말하니까 고뱅은 프랑스에서보다 훨씬 더 편하게 느껴졌을 것이다. 우리는 더 이상 연인 사이임을 숨기지 않아도 되었고, 당당하게 영화나 콘서트를 보러 가고, 친구들을 저녁 식사에 초대하기도 했다. 그는 영화에서 보던 것보다 더 남편 같았고, 우리는 처음으로 인생을 함께 한다는 생각이 들었다. 심지어 그는 내 주인처럼 행동하기도 했다.

평범한 이야기지만, 날이 어두워지고 나면 고뱅은 내 옆구리에서부터 시작해 허벅지 사이로 손길을 뻗쳐 왔다. 처음에는 애무라고 생각하고 내버려 두지만 강도가 점점 세지면 오른쪽 다리를 왼쪽 다리 위로 포개어 잔뜩 힘을 주었다.

오 분 정도 지나면 상대방의 관심을 끌지 못한 남자는 파행적인 행동으로 다시 시도를 한다. 그럴 때마다 모욕적인 말을 퍼부을까 생각하지만 결국엔 그런 말을 찾아내지 못하고 끝까지 도망쳐 다닌다. 감히 날 매춘부 취급하면서 맹목적으로 달려드는 남자를 곁에 조용히 앉혀 두려고 나는 침묵을 택한다. 바닥에 있던 가방을 별안간 두 소파 사이로 집어 던진다. 그는 팔을 내밀려다 움찔한다. 이제 아무런 움직임도 없다. 고뱅은 주위를 둘러볼 생각조

차 하지 못하고, 시선을 텔레비전 화면에 고정하고는 마냥 들여
다보고 있다.

우디 앨런의 영화가 시작되고 영화 속의 남자가 서둘러 일어나,
여자를 입구 쪽으로 밀어붙인다. 나는 슬쩍 화면을 본다. 아무 장
면도 아니다! 특정한 색깔도, 시대도 없는 어정쩡한 영화다. 나는
고뱅에게 말한다.

"저 사람 좀 봐. 저거 보면서 드는 생각 없어?"

본능적으로 그의 반응에 조심스러워지지만 늘 그를 과소평가하
게 된다. 어쩔 수 없다. 그에게 평범한 사실을 이야기할 때조차
나는 화가 나서 얼굴이 붉어진다. 다행히 그는 '추저분한 놈'이라
든가 '화끈한 맛을 보여 주지'라는 표현은 이제 거의 쓰지 않았지
만 '내가 보장하지'라든가 '오입쟁이', '수음하는 늙은이……' 같은
표현은 아직도 브르타뉴어나 프랑스어로 왔다 갔다 하며 썼다.

나는 그의 보호가 필요 없었는데 그는 나의 주인이라도 되는 양
행동했다. 그가 내 몸을 만지면서 욕을 하거나 불평하면 두 애인
사이에 긴 내 물리적 위치가 또렷이 상기될 뿐이었다. 하지만 나
는 그 사실을 그에게 이해시키지 못했다. 그가 내 말을 주의 깊게
듣긴 했지만 그의 눈빛에 분노가 어리기 시작했다. 그러면 나는
더 이상 주장을 펼칠 수 없었다. 나는 서부 영화에서 말 도둑이
던진 올가미에 사로잡힌 암말 같다는 생각이 들었다. 내 가엾은

카우보이는 내게 사랑의 증거를 보여 주었다고 확신했고, 우리는 각자 깊은 심연에 잠겨야 했다.

나는 마침내 그의 질투심을 가라앉히려 그에게 화해의 손길을 내민다. 하지만 우리 사이에는 늘 이해할 수 없는 무언가가 있어서 서로의 가슴을 아프게 했다. 그는 모욕감에 사로잡혀서, 나는 잔뜩 짜증이 나서 집으로 돌아갔다.

존재의 가장 깊은 어둠과 만나기 전까지는 언제가 정말 필요한 시간인지, 누가 정말 필요한 사람인지 깨닫지 못한다. 또한 우리에게 어울리는 사람이 반드시 필요한 사람은 아니란 사실도 알지 못한다.

어쨌든 몬트리올에서 나는 그의 평소 습관들을 보며 원래의 로즈렉의 모습을 발견할 수 있었다. 빵을 가슴에 올려놓고 자르고, 아침마다 내가 일간 신문을 가지고 오면 "거기에 왜 그렇게 목매는지 이해가 안 돼"라면서 "이틀 후면 그 뉴스들은 더 이상 새롭지 않을 텐데 말이야" 하고 농담을 던졌다. "당신 없인 지구도 돌지 않을 거야"라는 말도 자주 했다. 그는 사형에 찬성 입장을 보이면서 '교도소에서 편안히 지내게 하는 것'은 반대라고 했다.

「거기서 늙어 가는 게 훨씬 더 편하잖아!」

그는 내 친구가 남긴 레코드 상자를 들춰 보다가 내가 〈섬브레로와 만틸레스〉나 〈프로스퍼, 욥 라 붐〉 같은 노래를 알고 있다는 사실에 놀라워하기도 했다. 불쌍한 사람! 내가 아리스토텔레스를 안다고 해서 리타 케티를 모르는 것은 아니다. 그러다 나는 남아프리카나 다이아몬드 광산, 인종 차별 정책 등에 관해 묻기도 했는데, 그는 뭐라고 대답해야 할지 모르는 경우가 많았다. 평생 여행을 하고 다니는 선원이란 사람이 자신이 다녀온 나라에 대해 너무 아는 게 없었다. 그는 싱가포르와 빌바오의 내항이 똑같이 생겼다는 것밖에 아는 게 없다.

나는 그의 무지와 내 정치 이론이 맞지 않는 부분에서 화가 나는 것을 감추기가 늘 힘들었다. 그러면 그는 대화를 그만두고 입을 다문 채, 눈으로는 허공을 응시하곤 했다. 그러면서도 그가 계속 날 사랑한다는 사실이 놀라웠다. 무슨 요술이나 마법에 사로잡혀 있다고밖에는 생각할 수 없었다.

샤프롱이 말했다.

「결국 네가 원하는 건 '섹스해 줘, 그리고 입 닥쳐' 이거 아냐?」

「그 입 다물지 못해?」

「그게 진실이야. 저 남자가 네게 달려들게 만들 때를 보면.」

그날 저녁, 헤어질 시간이 다가올수록 멍해지는 고뱅의 눈빛을 보며 나는 그런 나쁜 생각을 품고 있다는 사실에 부끄러워졌다.

잠시 후, 우리는 우리 기분과 비슷한 레너드 코헨의 우울한 목소리를 들으며 벽난로 앞 소파에 누워 있었다. 카레딕, 우리가 결

혼했다면……, 당신이 매일 밤 집으로 돌아오고, 매일 아침 함께
잠에서 깨어났다면……. 나는 측은한 마음에 생각에도 없는 말을
지껄였다. 아니, 완전히 생각에 없던 말은 아니었다. 하지만 그랬
으면 좋았을 거라는 말, 꿈을 꾸게 만드는 말을 하면서도 나는 미
래에 대한 약속 같은 건 조금도 하지 않았다. 다행히 미래란 그렇
게 금방 다가오는 게 아니다. 우리는 미래 없이 사는 법을 배워
왔다. 그저 내년 가을에 고뱅이 몬트리올을 다시 찾는 것으로 만
족할 뿐…….

　그날 저녁은 춤을 추고 싶은 생각이 나지 않았다. 섹스할 기분
도 아니었다. 단지 아무것도 하지 않고 늘 함께 살 사람들처럼 함
께 있을 뿐이었다. 그날 밤에는 '한 번만 더 나와 결혼해 줘', '당신
을 따라갈 수 없어요, 내 사랑'같이 가슴 아픈 코헨의 노랫말도 우
리의 영혼을 파고들지 못했다. 고뱅에게 기대어 창문 앞에 서서
그 가을의 첫눈이 사방에서 날리며 창문을 후려치는 모습을 보고
있었던 기억밖에는 떠오르지 않는다. 우리는 얼굴을 맞대고 있었
지만 키스를 하지는 않았다. 그러다 갑자기 우리는 낯선 곳에 와
있는 것 같은 느낌이 들었다. 우리 몸이 날아오르기 시작했다. 우
리는 육체를 벗어나 높은 곳을 향해 움직였다. 영혼 대 영혼으로.

　그때 고뱅이 속삭이는 소리가 들려왔다.

　「아무 말도 하지 마…….」

난 이미 아무 말도 할 수 없는 상태였다. 이 순간이 영원처럼 느껴졌다.

음악 소리가 들려왔다. 그리고 우리를 둘러싼 방과 날 감싸고 있는 남자의 팔과 그의 살, 그의 체취가 느껴졌다. 우리는 천천히 분리된 육체로 다시 돌아왔고, 다시 숨 쉬기 시작했다. 하지만 여전히 몸을 움직이거나 말을 꺼내기가 두려웠다.

우리는 순록 모피 카펫에 누워 서로 끌어안고 깊은 잠을 잤다. 우리는 우리가 누워 있는 이곳이 태양 곁을 한 바퀴도 채 돌기 전에 또다시 각자의 삶으로 돌아가야만 한다는 것을 잘 알고 있었다.

* * *

함께한 시간이 끝나 갈 때쯤 나는 더 이상 견디기가 힘들었다. 우리의 이야기에는 처음과 끝만 있을 뿐, 중간은 없는 것 같았다. 그런 분위기는 총알이 되어 고뱅의 가슴에 꽂히고 말았다. 그는 마지막 밤에 발기하지 못하는 자신에게 화가 났고, 출발 시간이 다가올수록 열을 내기만 했다. 이제 열두 시간도 채 남지 않은 상황이었다. 그는 손에 들고 있는 잡지도 읽지 않고, 전축 위에 올려놓은 디스크도, 내가 하는 말도 듣지 않았다. 그는 이제 준비가 다 되었고, 가방을 잠그기만 하면 된다고 여러 번 말했다. 그런 다음 이제 가방을 채우겠다고 말했다. 그러더니 가방도 다 잠갔고, 모든 준비가 끝났다고 말했다. 그는 이제 피할 수 없는 순간이 올 때까지 문 앞에 앉아 있다가 다시 일어나 가방이 제대로 잠겼는지 확인하고, 사나운 맹수가 와서 가방을 열기라도 할 것처럼 단단하게 가방에 두른 끈을 다시 살펴볼 일만 남았다.

그의 곱슬머리와 헝클어진 눈썹, 인형 같은 속눈썹, 미국 배우 같은 입을 기억 속에 새기려고 너무 가까이서 바라보다가 난 갑자기 싫증이 나버렸다. 나는 지난 두 주 동안 너무 가까이서 그를 지켜보았다. 사실, 대부분 생각하는 것과 달리, 사랑을 주는 쪽은 늘 남자다. 수컷은 자기 것을 비워 내고 지쳐 버리지만 암컷은 사랑한 후에 더욱 활짝 피어난다. 나는 충만해져서 일상으로 돌아와 활기찬 생활을 하고, 나를 기다리는 남자와 일터로 돌아가 남은 기력을 다 쏟지만, 그는 고독한 수평선과 갤리선 그리고 바다 가재에게로 돌아가야 했다.

우리 두 사람이 완전히 다른 종에 속한다는 사실은 사랑을 나누고 있을 때만 잊을 수 있었다. 젊은 시절, 나는 사랑한다는 것은 서로 하나가 되는 것이라는 믿음을 오랫동안 간직하고 있었다. 단순히 육체의 짧고 평범한 결합이나 오르가슴을 느낄 때만 말하는 것은 아니다. 이제 나는 그 생각을 그만두었다. 지금 내게 사랑한다는 것은 이별할 때까지 둘로 남아 있는 것이다. 하지만 로즈렉은 그렇지 않았다. 앞으로도 영원히 그렇지 않을 것이다.

몬트리올에서, 그럼 안녕!

사람은 매일 조금씩 늙어 가는 게 아니라 어느 순간 갑자기 확 늙는다. 오랫동안 같은 단계에 머물다가 갑자기 한꺼번에 열 살을 먹는 것이다.

하지만 늙음에도 일종의 젊음이 포함되어 있어서 거기에 정착하기까지는 시간이 걸린다. 곁을 떠난 듯싶었는데 어느 순간 불쾌하고 무례하게 들이닥친다. 아직은 건강하다고 생각하던 어느 날, 이미 깊어진 병을 발견하게 된다!

젊음을 향해 갈 때 그랬던 것처럼 늙어 가면서도 생전 처음 겪는 일들을 경험하게 된다. 예를 들면 어느 날, 계단을 오르다가 처음으로 무릎에 통증을 느끼고, 지금까지는 끄떡도 없던 송곳니

위의 잇몸이 쑤셔 대기 시작한다. 언제 그런 일이 일어날지 정확히 알 수도 없다. 어느 날 갑자기 치아와 잇몸 사이가 누렇게 변하고, 어느 날 아침, 잠자리에서 일어나다가 관절에 경련이 인다. 어제 다락방을 정리하다가 나도 그런 일을 겪었다. 평소에 겪어 보지 못한 걸 겪은 것이 아니라 그저 나 자신이 평소와 달라진 것이다. 피로감이 느껴지는 영역은 점점 더 넓어지고 매일매일 늘어난다. 이제 노화가 시작되는 것이다.

처음엔 정면 대결을 한다. 몇 번의 싸움에서 승리하면서 더 복잡하고 비싼 방법을 동원하면 노화의 침략을 늦출 수 있다고 생각한다. 아직은 커지는 구멍을 막는 데에만 시간을 쏟아 부어야 할 정도는 아닐 거라고.

그래도 내가 내 몸의 첫 노화 현상들을 아무 걱정 없이 지켜볼 수 있었던 건 그마저도 사랑해 주는 사람이 있기 때문이었다. 물컹하게 나온 배를 두드리면서도 낙담하지 않았다. 그것까지 사랑해 주는 사람이 있었으니까 내 팔이 점점 앙상해지는 것도 체념하고 받아들일 수 있었던 것도 날 사랑하는 사람이 있었기 때문이었다. 점점 깊어 가는 입가와 눈가의 잔주름도. 물론 속상한 일이지만 고뱅이 날 원하는 한 나는 어떤 증상 앞에서조차 끄덕도 하지 않을 수 있었다.

물론, 프랑수아도 나를 사랑했지만 그는 나의 변화를 알아차리지 못했고, 내 몸의 변화에 대해 안도감을 느끼게 해주지는 않았다. 프랑수아는 어느 날 아침, 잠에서 깨어 퀭한 눈에다 부스스한 머리에 후줄근한 실내복을 걸치고 있을 때 사진기를 들이대는 그런 사람이었다. 거기다가 '넌 항상 똑같은걸' 하는 말을 들으면 예전에 했던 칭찬도 앞으로 할 칭찬도 믿을 수 없게 되어 버린다.

고뱅이 '친절한' 사람이어서가 아니라, 그가 아직도 내 매력에 푹 빠져 있기 때문이었다. 쉰다섯 살인 그는 그 어느 때보다도 더 열정적이었는데, 나는 그것을 확인할 기회가 두 번 있었다. 몇 년 동안 퀘벡은 우리의 제2의 조국이 되어 있었다. 우리는 그곳에서 항상 멋진 시월을 보냈다. 퀘벡 시민들은 흰 겨울이 다가오기 전에 마지막으로 불타오르는 듯한 자줏빛 단풍나무의 화려한 색채로 물든 퀘벡의 시월 경치를 늘 자랑스럽게 여긴다. 고뱅은 매년 가을 그곳으로 날 만나러 왔고, 봄이면 프랑스에서 며칠을 함께 보냈다. 결국 우리는 춘분과 추분을 함께 보내는 셈이 되었다. 일 년에 몇 주 땅으로 내려와 산 사람과 사랑을 나누는 노르웨이 콩트에 나오는 요정들처럼 말이다. 이제 은퇴라는 칼날이 내리치면 그는 아픈 아내가 있는 라르모르로 완전히 돌아가야 한다.

나는 프랑수아에게 반쯤만 진실을 말했다. 그는 로즈렉이 가끔씩 몬트리올로 날 만나러 온다는 사실은 알고 있었지만 우리가 얼마 동안 함께 지내는지는 묻지 않았다. 우리의 삼월 만남에 대

해서는 탐방 기사를 쓰러 취재 나가는 일정과 맞추었고, 프랑수
아는 내 말을 믿는 척해 주었다. 우리 관계는 때때로 우울해지긴
했어도 악화된 적은 없었다. 작가들은 배우자에게 자신의 감정을
숨기는 경우가 극히 드문데, 그럼에도 나의 동반자가 보여 준 관
대함 덕분에 그를 더욱더 인정하고 존중할 수 있었다.

우리는 마지막 캐나다 체류 일정을 일주일 연장해 퀘벡에서 제
임스 만을 구경하고 백조와 거위의 대이동을 관찰하기로 했다.
새들은 육 개월 동안 돛 아래에 둥지를 틀고 지내다가 눈이 무너
져 내리기 직전에 배를 떠난다.

고뱅도 겨울로 들어서기 시작했다. 이제 쉰일곱이었다. 관자놀
이 부근의 머리카락은 희끗희끗해졌고, 손에는 혈관이 툭 불거져
밧줄이 휘감긴 것처럼 보였다. 그의 쩌렁쩌렁하던 웃음소리도 전
보다 잦아들었지만 건장한 몸매만은 아직도 화강암 바위처럼 든
든했다. 쉬지 않고 뱃일을 해온 흔적은 고스란히 근육으로 남아
있었고, 그의 눈빛은 어느 때보다도 더 푸르고 순수해 보였다.

이번에는 그가 도착하자마자 말했다.

「앞날에 대해서는 말하지 말자. 함께 있는 순간을 충분히 만끽
하고 싶어.」

만끽이라고! 여태까지 그렇게 해오지 않았나! 올해 그는 안쪽
에 우리의 이니셜과 날짜만 새겨진 펜던트를 주었다. 거기에는

1948이란 숫자와 연결 부호(~), 그리고 그 뒤는 빈칸으로 남아 있었다.

「때가 되면 그 뒷부분은 당신이 새겨 넣어.」

난 그 말에 반박하고 싶었다. 마리 조제에게는 아무 말도 못하지 않냐고! 이제 그는 일을 핑계로 알리바이를 만들 수 없을 것이므로 우리 사랑도 은퇴를 해야 할지 몰랐다. 나는 매일 저녁 그의 품에 안겨 잠이 들면서도 이제 브르타뉴로 돌아가 일 년 내내 아내 곁에 머물 그의 모습만 생각했다. 그는 지금 내 곁에 있지만 이제 곧 마리 조제의 침대에 몸을 누일 것이다. 나는 난생처음으로 마리 조제에게 질투를 느꼈다. 나는 그가 일과 사랑을 한꺼번에 잃어버린 것을 견디지 못할 거란 희망을 몰래 품었다. 하지만 나는 이런 문제를 마지막 날까지 끌고 가지는 않겠다고 결심했었다.

그런데 그 마지막 날이 너무 빨리 다가와 버렸다. 여행 가방과 가죽 띠는 더 이상 쓸모가 없어질 테고, 성가시게 비행기 표나 이륙 시간, 루아시 공항 도착 시간, 오를리 공항으로 가는 차편의 운행 간격 등을 확인할 필요도 없을 것이다. 고뱅이 내 존재를 벗어나 마리 조제에게로 영원히 돌아가게 될 텐데 내가 왜 그 시간을 신경 써야겠는가?

「이제 '로즈렉 부부'로 살아가게 될 텐데, 그래도 가끔은 나와 만날 수 있다는 생각해 봤어?」

「카레딕, 거기에 대해서 할 말이 있어.」

그는 갑자기 덫에 사로잡힌 늙은 가마우지 새처럼 보였다. 내 심장은 고동을 멈추었다.

「이 주 전에 병원에 갔었어. 그다지 좋지 않은 소식이야.」

「마리 조제한테?」

나도 모르게 한숨이 새어나왔다.

「아냐, 집사람한텐, 괜찮아. 아니, 뭐 똑같아. 그보다, 당신에게 안 좋은 소식이야.」

난 갑자기 입이 말랐다. 그는 내게서 멀리 떨어져 앉은 다음, 마지못해 천천히 입을 열었다.

「일 년에 한 번씩 정기 검진을 하는데 평소처럼 심전도도 했어. 그런데 이번에는 그다지 상황이 좋지 않았던 모양이야. 의사가 전문의에게 가보라고 하더군. 당신도 알지? 콩카르노에 있는 닥터 모르방 말이야. 이것저것 검사를 해보더니, 동맥이 막혀 있고, 게다가 전혀 나아질 기미가 보이질 않는다는 거야. 당신은 날 잘 알잖아? 난 바로 의사에게 앞으로 어떻게 되는 건지 알고 싶다고 물었어. 그러자 의사가 심각하다고, 오늘 당장이라도 입원해서 코로나 방전 촬영 같은 정밀 검사도 받아 보고 적합한 치료를 받아야 한다고 그랬어.」

「그게 언제 일인데? 전에는 한 번도 그런 증상을 느낀 적 없었어?」

「그건, 음……, 여기로 오기 일주일쯤 전에. 그래도 입원을 할수는 없었어! 닥터 모르방에게 솔직히 말했지. "선생님, 그건불가능합니다. 오늘 입원을 할 수는 없어요." "그럼 내일은요?" "내일도 안 됩니다." "내일도 안 된다니 그럼 어떻게 합니까? 다시 한 번 말씀드리지만 지금 상황이 매우 심각합니다." "네. 하지만 그만큼이나 중요한 약속이 있습니다." 그랬더니, "전 분명히 경고했습니다. 그러니 그냥 이대로 떠나셔도 전아무 책임이 없습니다." 그러는 거야. 난 아주 화가 났어. 그래서 상황이 달라질 때까지는 내가 모든 책임을 지겠다고 말했어. "제가 이 빌어먹을 병원의 VIP 고객은 아닐 테니, 제 목숨은 제가 책임지죠." 의사는 아무 대답도 하지 않더군. 내가 그렇게생각하는 게 다행이라는 듯 말이야. "미리 말씀드리는데 위험을 감수하셔야 합니다." "그래요? 전 평생 위험을 감수하며 살아왔습니다. 병이 있다고 해서 달라지진 않아요. 게다가 보험도충분히 들어 놔서 가족들이 필요한 만큼은 남겨 줄 수 있습니다" 하고 말했지.」

고뱅이 심각한 병에 걸렸다고? 난 처음에 오진일 거라고 믿었다. 내 인생에서는 상상조차 할 수 없는 가설이었다. 물에 빠지는사고라면 모를까 병에 걸리다니……. 나는 받아들일 수 없는 사실 앞에서 몸부림쳤다.

「그렇게 건강하던 사람이…….」

나는 바보처럼 되뇌었다.

「못 믿겠어! 증상이 전혀 없었어? 뭐 좀 불편하다든가 그런 거 못 느꼈냐고?」

「알다시피 난 한 번도 내 몸에 신경 쓴 적이 없잖아. 난 그런 거 잘 몰라. 하지만 이제 가끔씩 느껴져. 몸을 숙일 때 현기증 같은 게 나고, 귀에서 잡음도 들리고 했는데, 그냥 피곤해서 그런 거라고 생각했지. 내 나이, 내 직업에서 그런 정도는 정상이니까. 이미 몇 년 전에 은퇴한 친구들도 있어.」

「그런데 왜 여기 오면서 아무 얘기도 안 했어? 조심해야지!」

「그래, 하지만 난 여기 조심하러 온 게 아냐. 그러려면 온종일……. 당신과 함께 있는 동안 그렇게 시간을 낭비하고 싶진 않아. 적어도 마지막 날까지 하고 싶은 대로 하면서 살 거고, 그것 때문에 죽지는 않아. 게다가 난 너무 아쉬워. 당신과 함께…… 그러다 죽는 생각도 여러 번 해봤어. 그것도 이 세상을 뜨는 최악의 방법은 아니란 생각이 들어!」

「난 항상 당신이 섹스를 가장 중요하게 여길까 봐 두려웠어.」

「그렇지 않아. 내게 가장 중요한 건 섹스가 아냐. 그건 바로 당신이라고! 늘 그래 왔듯이……. 그리고 당신도 알다시피 난 여

290

러 번 죽음에 직면했었어.」

그의 말이 뼛속 깊이 스며들면서 나도 모르게 눈물이 주르르 흘러내리기 시작했다.

「아, 제발, 조르주, 울지 마. 알고 보면 아무것도 아닐 거야. 알잖아. 의사들도 종종 실수를 해. 난 평소와 다를 게 없어. 당신도 다른 점 잘 모르겠지?」

그의 눈빛은 내가 좋아하는 쾌활한 빛으로 밝아졌고, 나는 서둘러 그의 듬직한 품으로 달려갔다. 나는 그의 가슴을 어루만지다가 와락 끌어안았다. 하지만 이제 다시는 그렇게 할 수 없을지도 몰랐다. 병에 걸린 그는 바다에 나갈 때보다도 더 내 것이 될 수 없었다. 나는 그의 소중한 심장에 기대어 흐느끼기 시작했다.

「카레딕, 이러면 말한 게 후회되잖아. 처음엔 당신한테 아무 말도 하지 않으려고 했어. 아무 말도……. 검사를 받아 보고 수술하기로 결정이 나면 그때 편지를 쓰려고 했지. 관상 동맥 수술이라고 했어. 가슴을 열고 혈관을 바꾸면 새것처럼 되는 거래!」

「어떻게 나한테 아무 말도 하지 않을 수가 있어! 알잖아. 당신이 병원에 있으면 난 아무 소식도 전해 들을 수가 없어! 그럼 당신을 용서할 수 없을 거야…….」

「그래, 그래서 당신이 아는 편이 낫겠다고 생각한 거야. 어쨌든 내 아내나 마찬가지니까. 하지만 너무 앞서서 생각하진 마. 의

사는 다음 진찰 약속도 잡지 않았는걸. 그 멍청이들이 실수한 게 이번이 처음은 아닐 거야. 게다가 난 표준 규격이잖아.」

그건 내가 처음 힘들게 이 길을 개척하던 시절에 우리가 자주 쓰던 농담이다. 아니, 농담 중 '하나'였다.

「글쎄, 비행기도 못 타게 하는 거야. 닥터 모르방은 "기차라면 몰라도" 하고 몇 번이나 얘기했어. 그래서 "저도 그러고 싶지만 어려울 것 같습니다. 캐나다에 가야 하거든요" 하고 말했지.」

「당신이 거기 가서 뭘 하려고 하는지 정확히 말했다면 미친 사람 취급을 받았을걸……. 난 범죄자 취급을 받았을 테고.」

「내게 중요한 건 내 삶이 아니라 내 삶 속에 있는 당신이야. 알지? 당신 없이 난 어떻게 될지 몰라.」

그는 진실로부터 날 보호하려는 듯 날 거세게 끌어안았다.

「일어나, 용감한 콩카르노'…… 기억나?」

나는 고개를 끄덕였다. 나는 아이처럼 계속해서 흐느껴 우느라 아무 말도 할 수 없었다.

그는 날 어루만지며 말했다.

「당신이 날 위해서 울어 주다니! 당신이! 조르주 산체스가! 아, 내 여자!」

고뱅이 날 그렇게 부른 건 처음이었다. 내 눈물은 두 배로 흘러내렸다.

「하지만…… 당신은 내가 사랑한다는 걸 늘 믿지 않았잖아?」

「아니, 믿었어……. 그러면서도 난……. 한 번도 그게 당연하다고 생각한 적이 없었어. 어느 날 갑자기 내가 당신 취향이 아니란 걸 깨닫고 날 떠나 버릴까 봐 늘 두려웠어.」

「미쳤어! '자기 취향도 아닌 사람'을 삼십 년 동안 사랑할 수 있겠어?」

우리는 웃었다. 아니 웃는 척했다. 그 소식은 조금씩 구멍을 뚫으며 파고들어 왔고, 그 구멍 안에는 순식간에 불행이 자리 잡았다. 나는 이미 그로 인해 생길 혼란에 대해 생각했다. 건강이 좋아지면 난 이제 어떻게 해야 할까? 그가 날 필요로 하는지 아닌지 어떻게 알 수 있을까? 불확실한 우리 관계가 다시 표면 위로 떠올랐다. 언젠가 그에게 했던 '거절'이 이제 와서 우릴 갈라놓는 것은 아닐까? 우리는 오랫동안 가장 소중한 것만은 잃지 않고, 아직도 가장 좋은 것만 간직하고 있다고 생각해 왔다. 하지만 그 잔인한 날 이후로 이제 더 이상 사랑하는 사람이 날 부르는 소리를 들을 수 없게 되어 버렸다. 나는 이제 그의 여자 친구 중 한 명이 될 수밖에 없었고, 그 무력감은 날 무겁게 짓눌러 왔다.

고뱅이 말했다.

「꼭 몸 추슬러서 다시 연락할게. 약속해. 날 믿어. 난 죽을 마음은 없으니까. 털끝만큼도.」

마음의 배

그다음 해 11월 3일, 고뱅은 관상 동맥 수술을 받기 위해 렌 종합 병원에 입원했다.

11월 5일, 의사는 수술이 성공적이었으며 환자의 상태도 만족스럽다고 말했다.

11월 7일 밤, 고뱅은 회복실에서 의식을 차리지 못하고 결국 사망했다.

고뱅의 어머니가 전화로 소식을 알려 줬다.

「내 아들이 세상을 떠났단다.」

세상을 떠났다는 게 죽었다는 말인지 알아차리는 데 몇 초가 걸렸다. 죽음과 관련된 단어들, 며칠 전, 혹은 며칠 후에나 써먹을 수 있는 말들이 떠올랐다. 사망, 염, 장례 예배, 장례식, 고인……. 모두가 비탄에 빠진 가족들과 부고장에나 사용되는 현실성 없는 장례 용어들로 여겨졌다. 내게 고뱅이 죽었다는 말은 그가 활동을 멈춘 것을 의미했다. 내 가마우지는 더 이상 날개를 펼치지 않을 것이다.

장례식은 라르모르에서 진행되었다. 가족과 친구들만 모인 교회에서 마리 조제는 아이들의 아버지에게, 로즈렉 부인은 둘째 아들에게 마지막 인사를 했고, 조르주 산체스는 모든 사람들이 어릴 적 친구로 알고 있는 이를 위해 눈물을 흘렸다.

의식이 끝나고, 나는 행렬을 따라 묘지로 갔다. 아직도 수북한 국화꽃 때문에 둥근 묘지가 보이지 않았다. 나는 고뱅이 지하로 들어가는 모습을 지켜보고 있었다. 고뱅은 마지막으로 밧줄이 삐거덕거리는 소리를 들으며 고요한 땅속으로 내려갔다. 그가 즐겨 말했던 '구멍 뚫는' 일은 이제 그 속에서나 해야 할 것이다.

이본은 아직도 혼란스러운 듯 비탄에 빠져 반복해서 말했다.

「불쌍한 오빠, 은퇴를 오래 즐기지도 못했는데.」

그녀의 남편처럼 오빠도 평생 연금을 타게 되어 있었는데, 연금을 받아 보기도 전에 세상을 뜨고 만 것이다. 그에게는 다행한 일이라고 나는 생각했다. 가마우지는 넓은 세상만 보며 살 뿐, 결코 땅에서 오래 머무는 법이 없다.

나는 고뱅의 큰아들을 알아볼 수 있었다. 그리고 한 번만 더 그 얼굴을 손으로 만져 보고 싶은 쓰라린 욕구가 솟아났다. 그리스 조각상에서 보는 것처럼 둥글게 컬이 진, 아버지를 닮은 숱 많은 다갈색 머리칼과 말아 올린 눈썹 사이로 또렷이 보이는 짙은 푸른색 눈……. 하지만 그 밖에 마르고 큰 키에 좁은 어깨는 강인한 고뱅의 모습과는 너무 달라 낯설게 느껴졌다. 꼭 끼는 미국식 점퍼를 입은 모습도 아버지와의 차이를 극명하게 나타냈다.

로즈렉의 선원들과 다른 형제들, 친구들도 그곳에 서 있었다. 그들은 마치 묘지 직원들처럼 손에 모자를 들고 우두커니 서 있었다. 그 어부용 모자는 내가 갖고 싶은 그의 유일한 유품이었다. 모자챙은 계속 엄지손가락으로 만지작거려서 반질거리고 변형되어 있었다. 빗기 어려운 뻣뻣한 머리카락을 누르려는 그의 기계적인 손놀림이 아직도 친숙하게 느껴졌다. 몸을 흔들며 걷는 걸음걸이, 갑자기 터져 나오는 웃음, 사랑 이야기를 들을 때마다 흔들리는 눈빛……. 죽은 사람이 아직도 우리 곁에 남아 있는 것처럼 느껴지는 이유는 그런 사소한 행동들 때문이다.

그가 장난삼아 말해 왔듯 나는 이제 그 없이 '비참한 생활'을 해야 하고, '수도 없이' 울어야 할 것이다. 이제 아무도 나를 카레딕이라고 불러 주지 않을 것이다. 하지만 그가 내게 남겨 준 사랑을 환하게 비춰 주는 확신만은 아직도 내 안에 남아 있다. 그의 관

위로 한 삽 한 삽 흙이 떨어지는 모습을 보다가 나는 갑자기 내가 사랑했던 사람들 중에서 유일하게 내 남자라고 할 수 있는 사람은 로즈렉, 그가 아닐까 생각했다.

로즈렉 부인은 메마른 눈으로, 하지만 몸은 흐느끼면서 연신 말했다.

「내 아들 중에서 가장 착한 애였는데…….」

사후 세계에서 샤프롱도 인정했다.

「그래. 좋은 사람이었지. 우리는 망자의 왕국에 있으니까. 당신은 모르겠어……. 하지만 그는 좋은 사람이었지.」

비가 내리고 있었고, 그가 그렇게 자주 들었을 남서풍 소리도 들려왔다. 그는 다른 음악은 선택하지 않을 것이다. 나는 주머니에서 목걸이와 돛, 아무 단어도 새겨 넣지 않은 펜던트를 만져 보았다. 끝난 것은 아무것도 없었다. 따뜻한 날씨였지만 내 몸은 부르르 떨려 왔다. 마치 내 살갗 전체가 그의 죽음을 애도하는 것처럼……. 이제 다시는 크리스마스를 함께 보낼 수 없는 남자의 장례식에서…….

그리고 다음 달이면 난 그가 없는 첫 크리스마스를 맞게 될 것이다.

사랑하기 위해 상처받는 것이므로

《이토록 지독한 떨림》은 "The salt on our skin"이란 제목으로 번역되어 열여덟 개 나라에서 삼백만 부가 팔려 나갔고, 독일에서는 이 년 연속 베스트셀러에 오르기도 했으며 아직까지도 전 세계적으로 사랑받는 작품이다. 1992년에는 앤드루 버킨 감독이 영화화해 우리나라에는 〈바다 냄새 나는 여인〉이란 제목으로 알려졌다. 책을 읽으며 상상했던 고뱅과 빈센트 도노프리오의 모습이 너무 비슷해 영화를 보면서 숨이 턱 막혔던 기억이 있다. 빈센트는 고뱅 역할을 연기하면서 "본래 하나인 것이 마치 두 개의 성향인 것처럼 분리되는 경우가 있다. 사랑과 욕망은 밀접한 관계여서 서로에게 연료 역할을 한다"고 말했다.

작가는 서문에서 독자들에게 솔직히 고민을 털어놓는다. "두 육체가 함께하는 기쁨을 어떻게 표현할 수 있을까?", "남녀의 다리 사이에서 반짝이는 절정의 순간을 어떻게 포착할 수 있을까?", "도처에서 일어나는 이 기적을 뭐라고 표현할 수 있을까?"

에로티시즘 문학과 포르노그래피 문학의 경계가 모호한 것은 사실이다. 보통은 시적인 어투나 감정이 묻어나는 분위기를 에로티시즘 문학, 기계적이고 노골적인 묘사에 치중하면 포르노그래피 문학으로 분류한다. 하지만 시적인 어투에 노골적인 묘사로 이루어진 작품은 어느 쪽으로 분류해야 한단 말인가? 작가는 자신의 작품이 포르노그래피 문학 취급을 받을까 불안해하면서도 두 사람의 이야기를 노골적이되 낭만적으로 '제대로 한번' 그려 보기로 한다. 작가의 오랜 고민은 작품 속에 충분히 반영되었고, 그 결과 매우 서정적인 에로티시즘 문학을 만들어 냈다.

처음엔 '감히 사랑이라 부를 수도 없는 이들의 만남'에 몰입할 수가 없어 자꾸만 도망치고 싶었다. "이게 과연 사랑일까?"라는 의문이 계속해서 발목을 잡았기 때문이다. 그래서 처음엔 고뱅과 같이 가슴 아파하고 슬퍼하고 눈물짓다가 책의 중간쯤에 이르러서야 조금씩 조르주와 함께 설레고 기뻐하고 힘들면서도 행복해지기 시작했다. 고뱅에서 조르주로 넘어가는 길목에는 작가의 노골적이면서도 시적이며 아름다운 성애 장면의 묘사가 있지 않았나 싶다.

여성 에로티시즘 작가의 선구자로는 《헨리와 준》의 아나이스 닌을 들 수 있는데 그녀는 영국과 유럽을 오가며 헨리 밀러, 오토 랑크와 같은 당대 지성들과의 연애담으로도 유명하다. "여성 예술가는 여성들의 축적된 경험을 통해 남성과는 다른 예술을 창조할 수 있다"는 아나이스의 주장이나 "남성들의 성은 너무 단순해서 단 열 쪽도 할애할 가치가 없다"고 말하는 엘렌 프라이스……. 그러고 보면 에로티시즘 문학은 여성 작가들의 몫인 게 당연해 보인다.

물론 지금도 처음 떠올렸던 질문들은 아직 해결되지 못한 채 남아 있다. 두 사람이 결혼했다면 행복했을까? 싸우기만 하다가 헤어졌을까? 하지만 이제 '그게 과연 사랑일까?'라는 의문은 들지 않는다. 사랑도…… 욕망도…… 그저 사랑이라고 말할밖에는.

조르주는 당시의 여성 작가 조르주 상드처럼 s가 빠진 이름 때문에 놀림을 받아 왔다. 이혼을 하고 여섯 살 연하의 시인 뮈세, 역시 여섯 살 연하의 쇼팽, 열세 살 연하의 조각가 망소와 열정적인 사랑을 불태우며 그들에게 예술적 영감을 불어넣어 준 조르주 상드. 그녀는 남자들의 정신력을 남김없이 빨아들여 작품을 쓰는 늙은 매춘부라고 손가락질 받으면서도 늘 사랑에 올인했다.

프랑스의 사회학자 조르주 바타이유는 에로티시즘이 죽음을 파고드는 삶이라고 말한다. 성적인 자유를 추구했던 페미니스트들 가운데 많은 사람들이 오히려 혼란스런 삶을 살다가 불행을 맞이한 경우가 많다고 하는데…… 행복과 불행, 기쁨과 슬픔이 그렇듯, 극도의 쾌락은 죽음과 맞물려 있는 게 아닐까? "당신과 이별할 때마다 내 안의 무언가가 죽어 가는 것 같다"던 고뱅의 말이 씁쓸하게 입 안에서 가시질 않는다.

어쨌든 나를 그토록 사랑해 주는 한 사람이 있어서, 나이가 들며 생기는 잔주름 하나, 늘어지는 뱃살까지 사랑해 주는 남자가 있어서 조르주는 행복했다. 그래서 자신을 받아들이지 못하는 여자와 한평생 짧은 사랑을 나누는 것으로 만족해야 했던 고뱅도 조르주를 보며 행복했으리라 믿는다. 그래서 상처받을 줄 알면서도, 생명이 줄어드는 한이 있더라도 그녀를 사랑했고, 또 사랑하고 싶었을 것이다.

　　덤불 속에 가시가 있다는 것을 알지만
　　꽃을 더듬는 내 손을 거두지는 않겠다.
　　덤불 속의 모든 꽃이 아름답진 않겠지만
　　그렇게라도 하지 않으면
　　꽃의 향기조차 맡을 수 없기에
　　꽃을 꺾기 위해 가시에 찔리듯

사랑을 얻기 위해
내 영혼의 상처를 감내한다.
상처받기 위해 사랑하는 것이 아니라
사랑하기 위해 상처받는 것이므로

사랑하라.
인생에서 좋은 것은 그것뿐이다.

— 조르주 상드, 《상처》 중에서

2008년 6월
양 진 성

옮긴이 양진성

중앙대학교 불어불문학과를 졸업하고, 한국외국어대학교 통번역대
학원 한불과를 3학기 수료했으며, 현재 전문 번역가로 활동 중이다.
역서로는 《윔피키드》《토니와 프랭키》《위대한 건축의 역사》《육체
의 악마》《글로벌리아》《글로비쉬로 말하자》《서른 개의 관》《시계
종이 여덟 번 울릴 때》《초록 눈의 아가씨》《체위의 역사》《세계 여
행을 떠난 아기곰 무크》등 50여 권이 있다.

이토록 지독한 떨림

초판 1쇄 인쇄일 · 2008년 6월 25일
초판 1쇄 발행일 · 2008년 6월 30일
지은이 · 베느와트 그루
옮긴이 · 양진성
펴낸이 · 임성규
펴낸곳 · 문이당

등록 · 1988. 11. 5. 제 1-832호
주소 · 서울시 중구 장충동 2가 186-39 장충빌딩 3층
전화 · 928-8741~3(영) 927-4990~2(편)
팩스 · 925-5406
ⓒ 베느와트 그루, 2008

홈페이지 http://www.munidang.com
전자우편 webmaster@munidang.com

ISBN 978-89-7456-414-8 03860